月夜の砂浜にて
「ズルいのね」
「何が？」
「ううん、何でもないの」
魔石グルメ 7
魔物の力を食べたオレは最強！
maseki gurume
mamono no chikara wo tabeta ore ha saikyou!

シルヴァード
統一国家イシュタリカの現国王にして、アインの祖父。
クローネ
カティマ

参加した者全員がグラスを掲げ、
乾杯と叫ぶ。
「ありがとうございます！」
クリス
オリビア
アイン
転生特典スキル【毒素分解EX】の果てに、魔王へと進化した王太子。
アインの誕生日パーティーにて

「あり得ないニャ」
青緑色の光は雲を貫く雷電と化し、爆ぜた。
同じ色に輝く光芒が夜のイシュタリカ上空を穿ち、
天高く、人知を超越した力の奔流は留まることなく放たれる。

魔石グルメ

魔物の力を食べたオレは最強！

結城涼

ILL. 成瀬ちさと

7

maseki gurume

mamono no chikara wo tabeta ore ha **saikyou!**

口絵・本文イラスト
成瀬ちさと

装丁
coil

contents

maseki gurume
mamono no chikara wo tabeta ore ha **saikyou!**

プロローグ

頭上を見上げれば、真っ暗闇《くらやみ》に数多《あまた》の星々が輝いて。

クリスの故郷、エルフの住まう秘境シス・ミルから帰ったばかりのアインを迎えるような煌《きら》めきが天球を覆っていた────。

『由々しき事態となりました。ハイムがロックダムへと宣戦布告したようです』

駅に迎えに来たウォーレンからこう告げられたのはつい先ほどのことだ。

夜、まだ人の多いホワイトローズ駅の中を王族専用の通路へ進み、外に用意されている馬車へと向かう。

「いったいどうして宣戦布告を?」

「近ごろのハイムの情勢が原因です。貴族が誘拐されるだけではなく、誘拐された貴族の首が落とされるという事件が発生していたのです」

「……そんな事件が」

「これだけではございません。賊は遂《つい》に王族の者の首まで落としてしまったのです」

ハイム王国、第二王子。

彼は第一王子のレイフォンと第三王子のティグルに比べたら影は薄かったが、敵を作るような男ではなかったという。

が、その第二王子の命が奪われたのだと。

予想もしなかった話を聞いて、クローネが。

「……お母様たちは無事なのですか？」

震える唇を隠し切れず、弱々しい声でウォーレンに尋ねた。

「ご無事です。詳細は城でお話し致しましょう」

ひと先《ま》ずは安心といったところか。

けれどクローネの動揺を完全に消し去るには足りず、道中、彼女は唇をきゅっと結んでいた。

離れ離れになっている家族を想《おも》い、心中が穏やかでいられるはずがなかった。

「参りましょう。城で陛下がお待ちです」

馬車の前に着いたところで、中へ入るよう促したウォーレン。

アインは彼の声に頷《うなず》き、つづけて、クリスと目配せを交わす。

それからクローネの手を引いて馬車に乗り込むと、いつもと違う複雑な感情に苛《さいな》まれたまま、城への帰路に就いたのだ。

◇◇◇

シス・ミルと比べて王都は遥《はる》かに都会である。

久しぶりの王都は相変わらず人通りが多く、馬車に居ても賑《にぎ》やかさは天と地の差であることが分かる。

そして────王城。国王シルヴァードが住まう、イシュタリカで最も大きな建造物は今日も変わらず荘厳。

ただ、城門に居ても漂う落ち着きのなさには、ハイムの影響も感じてしまう。

「お爺様《じい》は何処《どこ》に？」

馬車が城門の内側に停《と》まってからすぐ、アインは自ら馬車の扉を開け、下車しながらウォーレンに問いかけた。

「陛下は謁見《えっけん》の間でお待ちですが……アイン様！　お待ちくださいッ！」

「ごめん、待てない！　さぁ、クローネ！」

そう言って、車内にいるクローネへ手を差《さ》し伸《の》べる。

「ア、アイン？」

「急ごう、エレナさんたちのことを聞きに行かないと」

「……うん！」

アインの手を握ったクローネの心は勇気づけられた。

手を引かれるまま抗《あらが》うことなく馬車を下り、周囲の目を気にせず駆け出した。

騎士も、そして給仕や執事も。

すれ違う誰《だれ》もが咎《とが》めようとせず、神妙な面持ちで見送るだけ。

徐々に息が切れだしたクローネだったが、半歩前を駆けるアインの雄々しさにすべてを委ねて走りつづけた。

――――やがて。

いくつもの通路を進み、たどり着いたのは謁見の間。

扉の両脇に控える近衛《このえ》騎士が二人を見て扉に手を掛けると、扉は軋《きし》みを上げて左右に開かれる。謁見の間の最奥、見るも豪奢《ごうしゃ》で厳かな玉座に座るシルヴァード。

アインはここで、ようやく居住まいを正した。

「ごめん、強引だったね」

「ううん、いいの。……アインが手を握ってくれていたおかげで、少しだけ落ち着けたもの」

彼女は息を切らしてはいるものの、いつもの冷静さを取り戻しつつあった。

それから少しの間呼吸を整えて、これまで握っていたアインの手を最後に強く握りしめた。すると決心した様子で、アインの顔を見て口を開く。

「行きましょう」

二人は玉座までつづく絨毯《じゆうたん》の上を歩いた。

「うむ、二人ともよく帰ったな」

玉座の手前、やってきた二人を見てシルヴァードが言った。

彼はアインを見てからクローネに顔を向け、彼女の瞳《ひとみ》の奥に微《かす》かに残された不安な感情を看破して、その不安を払しょくするために言葉を選んだ。

「余はお主の味方だ」

はっきりと告げてから、つづきを述べる。

「既にウォーレンへ命じておるが、リリを筆頭に隠密を派遣した。そして、すでにエウロに到着しているはずだ。エウロよりハイムに働きかけて、可能であればアウグスト家の者らをイシュタリカに避難させる手筈《てはず》である」

「それほどの温情を賜り、私は――――」

「よい、水臭いことを申すな」

シルヴァードは軽く咳払《せきばら》いをして言い直す。

「後は待つしかない。気をもむこととなろうが、我らの仲間を信じるのだ」

「お爺様、エウロは無事なのですか？」

「ハイムに宣戦布告されているか否かという話であるならば、問題ない。先日の会談が効いているのか分からんが、エウロに手出しをすることは避けているようだと報告を受けている」

「安心しました。それなら大丈夫そうですね」

アインもまた胸を撫《な》で下《お》ろし、ようやく安堵《あんど》の笑みを浮かべたクローネと顔を見合わせた。

するとそこへ――――。

遅れてやってきたウォーレンとクリス。こちらは道中で話を終えていたようで、クローネの落ち着いた表情を見て緊張を緩めた。

「王都に帰ったばかりで皆には苦労を掛けたが……む？」

ふと、シルヴァードの目線がアインの腰へ注がれた。

「その剣はどうした。王都を発《た》つ前と見た目が変わっているようだが」

「……気のせいでは？」

「馬鹿を申すな。ウォーレンもそう思うであろう？」

「…………」

「ウォーレン？」

「え、あ……し、失礼致しました。ええ、今まで気が付きませんでしたが、確かに剣が以前と別物のように思えます……その剣は……」

見覚えがあった。

クリスが知っている外見なのだから、彼が知らないわけがない。

当然、シルヴァードもだ。

「余とて文献に描かれた姿しか知らぬが、それは初代陛下が用いられた剣とよく似ておるな。無論、言い逃れなんぞ考えぬことだ」

「――――アイン？」

クローネはその文献を見たことがないのか、明らかな疑心の瞳をアインに向けた。その様子はシルヴァードに彼女は関与していないと判断させるには十分な証拠だった。

しかし、クリスは違う。

彼女はシルヴァードを前にして平静を装っていたつもりだが、一瞬、目が揺らいでしまう。

「色々と聞かねばならんことがありそうだな」

すべて話せと言わんばかりの、圧のある声だった。

シス・ミルへ向かう前、エルフの長《おさ》が何を考えているのか気にしていたシルヴァードは、アインが持つ剣の様子が気になって仕方がなかった。

自分の目が届かないところで何があったのか、何が何でも聞かねばならぬと。

「ですよね……覚悟はしてましたが……」

諦《あきら》めてため息をついたアインの服の袖《そで》をクローネが引っ張った。

顔を見ると見惚《みと》れそうなほど可憐《かれん》な笑み。

だが、瞳に宿った気丈さには、たとえ魔王となったアインでも抵抗を諦めたくなるような、そんな強さが内包されていた。

◇◇◇

黒剣がなぜ姿を変えたのか。

長から聞いた、初代国王ジェイルが残したという試練も。

クリスの血統のことやアインの魔王化は伏せて、勿論《もちろん》、魔王アーシェがイシュタリカ建国の祖であることも同じく伏せて、シルヴァードにだけ告げる予定だった話を皆に告げることになった。

皆驚き、信じられないという様子だったのを覚えている。

だが事実、黒剣が変貌《へんぼう》したという結果は変わらない。

『余は信じよう。初代陛下ならば、あり得ない話ではないからな』

シス・ミル中を取り囲む結界然《しか》り、試練とやらも初代国王が関わっているのならと最後は皆が納得したのだ。

『アイン、どうかしたのか？』

『……いえ、なんでもありません』

しかし、クリスの血統については結局シルヴァードにも教えることが出来なかった。

すべては長の願いゆえだ。

『殿下、どうかこの老いたエルフの願いをお聞きください。ヴェルンシュタインのことは誰にも話さないとラビオラ妃と約束を交わしたのです。約束を違《たが》えるつもりはございませんでしたが、私は殿下に話してしまった。どうか今日の話は殿下のお心の奥底へと、優しく大事にしまっておいてくださいませんか』

この願いに応《こた》え、たとえ相手がシルヴァードであっても告げる気になれなかったのだ。


日が変わった深夜、湯上りのアインは自室のバルコニーに出て、夜風を浴びながらも、新たな姿と化した黒剣を眺めていた。

さて、疑問が残るのは戦いの最中、ジェイルが口にしていた言葉だ――――。

誰一人として、答えらしい答えにたどり着けなかった。

ウォーレンはいつもと違う神妙な面持ちでいたが、何かを見出《みいだ》せた様子はなかった。

「ジェイル陛下……」

確か、エルフの長は『やがて来る脅威のため、力を残してきたと仰《おつしや》っておりました』と、口にしていたはずだ。

その脅威は間違いなく赤狐《あかぎつね》。ハイムの騒動は偶然なのだろうか。港町マグナの凶行然り、昨今は世界が大きなうねりの中にある。

『ご自身の剣の力を渡すため、祠《ほこら》の奥で待っていたのかもしれません』

エルフの長が言っていた言葉を信じるならば。

すべては偶然ではない、そんな気がしてならなかった。

…………ふぅ。

息を吐いてから部屋の中へ戻り、机の片隅に置いていたラビオラの魔石に目を向けた。

シス・ミルを去る際に長から受け取り、それと同時に勝手に身体《からだ》の中へ魔力が染み渡ってきた、今までになかった魔石である。

「分かんないことだらけだ」

笑みを繕い呟《つぶや》いて、ラビオラの魔石の色に注視する。

普通ならアインの身体に吸収された魔石は色を失うが、ラビオラの魔石からは色が失われていない。理由としてはアインが吸収を作用させたからではない、というのが考えられるが、先ほど口にしたように分からないというのが本音だった。またその際には『弱体化』というスキルを得たが、効果が自分が弱くなるものだったせいもあって、使い道は思いついていない。

魔石の蒼《あお》は依然として美しく、天井に吊《つ》るされたシャンデリアの灯《あか》りを悠然と反射していた。

「ふわぁ……」

……不意に訪れた眠気はここ最近の疲れのせいだ。

アインは多くのことを考えるのを止《や》め、今日はもう休むことにする。

寝室に向かい、ベッドに横になるそのときまで。心に宿った疑問への答えがいつしか得られるように、心のうちに祈りを込めて――。

エウロ陥落

ハイムを発《た》ったエレナ、そしてティグル。

二人が乗るのはティグル専用の、いわゆる王族向けの馬車である。この馬車とは別に、私兵や数人の給仕が乗った馬車が後につづき、二つの馬車でエウロを目指していた。

辺りは街灯一つない暗闇《くらやみ》に包まれた街道。

イシュタリカにて、アインが黒剣を眺めていたのと同じ頃《ころ》のことである。

「エレナ、現状の敵味方の区別がつかない状況について整理したい。シャノンの生家であるブルーノ家……そしてそのシャノンと、エウロのアムール公付きだったエドワードの関係も不明瞭《ふめいりよう》なままだろう？　当然、父上の言葉にも不気味さが残ったままであるが」

「仰る通りです」

「ここで謎がもう一つある。仮に父上がブルーノ家と何かを企《たくら》んでいたとしても、兄上を暗殺する必要が分からんということだ」

第二王子がなくなった際のガーランドの様子は決して演技には見えなかった。

「父上は演技をしているようには思えんが、シャノンの件を偶然や言葉選びの間違いと片付けるには、あまりにも話が奇妙すぎる」

「――――その件ですが、私に一つ考えがあります」

「聞こう」

「仮に陛下がブルーノ家と何かを共謀していたとしましょう。それと同時に、陛下が演技をしていたと断定する場合の話です。……そうすると、王子の暗殺事件の後、陛下はすぐにブルーノ家を呼び出すはずです。ですが、それをする気配がありませんでした」

つまり第二王子が死んだのは予定されてなかったということだ。

「そうなると、関係があったはずの両者だが、父上は兄上を殺すことを知らされていなかったということになるな。ふっ、まるでシャノンの方が、立場が上のようではないか」

ティグルの声には覇気がない。

兄の死に重ねて、エレナが語る話。気丈に振舞っているつもりでも、ティグルの精神はかなり摩耗していた。

「仮に父上がブルーノ家と共謀していたとすれば、結果はどうあれ父上はハイム王失格だな」

「それは……ッ!」

「何も言うな。……そして、恋心のために国庫を浪費させていた私もまた、王族失格である」

吐露される言葉にエレナが口を閉じた。

「思い返せば、クローネは言葉を交わしたときから物おじせず、堂々と話す女性だった。媚《こ》びる態度じゃないのが好印象だったのだ。当たり前だが容姿も美しかったさ。……だが、もう一つのきっかけとなったのは、私の誘いを袖にしたときだったな」

それから、姿をくらました彼女を探すために血税を用いた。

やがてアインと出会い、つい最近ではイシュタリカとの会談の舞台を整えるまでにいったが、意味があったかと問われると、自分でもそうは思えなかった。

「奴らの宰相……ウォーレンだったか。あ奴《やつ》が私に下していた評価は正しかったというわけだ」

ティグルという王子は、もしかすると不器用なだけなのかもしれない。初恋を成就させるために暴走したこともあるが、今のように冷静になれる一面もある。内容と結果に目を瞑《つぶ》れば、過去にも自らエウロに向かったという行動力もあるのだ。

彼は決して凡愚というわけではなくて、ただ道を踏み外しただけなのかもしれない。

「さて、エレナに言おうと思っていたことがある。エウロに着いてからだが、状況によって我々はそこでお別れだ。イシュタリカでクローネと共に暮らすといい」

突拍子もないことを口にして、エレナを大いに驚かせた。

「ッ何を仰るのですか⁉」

「我らが祖国の情勢を鑑みてのことだ。状況によっては私がイシュタリカの者に頭を下げるから、エレナはそのまま、イシュタリカに保護してもらえ。異論は認めん」

「なりませんッ！　私が殿下を置いて逃げるとお思いですか⁉」

「ラウンドハート家も信じられぬ今、エレナの忠誠心ほど頼もしいものはないな」

「そう仰ってくださるのであれば、殿下も共にイシュタリカへ参りましょうッ！」

王族の方を優先したい。エレナのこんな感情をティグルは呆《あき》れ半分に一笑する。

「馬鹿を言うな。私が保護してもらえるわけがないだろうに。……話はここまでだ。エレナ、悪いが私はあまり寝てなくてな。今のうちに休ませてもらう」

「ですがッ…………いえ、承知致しました。では、今の件はエウロに着いてからご相談を」

「ふっ、強情な女だな」

ティグルはこう口にすると、目を閉じてすぐに寝息を立てた。

この緊急時においても睡眠をとれるのは、彼がハイム城に居た頃から心休まる時間がなく、身体が限界に近かったからだろう。

――私も少し休まないと。

何を考えるにしても体力があることに越したことは無い。いつもより速い脈拍と、落ち着かない感情を無視しながら、エレナは必死になって寝付く努力をした。


ハイム王国の馬車の中でも、王族の使う馬車は頭一つ抜けていた。

造りに違いがあるのも理由の一つだったが、他にも、どこよりも選別された馬を使っているということも影響している。また、給仕たちが乗ってきた馬車も、同じく特別な馬車。なにせ王族の馬車だけが速くとも、給仕たちが追い付けなければ意味が無いからだ。

「エレナ様、ただいま到着致しました」

馬車はいつの間にか停《と》まっていた。

だから給仕がエレナの下に足を運び、彼女の肩を揺らして起こしたのだ。

「……今、何時？」

「ついさっき、深夜の三時を回ったところです」

「順調に到着できたようね。少し外の空気を吸ってくるわ」

エレナの言葉を聞いて、給仕は騎士たちが乗ってきた馬車に戻る。見届けたエレナはすっと立ち上がり、強張《こわば》った身体を伸ばしながら、馬車の扉に手を掛けた。

外に出て、目と鼻の先にあるエウロを見る。

「はぁ……本当にエウロだわ」

馬車が停まったのはエウロの城下町の手前だった。

エウロは岬に囲まれた国で、風がハイムよりも強く吹く地域である。今のように火照《ほて》った頭を冷やすのにここはうってつけだ。

――アムール公にはなんて声を掛けるべきだろう。

手紙を認《したた》めてあるが、ティグルとエレナが来ているのだからあまり意味がない。

――エドワード殿は今どこにいますか？

違う。これでは言葉が足りなすぎる。

――ところで先日、エドワード殿をハイムで見かけたのですが。

今回の騒動にアムール公が関係していた場合には、間違いなくその場で拘束、あるいはその場で犠牲者の一員に加わるかもしれない。

「こんなとき、ウォーレン殿のような強《したた》かさが羨《うらや》ましいわ」

イシュタリカの人間も、ウォーレンという男の頼もしさは誰《だれ》よりも信じているだろう。

エレナもそれなりの自信はあったが、あの男を相手にすると、その自信もただの過信に思えてならない。

こういうとき、彼ならばなんて考えるだろうか。

会談の時に思い知らされた、ウォーレンという男の凄《すご》みを回想する。

――――エドワード殿に調査の協力を求めたい。

あぁ、これだ。これならばエウロにエドワードがいるのかも調べることができる、彼女が一人で喜んでいたところへ、不意に鼻孔をくすぐったのは、何かが燃える焦げ臭さだ。

どこかで焚《た》き火《び》でもしてるのだろうか。エレナはあまり気にしていなかったが、エウロの城下町に目を向けた。

するとその刹那《せつな》、町中に巨大な火柱が昇ったのだ。

「ッ……殿下を起こさないと！」

最悪の展開を考えて、まだ寝ているティグルの下へ駆けていく。

この状況はまずい。

異常に気が付いた騎士たちが動くその横を進み、馬車に足を踏み入れティグルの肩を揺らす。

「殿下ッ！　殿下ッ！」

勢いよく、本来であれば無礼なほど大袈裟《おおげさ》に。

「……どうしたのだ、随分と騒々しいな」

「ご無礼は承知の上です！　エウロに到着したのですが、何やら様子がおかしいのですッ！」

彼女はそのままティグルを馬車の外に促した。

ただ事ではないと理解したティグルは彼女の後を追って馬車を出た。

エウロ城下町の方を見ると、先ほど昇った火柱の代わりに、炎を孕《はら》んだ煙が至る所から昇る様子が視界に映った。

「何ということだッ！　エウロに一体何が――――ッ！」

この状況ではどうするのが最善なのか、極度の緊張にありながらも、ティグルは必死になって頭脳を働かせる。

「城下町に行くのはやめだ」

「賢明な判断かと。避難なさるのですね」

それが正解とも思えず、つづけてティグルは辺りを見渡す。

すると間もなく、目的としていた存在を見つけてほくそ笑んだ。

「先日は恐れを抱いたが、今は逆に頼もしさを感じている！　皆、最低限の荷物を持てッ！　アレ、アレを目指して進むぞ！」

「殿下ッ⁉　まさか……ッ！」

「そのまさかだ！　もはや頼れるのはアレしかない！」

今一度の宣言にエレナが、そして騎士や給仕たち皆が驚いた。

でも心の中では理解している。頼れる存在は他にないと分かっていたからこそ、誰一人として異を唱えることはなかった。

ティグルは焦げ臭さが入り混じった空気を勢いよく吸って。

「行くぞッ！　あのイシュタリカ戦艦に向かうのだッ！」

自分が口にするとは思わなかった言葉を発し、付いてきてくれた仲間のため、つまらないプライドを捨てて足を進めたのだ。

――先頭はティグルの騎士が進むが、そのすぐ後ろを歩くのはティグル本人だ。

絶壁に近い岬を下り、わずかに広がる平坦《へいたん》な道を進み、城下町を避けてイシュタリカの船を目指して進んでいた。踏み外しそうな足場を渡る中で、時折吹く穏やかな海風さえ、自分たちの背を押して海に落とそうとしている、そんな錯覚に陥っていた。

「――く……ッ！」

ティグルが足を踏み外しそうになると、遥《はる》か下方に小石が落ちていく。

それは岩礁に衝突すると、欠片《かけら》になって海に沈んでしまう。暗がりにあるため、そうした姿は目にすることがなかったが、それが余計にティグルの恐怖心を煽《あお》った。

――はぁ、はぁ。

それでも、呼吸をつづける努力が出来たことには自分を褒め称《たた》えたくなった。

「皆、もうすぐだ！　諦《あきら》めるんじゃないぞッ！」

第三王子の鼓舞は恐怖に身を震わせていた給仕たちの心に響き、まだ頑張れる、という心の支えに繋《つな》がった。

だが一番前を進む騎士が急に立ち止まり、悔しそうな表情を浮かべて言う。

「……行き止まりです。ここからは城下町の方へ進むほかありません」

この先は歩いて進める場所ではない。仮に騎士だけならばなんとかなっただろうが、今はティグルが、そしてエレナに加え、何人かの給仕も連れている。

進むことを諦めかけたところへと。

――キキッ。

背後から迫る不気味な鳴き声に気が付いたのはそれからすぐのことだった。

◇◇◇

所変わってイシュタリカ艦隊が肩を並べる城の近くでは、リリが騎士を指揮し、避難の誘導をしていた。

エウロのアムール公も居て、彼もまたリリの誘導に従っている。

「リリ殿、すべて世話になってよいのだろうか？」

「あー、気にしないでいいですよ。ぶっちゃけると、私たちも何が起こってるのか理解できてませんから。とりあえず、避難を最優先してくださいねーっ！」

一国の元首ともあろうアムール公が、最後はリリに対して頭を下げた。

リリは緩く返事をすると騎士たちに命じて、アムール公を戦艦の中に案内させる。

現在、エウロにあるイシュタリカの戦艦は三隻。

この中には、先ほど案内されたアムール公を含め、多くの避難民が保護されていた。既に多くの人間が戦艦に乗り込んだため、リリやイシュタリカの騎士は、状況確認に追われている。

「リリ様、報告致します。我々が到着してからの避難状況は順調です」

「おー！　それは何より！」

「しかし、我々が来るより前の犠牲者の数は数えきれません。……町中には、見たこともない数の遺体が転がっております」

そして、と騎士はつづける。

「これをご覧ください」

騎士はそう言いながら、手にしていた革袋を開けて中身を取り出す。

入っていたのは大型犬ほどの大きさもあるネズミの死骸《しがい》だ。

「いやがらせ？」

「そんな訳がないでしょう。よく確認なさってください」

気持ち悪いなー、とリリが口にしそうになった瞬間。

彼女はネズミの腹を見て、その異常な身体《からだ》に気が付いた。

「――こんなの見たことが無い」

腹部には身体に似合わない巨大な漆黒の魔石が存在を主張しており、そこから全身へと血管のような筋が伸びていた。

「弱点であるはずの魔石が体表に……こんな形で浮き出ているなんて」

「魔石は剣で破壊済みです。同時に脳も破壊しておりますので、ご心配はいりません」

「うん。それがいいかな」

「そして……このネズミによって我らの騎士が一人犠牲になりました」

ピクッ、と身体を反応させ、リリがはじめて驚きに顔を染める。

「つづけて」

冷えた目線で死骸を見つめながらつづきを促した。

エウロに連れてきた騎士は決して弱くない。近衛《このえ》騎士に劣るのは仕方ないが、それでも一人前の騎士だけを連れてきたつもりだ。だから、こんなネズミ程度に負けることが信じられなかった。

「このネズミに噛《か》まれたことで全身が萎《しな》びてしまったんです。例えるならば、全身の液体を全《すべ》て吸収されたようにです」

どうにも想像がつかない。

「我々が到着してすぐに、町が何かに襲撃を受けていることが分かりました。闇《やみ》に潜み、民を襲っていた存在がこの生物なのです。我らは魔道具を用いて多くを焼き払いましたが、数が多く、今も殲滅《せんめつ》できておりません」

「単体では恐れるに足りない？」

「はい。ですが、やはり数が多いのです。加えて、他の個体も確認しておりまして――」

すると騎士は別の死骸を取り出した。

「なにそれ、今度はウサギ？」

「ええ、そしてネズミと同じく魔石もございます」

大きなウサギの胸元には、ネズミ同様に大きな魔石が見受けられる。

「こちらの場合は、我らの騎士を葬ったという事実はありませんが、同じく噛みついてくる仕草を見せたとのことです」

「――チッ」

不機嫌に舌打ちを鳴らすと、爪を噛みはじめたリリ。

魔物に関しては多くの知識があるリリも、こんな姿をしたネズミやウサギに心当たりはない。それも突如の発生なのだから、何が影響しているのかも分からなかった。

「これじゃハイムに行くのは……どうしたらエレナ様を……」

エウロに来た本来の目的はエレナと接触するためなのに。

これでは友好国エウロの民の避難誘導をして、敵対生物の相手をするので手一杯だ。

本国に報告して援軍を頼むべきかと考えていると、新たな騎士がやってきて膝《ひざ》を折る。

「ハイムの騎士が城下町で交戦中！　既に襲われている様子です！」

はえ？　情けない声を出しそうになったのを、瀬戸際になって食い止めた。

同時に、もしかすると……という希望を見出《みいだ》す。

「襲われているのは誰《だれ》ッ!?　顔は見た!?」

「そこまでは確認できておりません！　ですが、女性を含む団体とのこと！　すでに騎士を向かわせておりますッ！」

「私も行く！　貴方《あなた》は案内をッ！」


リリは体力に自信がある。隠密行動を主とする部隊に居ながらも、剣の腕前も近衛騎士に負けない実力があると自負していた。

それでも今のエウロの城下町を見ていると気が滅入《めい》る。何処《どこ》を見ても転がっている遺体は、すべてが騎士の報告にあった凄惨《せいさん》な亡骸《なきがら》だ。そのどれもが犠牲となったイシュタリカの騎士と同じで、全身が搾り取られたような異様な状態である。

リリは周囲の光景に眉《まゆ》をひそめていながらも。

騎士が見たという、ハイムの者たちへと意識を向けていた。

「もうすぐ見えてくるかと！」

「だったらもっと急いで！」

「畏《かしこ》まりました……ッ！　ですがリリ様、くれぐれもご注意くださいませ！　この辺りは落ち着いていますが、いつ物陰から襲い掛かって来るか分かりません！」

「それも分かってる！　私の心配はいいから！」

直後、崩壊した民家の方から。

「――キ、キキッ！」

巨大なネズミが飛びかかって来たのは、リリが言葉を言い終えたと同時だった。

騎士が振り向いたときには、もうリリの首筋に食らいつくその直前だ。

もはや手遅れと知りながらも剣を抜き、気が付いていない様子のリリを助けようと剣を振り上げた。

もっと警戒するべきだった。

騎士が心底で募らせた後悔に唇を歪《ゆが》めたとき、飛び上がったネズミの頭蓋《ずがい》が唐突に二つに裂けてしまう。

「確認して」

「リリ様……一体何を!?」

「別に。ただ、ナイフを投げただけ」

どの瞬間に投げたのか見当もつかない。

「お、お見事です」

騎士はリリの手腕を称《たた》えてから、恐る恐るネズミに近づいた。剣を使いネズミを裏返し、腹部にある魔石を見た。

弱々しく、点滅を繰り返している。

「魔力の消失反応です。すぐに息絶えるでしょう」

「良かった……頭を潰《つぶ》すだけで殺せるってことみたい」

――燃やせ！　家屋なんか気にするな！

――駄目だ、きりがない！　もう船に戻った方がいいッ！

離れたところから聞こえてきた騎士たちの声。

状況は何とも面倒くさそうにしか思えなかったが、目的の人物がいるかもしれないと思えば、その気怠《けだる》さを我慢するのもやぶさかではない。

「あちらで交戦中のようですね」

「間に合ったね。でも、うーん……どうしよう」

この戦場は苦戦も苦戦、芳しくないどころではない。

では、出し惜しみはなしだ。

リリは胸元を漁《あさ》り「何かないかなー」と呟《つぶや》いた。致死性の高いアイテムは持っているが、なにぶん身内やハイムの者たちが居る。

危険なアイテムなんか放り投げたときには、皆の命だって保証は出来ない。

「あったあった、これだこれだ」

丁度いいアイテムを持っていたのは幸運だった。

納得したように何度か頷《うなず》くと、５㎝程度の黒い球を手にする。

「……って、うへぇ」

更に足を進めたところで、先ほどの騎士たちの声に同情した。

この周囲には例のネズミやウサギだけでなく、大きな蛾《が》などの数種類の虫も大挙しており、押し寄せるように騎士たちを取り囲む。

よく見ると、騎士たちは何かを守るように戦っていた。

「エレナ様、エウロを目指したのは正解ですよ。ま、あの王子がいるのはよく分かりませんけど」

守られていたのは負傷したハイムの騎士や給仕、そしてエレナとティグルの一行だ。

ただ、いくら精強なイシュタリカ騎士とはいっても、多勢に無勢で苦労しているようで、守りながらの戦いが厳しさを増す一方。

「早速、助けましょーかね」

状況を確認したリリが大きく息を吸う。

「――チャージッ！」

戦場に響き渡るその声を聞き、騎士は一斉に盾を持つ。構えた盾を使い襲い掛かる生物たちに打撃を与え距離を作ると、剣を収め、皆の盾が隙間《すきま》のない壁を作る。

守られていたエレナたちから見れば、一瞬で鉄の壁が作り上げられた。

「目を閉じて！」

つづく指示を聞き、皆が一斉に目を閉じる。

ただちに放り投げられた黒い球が、騎士たちの手前で強烈な閃光《せんこう》と共に爆《は》ぜた。

且つ、轟音《ごうおん》が鳴り響き謎の生物たちを怯《ひる》ませた。

「っ……くぁ……エレナ……今のは……ッ！」

「殿下！　動かないでくださいッ！」

急な音に驚いたのか、エレナとティグルも耳を押さえてうずくまっている。

リリは襲い掛かっていた生物が無力化された隙を見逃さず、エレナの下へ素早く駆け寄る。

「誰かこっちの王子を担いで！　私はこの人を担ぐからッ！　あとはてきとーに担いで、ほら逃げる逃げるっ！」

一斉に駆け出して、目指すはイシュタリカ戦艦。

「誰ッ⁉」

エレナが若干怯《おび》えた声を上げる。

「はいはーい。貴女《あなた》の大好きなリリちゃんですよー」

……と答えてみても、耳が麻痺《まひ》しているエレナには届かない。目くらましも直撃したのか、目も薄《う》っすらとしか開けられず、じたばたと暴れていて落ち着かない。

それでも一方、ティグルは驚くほど静かである。

「……楽でいいじゃん」

「――ええ……そうですね」

担がれたティグルは、腰が抜けたのか驚きに負けたのか。

気を失った様子で静かに担がれていたのだ。

「もうそろそろ赤弾を投げるから、みんな後ろには気を付けてね」

命令を聞き、同じく撤退している騎士たちが一斉に頷いた。それからリリが懐から取り出したのは、真っ赤《まっか》な水晶玉。魔石のように半透明で、中には赤い煙のようなものが蠢《うごめ》く代物だ。

彼女がそれを適当に放り投げると、深紅の火柱が天高く昇る。

まだ薄っすらとしか開けられない目でそれを見たエレナは、城下町の外で見かけた火柱の正体をここで知った。

「……私たちを助けてくれたのはリリだったのね」

「やーっと気が付きましたか。でも、助けたのは騎士たちですよ、私はいいとこどりです」

「教えて、エウロはどうなってしまったの？」

「急ですねー。気になるのは分かりますけど、説明は後です。ここはちょっとお話しするには向いてない場所なんで」

――――キィッ。

――――カ、カカカッ……ッ。

やはり燃えると痛いのだろう。

背後で燃え盛る生物たちの鳴き声が耳を刺して、やがて遠ざかる。凶悪な火柱に怖《おそ》れを抱いたのか、それ以上追ってくる気配は皆無。

一行が惨憺《さんたん》たる光景が広がる城下町から脱せられたのは、それから十数分後のことだった。

◇　◇　◇

「ここまできたら安全ですよー」

戦艦が並ぶ桟橋の傍《そば》で。

騎士が、そして文官たちが避難誘導の最終段階にあった。生き残ったエウロの民はタラップを進みながら振り返り、燃え盛る城下を見て心を痛める。

リリはそのすぐ横に居て、この場を任された指揮官として、全体の確認をしながらも、落ち着いたエレナに声を掛けたのだ。

「エレナ様は我々がエウロに居ることが気になってましたけど、これぱかりは偶然なんです。正直に言うと、私はアウグスト家の方々をイシュタリカにお連れするために派遣されただけですから」

「……暗殺の件ね」

「ですです。で、私は数時間前に到着しました。ウキウキしてハイムに行くつもりだったんですが、あの生物たちが急に現れて、あっという間に城下町を占拠してしまいました。私たちも状況はよく分かってないってことです。それこそ、エレナ様たちがあんな危険地帯に居た理由もです」

「こっちにも色々あったのよ。それでエウロに来てみたら城下町が大変なことになってて、それでイシュタリカの艦隊が無事なのが分かったから……」

「でも不思議ですね。あの王子とエレナ様がわざわざ来る必要があったんです？」

「説明が難しいのだけれど、敵味方の区別がつかなくなったのよ。すべては苦肉の策だったの」

「はえ？」

あっけらかんとした様子で小首を傾《かし》げた。

一方でエレナは次の言葉に逡巡《しゅんじゅん》する。

戦火に染まる空を見上げ、面前の隠密娘との腹の探り合いに備えた。

「エドワード殿は何処に居るのかしら？」

「それを聞いてどうします？」

「叶《かな》うならご助力を。ハイムの暗殺騒動のためにね」

「では、アムール公に尋ねるべきですね」

「分かってるわ。それで、アムール公はどちらに？」

「もう船内にいますよ。ちなみに怪我一つしていないのでご安心ください」

するとこのタイミングでティグルが目を覚ます。

「ここは……？」

彼は桟橋に寝かされていたのだが、傍にエレナが居たことで安堵《あんど》した。

「おーおー、元気で何よりです」

これまでの話し相手であるエレナから離れたリリは、上半身を起こしたばかりのティグルに近寄って、彼の目の前でしゃがみこんだ。

「私、リリって言います」

「知っている。我が国に忍び込んでいた女を忘れるわけがないだろ」

「おっ！　その節はお世話になりました！　……で、助けたついでに質問いいです？」

「……好きにしろ」

思いのほか素直で、賢明な判断だ。

「敵味方を区別できない状況でエウロに来たのって、半分逃げるようにハイムを出発して来たってことですよね？」

「是であると言ったら？」

「その時は取引でもしましょうか」

予期せぬ言葉。しかし、期待していた言葉。

「エレナ様とか大事な部下の皆さんを助けてほしいんじゃないですか？」

もしかすると、今のティグルが一番聞きたかった言葉かもしれない。

釣り下げられた餌に食いつくように、ティグルが真剣な瞳《ひとみ》で頷いてしまう。一切の腹芸なんてなしにあっさりとだ。

むしろ、弱々しい瞳を見せて縋《すが》ったほどである。

「頼む。私は構わない、だからこの者たちの命を守ってほしい」

まさかこの王子が頭を下げるとは、とリリは驚いた。

「貴方は我々に何を提供してくれるんです？　敵対国家の王子を助ける利点を示してください」

あくまでも強気に、頭を下げたティグルに対してこう告げる。

それを聞いたティグルは、考えていた言葉をすぐさま返す。

「私が出来るすべてで応《こた》えたい」

エレナは彼につづいて頭を下げる気でいた。

殿下を許してくれとは言わずとも、殿下のことも助けてくれと懇願する気で。

しかし、ニマァッと楽しそうに笑ったリリを見てそれを止《や》める。

「はい！　言質《げんち》取りましたー！　言質取りましたからね！　言質！　それじゃ、早速船の中に行きましょー！」

「ちょ、ちょっとリリ!?　なんなのよ、今のやり取り！」

「はいはい、船に入りますよー、さっさとイシュタリカに帰りましょう！」

我が道を行くリリに主導権を握られっぱなしだ。

けれど、助力を得られた今は些細《ささい》な問題だ。

「あ、エレナ様！　いいこと教えてあげますね」

「どうしたのよ」

「ご用事があったエドワードさんですが――――彼、数日前から行方不明だそうですよ」

ハイムから来た二人は何も言わず、ただ、予想は正しかったと項垂《うなだ》れた。


戦艦に入った三人が向かったのは指令室だ。

武骨で飾りっ気のない、指令を出すことに特化したその部屋で、窓際に立った三人の下へ、一人の文官が足を運ぶ。

「アムール公との交渉が終わりました。見舞金として、我々が被害額の一部を負担します。こちらが承認の署名となりますので、ご確認ください」

「分かった。じゃあ主砲、用意して」

「はっ」

「お、おい！　主砲を用意とは、一体何のつもりだっ！」

「大したことじゃありません。あのよく分からない生物が町のいたる所に隠れちゃってるんで、一斉に殺しちゃうってだけですよ」

アムール公との交渉と聞いたエレナが察する。

「城下町ごと滅ぼすつもりなのね」

「ご明察です。エレナ様たちを襲ったのはほんの一部ですし、あれがおびただしい量で存在してるなら、これ以外の手段はありません」

やがて戦艦の中央部が開き、巨大な筒が姿を見せる。

「会談の結果次第では、その日のうちに港町ラウンドハートに打ち込む予定だった主砲です」

巨大な筒にはティグルたちには読めない紋様が描かれている。

外観は青銅色で、金属製の筒という以外に特徴はない。周囲を支える逞《たくま》しい鉄骨が何本かだ。

筒の先が徐々に赤紫色の光を帯びていく。

紋様も共に光を発していた。

「三隻で同時に発射するよ。3――――2――――1……」

数字を数えたのを聞き、乗組員が操作を開始。

リリの指示はほかの戦艦にも届いているらしく、三隻が同時にその操作を行う。

「――ゼロ」

最後の言葉を合図に、三隻の主砲が発射された。

「ッ……これ……は……ッ⁉」

自然と漏れた言葉が、ティグルの心境を表していた。

発射された主砲は、一斉にエウロの城下町を滅ぼしにかかる。

弧を描いて波動が広がっていくと、空気が炸裂《さくれつ》するかのように衝撃が広がる。爆風で破壊された様子にも見えるが、まるで粒子に分解されたようにも見えた。

恐るべきはそれが町全体を問題なく囲える範囲で、一斉に襲い掛かっていったということ。

青や緑、あるいは紫に光る光を放つ姿は神の怒りに触れた天罰にも見えた。崩壊した城下町のいたるところで紫電が奔《はし》り、熱した鉄に水を滴らせるが如《ごと》く蒸気が漂う。

この一瞬で跡形もなく、城下町は昨日《きのう》までの繁栄を無に帰してしまった。

「主砲は別名、魔石砲という兵器です。魔石が持つ魔力を爆発させて、それを任意の方向に放つんです。近頃は小型化もされていますが、やはり戦艦の規模には勝りません。とはいえ、一発の費用も馬鹿にならないので、あまり使いたくないですね」

エウロの町は決して狭くない。

大きさを言えば、港町ラウンドハートと比べても同程度かもう少し広いと言える。

そのエウロ城下町がたかが数秒で瓦礫《がれき》と化す。

ただただ恐ろしさを抱くことしかできず、言葉を失ったのも必定。

「リリ様、これより王都キングスランドへ参ります」

と、文官が声を掛けた。

「うん、気を付けて帰らないとね」

彼女の目線はすでに城下町にない。

その遥《はる》か先にあるイシュタリカ王都に向けられて、心の内には今までの、想定外だった出来事への回想ばかりが駆け巡った。

ティグルはそれから、窓の傍を離れようとしなかった。

イシュタリカ王都に到着するその時まで、一歩も動くことなく海を眺めていたのだ。

彼の必死さ

アインが王都に戻った日の翌朝、まだ朝日が昇りかけの頃《ころ》。

部屋の扉がノックされたアインはこんな時間に？　と疑問符を浮かべながらも、机を離れて扉へ向かった。

「あれ、ウォーレンさん」

外に居たのはウォーレンで、何やら戸惑っているように見えた。

「朝早くから起こしてしまい申し訳ありません」

「大丈夫。なんか寝つけなかったから仕事してたしさ」

「そう言って頂けて助かります」

「じゃあえっと、とりあえず部屋の中へどうぞ。ハイムで何かあったとか？」

「ハイム……うーむむ、ハイムといえばハイムなのですが、やってくるのはエウロからでして」

どうにも要領を得ない。

言いづらそうにしていたウォーレンを手招きしてソファに座ったアイン。ウォーレンは申し訳なさそうに対面に腰を下ろした。

「色々ありそうだし、順を追って教えてくれると助かる」

苦笑いを浮かべて尋ねると、ウォーレンは「ですな」と短く言う。

王太子のお膳立《ぜんだ》てを前にこれ以上言いよどむわけにもいかない。

「話は少し前後しますが、エウロが不明な生物に襲われました。魔石を宿していましたが、魔物と断定してよいか不明な生物と報告がございます」

予想していなかった言葉に対し、アインが表情を一変させる。

「数も尋常ではないらしく、最終的には戦艦の主砲にて町ごと吹き飛ばしました」

リリという戦力が精鋭の騎士を率いているにもかかわらず、それでも戦艦に頼らざるを得なかったということだ。

この場にいるアインが想像できる以上に切迫した状況であったことは明らかである。

「アムール公は？」

「我らの戦艦にて保護しまして、すでに港に到着しております。ただ、騎士が一名不明な生物により命を落としました」

目を伏せたアインは勇敢に戦った騎士を想《おも》い、遺族に見舞金を送るように指示をした。

「言いづらそうにしてたのは犠牲者のせいかな」

「それもございます。ですがもう一つありまして、実は珍しい人物を保護しているのです」

「珍しい人物……誰《だれ》だろ」

「あまり勿体《もったい》ぶるものではありませんな。その珍しい人物というのは二人居りまして、まず一人目はエレナ殿でございます」

「ッ────良かった、保護できたんだね……ッ！」

「幸いでした。先日の暗殺の件でエウロに来ていたそうですから」

しかし、と言葉はつづく。

「問題なのはエレナ殿ではなく、二人目なのですよ」

「そうきたか」

アインも決して馬鹿ではない。

頭の回転はいいし、この流れでは察しだってつく。

「言いづらそうにしてたのって、もう一人保護されたのがハイムの第三王子だったりするのかなー……って思ったんだけど、どうかな？」

「さすがはアイン様、ご賢察でございます」

「この微妙な感情を表現する言葉が見つからないな。で、彼はどうしてエウロに？」

「暗殺事件が原因でしょう。ハイムに居るよりもエウロに向かう方が得策と判断したと。詳しくはこの後、私が直接聞いて参ります」

「ん、りょーかい」

「私はティグル王子の処遇を如何《いかが》するべきか迷いまして、すでに陛下へも尋ねております」

「わざわざ俺に話しに来たことが不穏だけど、お爺《じい》様が何て言ったのか、念のために聞いておこうかな」

嫌な予感というのは得てして的中するもので、今回もその気がしていた。

「お返事をそのままお伝えしますと、陛下は『アインに一任する』と仰《おっしゃ》っておりました」

「うわぁ……丸投げすぎる……」

「陛下曰《いわ》く、ティグル王子と所縁《ゆかり》が深いのはアイン様だそうで。クローネ殿の件然《しか》り、過去のエウ口での件然りですな。しかしご安心を。ハイムから誘拐だのとつつかれぬよう、私がしかと努めて参りますゆえ」

「そっちは心配してないけど、えぇー……俺に委ねられても……」

アイン個人としては会談で決着がついたつもりでいたし、今から余計な諍《いさか》いが起こりそうなことは何よりも避けたかった。

それでもシルヴァードがアインに委ねたのは、彼なりの気遣いかもしれない。

「入国を認めないって言ったらどうなるの？」

「すでに入国済みではありますが、あちらの大陸へ送り返しましょう」

一切の迷いがないウォーレンの言葉には本気を感じる。

「拘束しろって言ったら？」

「条約違反を言い訳にして、すぐに牢《ろう》に入れることにしましょう」

会談で決まった条約を持ち出されるとエレナも弱いはず。

非情な判断を下そうと、誰かがアインに異を唱えることはあり得ない。それだけのことをしてきたのがハイムで、ティグルであることに違いはないのだ。

だが、判断を委ねられたアインの声色は決して冷たくない。

「――――ものすごく難儀な判断を委ねられた気がするけど」

筆舌に尽くし難い感情を前に、アインはぽつり、ぽつりと考えを口にする。

「第三王子って、逃げてきたんでしょ？」

「……そうなりますな」

「今から言う判断が間違いだって言う人もいるだろうけどさ、俺の中ではあの会談で終わったつもりなんだ。家族が死んで、よく分からないけど国から逃げるような人を相手に、送り返すとか牢に入れるなんてことは俺にはできないよ」

「……ふむ」

「安全な住処《すみか》を貸すぐらい、俺はいいんじゃないかって思う」

「ふふっ、アイン様はまことにお優しい」

「甘いだけだよ。自分に見える範囲で胸糞《むなくそ》悪い話にしたくないだけ」

自らを嘲笑《あざわら》うかのように笑みを浮かべると、こめかみの辺りに手を当てた。

「面倒事は極力避けたい。悪いけど、折衝はウォーレンさんに一任したい」

「お任せください。我らがイシュタリカのために努めましょう」

きっと、予想されていたことだったのだろう。

ウォーレンの答えは事前に準備していたかのようによどみがない。

「さて、私はこれより港に参ります」

「帰ってきたらまた教えて」

「アイン様はお休みになられるべきかと思いますぞ。シス・ミルから戻って間もなく、徹夜で仕事とあれば体調を崩すやもしれませんし」

「これぐらい大丈夫だよ。てか、多分寝つけないし」

「ふむ、では無理をなさらぬようクローネ殿に見張りを――」

「よーし！　やっぱり休んでおこうかなーッ！」

ただでさえ初代国王の件で怒られたのだ。ここで見張られでもしたら、魔王のことだってボロがでてしまうかもしれない。

ウォーレンの後姿を見送って、仕方なくベッドに入ったのはこの後すぐのことだった。

◇◇◇

派遣して間もない戦艦が突如として帰国したとあって、港は慌ただしさに包まれていた。早朝のまだ薄っすらと暗い時間帯にもかかわらず、周囲には多くの灯《あか》りがともされている。

行き交う人々の雑踏の中。

騎士の顔に漂う剣呑《けんのん》さが不穏ですらあった。

――――戦艦内にて。

鉄製の箱には水が注がれて、魔道具により凍り付いている。

その箱以外には他に何もない一室で。

既にレイピアを抜き、警戒態勢にあった一人のエルフ。

「確認します」

クリスのすぐ傍《そば》にはウォーレンが居る。二人はエレナたちに会うより先に、報告された謎の生物の確認に来ていた。

この生物の正体は博識なクリスをもってしても不明。

醜悪な見た目は見るだけでも嫌だが、こんなものが数えきれない群れで襲い掛かってきたなんて、異常以外のなにものにも思えない。

「私も見たことがない生物みたいです」

それに、と。

「魔石が宿っているようですが、こんな付き方はあり得ません。弱点と言える魔石を身体《からだ》の外にさらけ出すなんて、生物として欠陥でしかありませんから」

「ふむ、進化に不備があったと言うべきですかな？」

「それか、魔石を人工的に埋め込まれたのかもしれません。海龍のように額に魔石を宿す例も確かに存在しますが、海龍の場合は災厄とされるほど強力な魔物です。そのため、この脆弱《ぜいじゃく》な体躯《たいく》の生物と同列には出来ないと思います」

「ええ。海龍に限っては、天敵も存在しない魔物ですからな」

クリスの説得力がある言葉に対し、ウォーレンは頷《うなず》いて答える。

「魔石を埋め込まれたというのは、新種の魔物と考えるよりも筋が通っていますな」

「……新種の魔物が大挙して押し寄せる、なんてことの方が不思議ですもんね」

「つまりこの騒動は――――」

「赤狐《あかぎつね》が関係しているのかもしれません。奴らは魔物を操るという情報がありましたし……セージ子爵が使役していたワイバーンと、少し似ている感じがするんです」

目の前の生物には、あのワイバーンのように筋肉が膨張している様子はない。

でも、通常はあり得ない個体という意味で共通点があるような気がしていた。セージ子爵が口にしていた黒幕が、赤狐という存在が瞼《まぶた》の裏に浮かんで離れなかった。

「今回は数が問題ですな。主砲が必要になるほどの群れならば、たとえ脆弱であろうとも脅威だ」

警戒心を高めたウォーレンは時計《とけい》を見た。

この部屋に来てから、考えていた以上に時間が過ぎていたらしい。

「失礼、そろそろ時間のようです」

「あっ……そっか、ウォーレン様はエレナ様たちの下へ行かれるんでしたっけ」

「申し訳ない。あちらにも直接話を聞いておかねばなりませんので」

「私はもう少しこの生物を観察しています。後でカティマ様も確認されるそうなので、問題がないか再度調べておきますね」

「それは助かります。では、何かありましたらお呼びください」

部屋を出て、控えていた近衛《このえ》騎士を連れて歩き出す。

硬い床を進むと足音が鳴り響き、頭上、船内に張り巡らされたパイプに反響した。

城に居る時と違い早歩きで進むこと数十秒。

「閣下」

外へと通じる入り口に立っていたリリが声を掛けた。

「リリ、無事で何よりでした」

「勿体ないお言葉です」

「いいえ、私は貴女《あなた》を頼りにしていますから。して……例の二人は何処《どこ》に？」

問いかけられたリリは外を見るように促して、桟橋近くに停《と》まっている馬車を指し示す。

「準備が早くて助かります。さて、参りましょうか」

「はっ！」

やれやれ、ウォーレンは心の内でため息を漏らす。

あの尊大な態度だった王子が殊勝な態度を見せたと聞くが、どんな心変わりだろう。

タラップを進みながら、少し興味が湧《わ》いてきた。

「ティグル王子のご様子はどうでしたか？」

「口数少なく、何か覚悟をしているように見えました」

「ほう？　いつになく神妙な様子ですね」

桟橋に下りてからは、一歩、また一歩と馬車に近づくにつれて多くの考えが蠢《うごめ》いた。事前にいくつかの事情は聞いていたものの、重要な問いが残されている。

――敵と味方の区別がつかなくなった、これはどういうことだろうか。

エレナとティグルが祖国を飛び出した理由こそ、最大の疑問点だ。


馬車の前に到着すると、見張りをしていた騎士が言う。

「ハイム騎士たちはまだ戦艦内におります」

「結構です。後程、私が指示をするまでそのように」

「はっ！」

そして扉が開かれた。

先に中へ足を踏み入れたのはリリ。つづけてウォーレンだ。

「お久しぶりです、と言うにはそう日が経《た》っておりませんな」

「ウォーレン殿……またお会いできて光栄です」

するとと馬車が動き出す。

腰を下ろしたウォーレンはティグルに軽く挨拶《あいさつ》。その後、エレナを見て尋ねる。

「お二人がハイムを出た理由、是非とも詳しくお聞かせください」

「……その際は、殿下の安全をお約束くださいますか？」

「お聞かせくださらなくとも約束しましょう。アイン様がそうするべきと、安全な住処《すみか》を提供しろと申されておりますので」

「あの男が……？」

「殿下ッ！」

「す、すまない……王太子殿の温情に感謝する……」

慌てて諫めたエレナに対して素直に応じたことが、相対するウォーレンには新鮮に映った。

「如何でしょうか、エレナ殿」

「勿論《もちろん》、お話し致します」

ハイム城内でティグルと話した違和感の正体を。

国王ガーランドがシャノンを殿と付けて呼び、ラウンドハート家とブルーノ家、そしてあのエドワードが行方不明になっていることなどを踏まえて、エレナが何を予想したのかを余すことなく説明した。

それを聞くウォーレンはときに目を見開き、ときに考え込む様子を見せた。

「会談の前、ブルーノ家の令嬢がエドワード殿に連絡をしていたとは」

「私がそれを思い出せたのは偶然でした」

「さすがエレナ殿ですな。この件、確かにキナ臭い」

こう言ったが、ウォーレンは確信していた。

エウロを襲った生物然り、ハイムで動く〝影〟然り。イシュタリカに牙《きば》を剥《む》かんとしている獣、赤狐が関係していることは自明の理だと。

中でも、シャノンとエドワードの二人については、もはや赤狐と断定しても良いぐらいだ。

アインが名代として足を運んだ際の帰り、エドワードからは『紅狐《くれないぎつね》』という名称のもとで像を受け取ったが、あれは間違いなく赤狐であった。

この事実もあって、エドワードの関与はすでに疑いようのない事実であろう。

「すまない」

不意にティグルが口を開いた。

「私の言葉は信じられないだろう。だが、騒動が落ち着いたら必ず礼をする」

「それについてはまた後日。私は先に保証が欲しいのです」

「私と殿下が拉致《らち》されたのではない、という保証ですね」

「左様です。いかがでしょうか？」

「ああ、如何様《いかよう》にも署名すると約束しよう。だが、父上がそれを認めるかは約束できんのだ。特に今の父上は以前と別人のようだからな……」

これにはウォーレンも苦笑い。

「あの国王といえど、ロックダムに宣戦布告するとは思いもしませんでしたぞ」

「む？　我々は宣戦布告などしておらんぞ？」

「武装した軍勢を派遣することは宣戦布告も同じです。いいえ、逆に宣戦布告もなしの武力行使といってもよいぐらいですな。エレナ殿もそう思われませんか？」

「耳が痛い話ですが、同意せざるを得ませんね」

けれど、こうなってしまえばティグルの言葉に価値はない。

ハイム国王ガーランドがこの署名は偽造だとでも言えば、それがハイムでの真実となるからだ。

が、ウォーレンはそれも気にしていない。

「とはいえ構いません。私はティグル王子の誠意を信じましょう」

「……何度でも言うが、約束する。此度《こたび》の助力、私は全身全霊を以《もっ》てその恩義に応《こた》えると約束しよう」

今の彼には嘘《うそ》を吐《つ》くような様子はない。

必死に、心の底から真摯《しんし》であろうとしているのが伝わってきた。

もう十分という段階になりウォーレンは微笑《ほほえ》む。

「よくぞご決断なされましたな」

今まで見せなかった、優しい笑みだった。

「我らを頼ることに葛藤《かっとう》があったことでしょう」

「………………いいや、少しもなかったさ。たった数日で世界が別物に変わってしまったような感覚に陥っていた私は、ちんけな意地を抱く余裕もなかったのだ」

「心なしか、以前に比べ覇気がないように見受けられますな」

ティグルは窓の外に顔を向け、頬が弱々しく震えるのを隠した。

「私は最近、いくつかの恐怖を目の当たりにしたからな」

「それは先ほど伺った、敵味方が判別できていない状況の件ですかな？」

「ああ。それに父上も関係していたと聞き、頭が真っ白になってしまった。その時には兄上の死を忘れ、自分が生き残るために必死になっていたのだ」

自己嫌悪するようにこれを語ると、目を覆うように手を押し当てる。

「今まで住んでいた自室すらも自分の部屋でないように感じた。すると不思議なことに物事を落ち着いて考えられたのだ。死の可能性を前に、心が不可思議なほど冷静だった」

それは生存本能かもしれない。

彼はつづく言葉選びに苦慮しながらも、最後は感情のままに言葉を漏らす。

「………きっと私は、ハイムに残るのが怖くなったのだろう。だからエレナと共に国を出た。エレナが持つ縁に期待していたのだろうさ」

暗闇《くらやみ》の中にあってもイシュタリカという国の強大さは揺るがなかった。

もしかすると、その縁を頼って助けてもらえるかもしれない。こんな馬鹿げた感情を抱いていたと彼は言う。

目を覆っていた手の端から一筋の雫《しずく》が伝う。

「さ……散々なことをした挙句、その相手を頼り、部下の縁を頼るッ！　——こんな情けない話は他にはないだろう⁉　都合のいいことだけを信じ、自分はきっと救われる！　そんな薄っぺらい希望に賭《か》けていたのだッ！」

毅然《きぜん》とした態度を保とうとしていたが、それは徐々に崩壊していく。幼子のように泣きながら声を震わせ、肩だって揺れていた。

「なんとも、人間らしさを感じさせる言葉ですな」

「ただの浅ましい俗物にすぎん！　私は父上を糾弾するようなことを述べながら、私自身が生き残れる道を模索して、国を捨てて部下と共に海を渡ったのだぞッ！」

「それも正しい。だが、それだけではございません」

彼は勇気も見せたのだ。

「戦場にて勇敢に進み、意地を捨てて我らを頼った結果、ティグル王子を慕う者たちの命を救うことができた。これは誇るべきことですぞ」

ティグルはハッとしてウォーレンを見た。

穏やかで、敵意のない顔を前にして。

「……ふっ、まさか貴様にそう言われるとはな」

最後に勝気に振舞って見せ、大粒の涙を流したのだった。

◇　◇　◇

――城に着いた一同は別行動をすることになる。

ティグルは書類に署名をするため、城の騎士に連れられてこの場を離れ、残ったエレナはウォーレンへ尋ねる。

「ウォーレン殿、我々は条約により国交断絶の状況にあります。こうして対話することも禁ずるという記載があるはずですが、今回の場合はどうなるのでしょうか？」

「心配には及びません。アイン様が受け入れると判断なさったことですので」

それに、と。

「エレナ殿のおかげで我々も良い情報が得られました。――――おかげで我々の因縁の相手の影も見えて参りました」

「因縁……？」

「失礼、失言でした」

考えてみれば、イシュタリカがここまで興味を示している理由をエレナは知らない。

だが、因縁と聞いては、気軽に尋ねていいものかと考えさせられる。こうして迷っているうちに、ウォーレンが話題を変えてしまう。

「私はこれより執務室に参りまして、ティグル王子との対談に必要なものを用意して参ります」

「同席しても構いませんか？」

「ご安心ください。馬車で尋ねた件について、署名を頂くだけでございますので」

「――――分かりました。それでは私はどちらでお待ちしていれば……」

「お部屋を用意しておりますので、そちらで。――――マーサ殿」

手をぱんぱん、と叩《たた》くとすぐにやってきた一人の給仕。

「一等給仕のマーサでございます」

マーサは軽く自己紹介をすると、身体《からだ》の向きを変えてしまう。

「エレナ様、こちらへどうぞ」

祖国では城勤めで豪奢《ごうしゃ》さに慣れていたはずなのに、ここに居ると価値観が崩れてしまう。案内されるまま、歩き心地の良い絨毯《じゅうたん》の上を歩きながら、この巨大な城、ホワイトナイトの広さにも驚かされていた。

やがて、足を止めたのはいくつか階段を上った先。

人の通りが少ない、重要な部屋が並ぶ階層だ。

「こちらの部屋でお待ちください」

「ええ……分かったわ」

外部の人間である自分を連れてきていい場所なのか？　疑問は残るが、下手《へた》に意見をするようなことは避けたいし、不満なわけではない。

マーサが扉を開けて、促されてから足を踏み入れた。

中まで案内してもらえるのかと思ったが。

「すぐにお茶をお持ちしますね」

あっさりと放置。

扉を閉じられて室内に残された。

中は……普通の造りだ。昇りかけた朝日の光が差し込むが、まだ薄《う》っすらと暗がりに覆われる室内。奥には大きな机と書類の束や本が整然と並べられているあたり、ここが執務室だと分かる。

敵国と言ってもいい立場の文官である自分を、こんな部屋に通して良いのだろうか。

……とりあえず、近くのソファに座って待とう。

しかし、どこを見ても惚《ほ》れ惚《ぼ》れとするような調度品だらけだ。

壁や床も重厚な木材、あるいは見目麗しい大理石。

見事な造りは、城でも一握りの人物が使うような執務室に思えてならない。

一昨日《おととい》までは自分もその立場に居て、ハイム城内で文官仕事に努めていたというのに、こうしてイシュタリカの城内にいることがおかしくてたまらなかった。

「スー……スー……」

ソファに近づいたところで聞こえてきた寝息。もしかして、この部屋の主が仕事中だったのだろうか。

不審者扱いされてはたまったものではない。

自衛の意味も込めて、部屋を出て誰かを呼ぼうとしたが。

「ん………」

つづく寝言に聞き覚えがあった。

忘れるはずもない声。それは間違いなく――。

「そういうことだったのね」

寝ていたのはクローネだったのだ。

緊張して損をした。

ここは王太子補佐官クローネの執務室だったのだ。知っていて教えてくれなかったウォーレンとマーサに恨み言は抱かず、二人の悪戯《いたずら》心に密《ひそ》かに感謝した。

そうしていると、クローネが寝づらそうに身体を動かす。

「はいはい、こっちにいらっしゃい」

呆《あき》れたように声を漏らしてから娘の頭を自分の膝《ひざ》の上に乗せた。

ソファの沈み具合とエレナの太ももの高さが気に入ったのか、クローネは大人しくその場に寝かされる。心なしか、頬も緩んでいるようだった。

……昔も似たようなことをしていた記憶がある。もう十年近くも前のことだ。

アウグスト邸にクローネが住んでいた頃《ころ》で、彼女がおそらく六歳か七歳程度の頃だ。勉強で疲れていたときや夜に急に眠くなってしまったときには、こうして膝を貸していたことがある。

とは言え、当時とは容姿も身体付きも違う。

絹糸のような髪の毛と滑らかな肌には同じ女性として嫉妬《しっと》してしまうが、きっとイシュタリカの技術力も影響しているのだろう。

こう考えて、その嫉妬を誤魔化《ごまか》すことにした。

◇◇◇

アインはウォーレンを連れ、クローネの執務室へ向かう途中だった。

「俺たちが知らない間に、話が進みすぎじゃない？」

冗談を言うように言ったのは、そうでもしなければ重苦しさを極めるからだ。

シャノンというグリントの許婚《いいなずけ》。そしてエドワードのことを考えると、今すぐにでも拘束したい気持ちに苛《さいな》まれたが難しい。何の名目でイシュタリカが攻め入るか、大義名分がない。それだけならいざとなればどうとでもなるが、シャノンとエドワードが赤狐というのが間違いだったとき、イシュタリカはただの侵略者と成り下がるであろう。

エウロが襲われたのが二人によるものだと分かれば動けるのだが……。

「どのような状況になろうとも、アイン様が出陣なさることはございませんからな？」

「わ、分かってるってば……」

理解はしているが、心の中には自分が決着をつけたいという気持ちがある。

そして、無関係では済まないという予感も。

海の藻屑《もくず》と化した初代国王別邸の地下、ジェイルの日記に書かれていた情報に加えて、マルコが口にしていたことが思い出される。

『貴方様《あなた》は特に気を付ける必要がございます。何せあの獣は、貴方様という存在が戻ってくるのを待っていたのですから。イシュタリカ王家への恨みを晴らすため、貴方様という存在が必要不可欠だったのですよ』

彼の言葉によると、アインは決して無関係ではない。

(祠《ほこら》でも、ジェイル陛下が言っていたんだ)

彼は確かに『待ちわびた』と口にして。

最期は『――――頼んだよ』と、アインに託した。託された結果が黒剣の進化だが、その黒剣を用いて何をするべきか、これが分からなかった。

けどもう一つ、ジェイルが口にしていた言葉が脳裏を掠《かす》める。

『災厄であれ。そうでなければ災厄には勝てない』

すべての言葉を合わせると、導かれる答えは一つ。

(きっと俺には、赤狐との避けられない戦いが待っているんだ)

自分には何か使命がある。

ジェイルが紡ぎ、マルコが繋《つな》げた言葉を忘れてはならないのだと。

「――――アイン様？　どうかなさいましたか？」

クローネの執務室の前で、立ち止まって黙りこくっていたアインを見てウォーレンが尋ねた。

「ごめん、何て話しかけるか迷ってたんだ」

「……左様でございますか」

この嘘《うそ》は恐らくバレている。

けれどアインは笑みを繕って、部屋の扉をノックした。

「今はマーサ殿がいるようですな。茶の支度が済んだ頃かと」

応えるように、部屋の中からマーサの返事が届く。

「では後程。またご報告に参ります」

「うん、頼んだよ」

アインは扉に手を掛け、中に足を踏み入れた。

「おはようございます、エレナさん。――こうして話すのは久しぶりですね。あまり時間はないんですが、先に話したくて来ちゃいました」

会談の際に顔を合わせたが、会話をしたわけでないためだ。

てっきりクローネと会話を楽しんでいるのかと思っていたら、クローネは疲れて休んでいたようで、膝枕《ひざまくら》を堪能している。

「お、王太子殿下――――ッ」

エレナは慌てて身体を起こそうとしたが、膝の上で休んでいる彼女《クローネ》の顔を見れば、その時間を奪いたくない。

立ち上がろうとするのを手で制してソファに近づいた。

「クローネが起きちゃうんで、そのままで」

ソファに座ったアインを見てからマーサが退室した。

それから口火を切ったのはエレナだ。

「私は今、感謝の言葉と謝罪の言葉だけが頭に浮かんでおります」

「想像はつきますが、あまり気にしないでください」

「なりません！　過去のことをなんと謝罪をすればいいのか、お義父《とう》様とクローネを受け入れてくださったことへなんとお礼をすればいいのか……そして今回慈悲をくださったこと、私は王太子殿下へ伝えるべき言葉に迷っております」

少し微笑《ほほえ》ましく見えた。必死にしている母の膝の上、嬉《うれ》しそうに寝ているクローネがまた緊張感を削《そ》いでしまう。

「気持ちは伝わってますから、それで十分ですよ」

あっさり、その程度の言葉で片付けてよい問題は一つもなかった。

だが、アインは本気で、もう何も言わなくてよいという固い意思を言葉に乗せる。

これ以上は無粋であるのだと、先に諦《あきら》めたのはエレナだった。

「クローネは寝ちゃってたんですね」

「これは……娘がお見苦しい姿で申し訳ありません」

「あははは っ……今日だけじゃないですし、見苦しく思ったことはないですよ」

「まさか何度かあったのですか？」

「ええ、まぁ。以前、そのことで一度喧嘩《けんか》をしたことがあるので、今では多少休むようにはしてるみたいなんですが」

膝の上で寝る娘を見て、一度叱責しておくべきかと考えるエレナ。

まさか、イシュタリカの王太子と喧嘩までしているとは思いもしなかった。

「もうご存知《ぞんじ》だとは思いますが、どうにもお転婆が過ぎるところがありまして。――申し訳ありません。どうやら性格は昔とあまり変わっていないようですね」

アインは興味を抱いた。

「昔はどんなお転婆娘だったんです？」

「……そうですね、婚約を申し込んできた貴族の手紙を、読まずにゴミ箱に捨てておりました。今はいかがですか？」

「いつも助かっています。クローネ以上の補佐官は居ませんから」

ここでアインは僅《わず》かな変化に気が付いた。膝の上で寝ていた彼女の頬が緩んだのだ。

「もしかしてって思ってたけど」

さて、言うべきか言わないべきか。

迷ったところで腕時計を見た。

「すみません、実はお爺様《じい》に呼ばれてるんです」

「まぁ、ではその前にお立ち寄りくださったのですか？」

「俺が話をしたかっただけですよ。お気になさらず」

来て早々だが、マーサが淹《い》れて間もない茶を一気に飲む。アインがこの後、シルヴァードと予定があることを知っていたのか、温《ぬる》くて飲みやすかったことがにくい。

それから立ち上がって、別れの挨拶《あいさつ》を口にする。

「またゆっくりと話しましょう。もうすぐ部屋の用意も出来ると思うので、クローネと話をして待っててください」

「こちらこそ、王太子殿下と話せる時間が出来て光栄でしたわ」

クローネを膝に乗せたまま、エレナはそっと頭を下げる。

「申し訳ありません。この子ったら、最後まで寝ちゃってて」

「大丈夫ですよ。さっき、クローネと話をして待っててくださいって言いましたけど」

扉に手を掛けたアインが振り向くと、ソファに横になるクローネに声を掛けた。

「クローネ、明日は夕方までゆっくりしてていいから、無理しないように。それと、エレナさんの前なんだから、そろそろ狸寝入り《たぬきねい》はやめてあげたら？」

「────もう！　黙っていてくれると思ったのに！」

「はいはい。それじゃ、また夜にね」

最後はこのように言葉を交わすと、アインは今度こそ執務室を後にした。

エレナは二人の会話に呆気《あっけ》に取られてしまったが、自然とやり取りをする二人の関係に喜ぶ。それと同時に、狸寝入りをしていた娘に厳しい視線を向けた。

「あら、お母様ったら怖い顔をしてるのね」

膝の上で横になりながら、ケロッとした顔で言った。

「誰《だれ》が原因なのか、よく分かっているでしょう？」

「最初のうちは本当に寝ていたんですもの。アインが来た時に気が付いたのだけど、起きる頃合いを見失ったといいますか……。でも、心配してたお母様が急に現れて膝枕をしてくださったんですから、娘としては甘えても許されるのではなくて？」

悪戯《いたずら》っ子のように笑いペロッと舌を見せた。こんな姿を見せられれば、エレナも怒る気力を失ってしまう。

娘の言い分は分からないでもない。エレナ自身も不安だったし、こうしてまた会えたことが嬉しくてたまらないのも事実だ。おかげでここ数日に溜《た》まった心労が消え去ったのは、きっと勘違いではないだろう。

◇　◇　◇

数日が過ぎた。

ようやく赤狐の背中が見えたこともあり、一日に何度も会議が開かれるのも当然のことで、イシュタリカ城内は近年まれにみる忙《せわ》しなさに追われていた。

そして、時が経《た》つにつれて、今度は別の不可解な点が浮上する。

重要人物の二人が失踪《しっそう》したというのにハイムが静かだったのだ。

アムール公が居ないとはいえエウロに兵を送ることもなく、他の国々へと働きかけている様子もない。

バードランド、ロックダムへの進軍速度も鈍化した。

まるで、戦力を整える時間を作るかのように。

考えるべきことが多いため、アインの心労も比例して増える。そのため、気分転換に城内を散歩していると——————。

「……あ」

「……む」

「——————あちゃあ……」

なんてことのない曲がり角の先、偶然にも出会ってしまった相手はティグルだ。

護衛兼見張りとしてティグルの傍に居たリリがため息を吐《つ》く。

これればかりは想定外だった。彼女はばつの悪そうな表情を浮かべると、必死になって平静を取り繕う。

「アイン様はご休憩ですか？」

「あ、あー……うん。気分転換でもしようと思って」

逆に言葉を交わさないというのも……。

気まずい雰囲気に耐えかねて、アインは結局、ティグルに話しかけることに決めた。

「えっとー……久しぶり」

「久しぶりという程でもないだろう」

若干ぶっきらぼうな態度に、アインは苦笑いを浮かべる。

「まぁ夏以来だし、数か月会ってなかったら久しぶりだよ」

「頻繁に会う間柄でもあるまい」

ティグルは気弱になってしまっている。

そう聞いていたが、こうして応えてもらえればアインも気楽に感じられた。

「そもそも我らは大して話をしたこともない。あの会談の際も、そしてエウロでもな」

「えぇー、なんて細かい」

「こまっ――細かくなどないだろう！　無論、感謝はしてる！　しかしこうして話しかけられるとは思ってなかったのだぞ！」

「じゃあ、その思いがけないついでに、いい機会だしちょっと付き合ってよ」

……付き合って、だと？

突然、付き合えと言われると困惑する。

ティグルはリリに視線を向けた。勿論《もちろん》、リリとしてもアインには強く言えない。かといって快諾できる提案でもないわけだ。

しかし、アインは返事を待たずに歩きだしてしまう。

「ここからなら庭園も近いしさ」

「お、おい！」

「大丈夫大丈夫、人払いはするよ」

アインが足を運んだのは、城門中にある水路の一画だった。

ここは以前、双子が小さい頃、楽しそうに泳いでいた箇所である。今では身体《からだ》が大きくなって水路に入れなくなったことを、アインは寂しく感じていた。

そこに着くや否や、アインは身体を大きく伸ばす。

そして深く深呼吸をして、連日の会議で疲れた身体に新鮮な空気を送った。

特に警戒の必要は無かったが、リリはアイン寄りにその場に立つ。

「リリさん、人払いをお願い」

「お二人になりたいってことです？」

「そ。どうせ声は聞こえるだろうけど、見えないところにいてくれるかな」

「……りょーかいです」

片やティグルからすれば、この状況は未《いま》だ困惑の一言に尽きた。

「こんなところで何に付き合えばいいのだ」

「何って、話だよ。言われてみれば、ちゃんと話したことなかったし」

――――なんと緩い男だ。

一体何を考えているのか分からない。

嫌いな相手を呼び出し、わざわざ会話をすることになんの意味があるのだろうか。

「ゆっくり話してみたかったんだ」

「私に対する文句をか？」

「いやいやいや、それはないって」

この振る舞いには、ティグルの未熟な部分が見え隠れする。

保護してもらっている身であれば、こうして棘《とげ》のある態度は取るべきではなかった。ティグルはその自覚があり、この振る舞いをしたことに自己嫌悪した。その一方で、こうして自然体で話せていることに驚きもあった。

「文句なんて今更言ってもしょうがないし、過去が変わる訳じゃない」

「しかし」

「お母様のこともだ。お母様自身が『もうどうでもいい』って言ってたから、俺もあまり気にしたくない。俺もこの国で幸せだから気にしてないんだ」

「では一つ尋ねてもよいか」

「ん、いいよ」

「そうした感情があったのならば、我らと会談をする必要はあったのか？」

イシュタリカからすれば降りかかる火の粉を払う必要はあるが、別に互いの国王が参加する規模の会談は必要なかったのではないか、と彼は言った。

それを聞いたアインは苦笑いを浮かべて。

「あー……それを聞いちゃうかー」

気恥ずかしそうに頬を掻《か》く。

「きっかけは俺が決着をつけたいって言ったからなんだけど、その時はあんなに大きな会談になるとは思ってなかったんだ」

「どういうことだ、貴様が言う決着とはハイムとの決着であろう？」

ならば大袈裟《おおげさ》になって当然だと。

「うーん。ちょっと惜しい」

「む？　それ以外に何の決着をつける必要があった？」

会談の締めには謝罪を求められたりもしたから、まさかそのこと？　ただ、アインとオリビアはハイムをどうでもよく思っていたというし、これも違うような気がしてしまう。だとすると、他に何かという話になるが――――。

「無意識だった。でも、譲れなかったから決着をつけたいって言ったんだ」

この瞬間、二人の周りに少し強めの風が吹く。

アインとティグルの髪を靡《なび》かせると、それは数秒の間吹きつづけた。

「そろそろ教えてくれ。求めていたのは何の決着なんだ」

業を煮やして尋ねると、アインが今までとは違った瞳《ひとみ》でティグルを見た。奥底に眠る強さが見え隠れする、無意識に膝《ひざ》をつきそうにさせられる強い瞳で。

「クローネは誰《だれ》にも渡したくない。あの時はこれだけを考えてたんだ」

磨かれた名剣のような双眸《そうぼう》に射抜かれる。

一瞬、空気が振動したかのように、植えられた木々も揺れ動いた。水路の水だって、凍り付いたかのように止まってしまう。ティグルは思わず息を呑《の》んだ。

「俺はきっと、今の言葉を直接伝えたかったんだと思う。会談で言えなかったのは、機会が無かったのか、俺が日和《ひよ》ったのかのどっちかだと思うけど。……まぁ、どっちもかな」

アインは自身を嘲《あざけ》るように笑ってため息を吐《つ》いた。

「――グリントから聞いていた人物像とは、まったくの別人だな」

「どんな人って聞いてたのか、大体は想像がつくよ」

「聞きたいか？」

アインは「大丈夫」とだけ言って笑う。

恐らくは、劣等感や母たちの言葉を真に受けて、あのようなことを口走っていたのだろう。

ティグルはグリントの言葉を思い返すと、そう推察した。

アインという男は強い。武を披露するのは目にしていないが、少なくとも、アインという人物そのものの強さは感じさせられた。認めたくは無かったが、王の器を比べれば、自分では相手にならないと理解できた。

「とんでもない男だな、お前は」

最後に弱々しく振舞うのも自分らしくない、と不敵に笑った。

「最後に一つ言わせてもらう」

と言いながら、アインに背を向けて歩き出す。

歩く姿は頭上に広がる青空のように晴れ晴れとしていて、堂々とした姿には自信すら漂わせた。

「王太子アイン殿、色々とすまなかった」

去り際の言葉は顔を向けていなかったが、今までで一番の謝罪だった。

他の誰かが無礼と吐き捨てようと、アインは構わないと庇《かば》うだろう。

今のは第三王子ティグルという男の性格が表された、完璧《かんぺき》にはほど遠くとも気持ちのいい、はっきりと言い切った謝罪であった。

「……なんか、前と違って悪い感じがしないな」

ティグルの後姿には人間味溢《あふ》れる人となりを垣間見《かいまみ》たような気がした。

――見送るアインはリリが戻ってくるそのときまで、去り行く第三王子の背中を眺めつづけていたのだった。

謎の生物とアインの剣

朝晩が一層冷え込み、王都を少し離れたところで初霜が観測されはじめた晩秋、エウロでの騒動から十日が過ぎた日の昼下がりのこと。

王城内でも特に大きな会議室にて。

「――――さて、説明するかニャ」

立ち上がり、書類を片手に語っていたのはカティマだ。

相手は王都に住まう有力貴族たち。彼女のすぐ傍《そば》にはアインとシルヴァードが座っている。

「先日、エウロに出現した生物は魔物ではなかったのニャ。魔石は体内の器官と繋《つな》がっていたものの、核の存在はなし。魔石内の魔力を使い果たしたとき、同時に息絶えるはずなのニャ」

「カティマよ、ではアレは何なのだ？」

「詳細はまだ調査中ニャけど、人工的に作られた生物と断定していいと思いますニャ」

「何やら剣呑《けんのん》であるな」

「後は調査後にまた報告させていただきますニャ。……ちなみに、例の生物とか謎の生物とか呼ぶのは微妙ニャったから、私は『半魔』って呼んでるニャ」

「よい、我らもその名で呼ぶとしよう」

半魔についてはまた後日、新たな情報が出たらということで終わる。

しかしアインは一人、静かに考えていた。半魔と呼ばれた生物の特徴にシス・ミルでのことを思い出したのだ。

(まるで、あの景色《けしき》で見た異人種たちみたいだ)

鎖骨付近に真っ黒な魔石を埋め込まれ、正気を失ったかのような興奮した異人種たち、初代国王ジェイルが率いる軍勢の命を無残にも奪った者たちのことだ。

「間違えないでほしいのは、半魔は港町マグナを襲った魔物と別の存在ってことだニャ」

何かに先導され、正気を失った生物という点は似通っていたものの。

「整理すると、半魔と港町マグナを襲った魔物、それと、セージ子爵が連れていたワイバーンという三つの例があるんニャけど、半魔以外の二つは、恐らく同一の技術が使われてるはずだニャ」

しかし半魔に限ってはこれまでにない、見たことのない存在であると断言した。

それを聞いたアインはシルヴァードと顔を見合わせ、同じことを考える。

(エルフの長《おさ》が言っていた通りってことだ)

どれも赤狐《あかぎつね》の犯行であると断言するならば、エルフの長が口にしていた、赤狐は一枚岩ではないという言葉に信憑性《しんぴょうせい》が増す。

では、アインがシス・ミルの聖域、祠《ほこら》の中で見た敵兵はどうだろう。

正気を失っていたという点では三つの例とよく似ているが、兵士たちは魔物ではなく、異人種ばかりであった。ならば、生体に変化をもたらしたという点を踏まえ、半魔に近いのかもしれない。

彼がこれらを思い出していたところへ。

「お待たせいたしました、陛下」

この場へ遅れて足を運んだウォーレンが発言した。

「今得られる限りの情報を集めて参りましたので、これよりご説明させていただきます」

手元にはカティマが持っていた以上に厚い紙の束があった。それはウォーレンが今日まで集めた情報をもとに用意されたもので、ハイムの現状がまとめられている。

彼は席に着いてから口を開いた。

「戦況ですが、バードランド以南にて膠着状態《こうちゃくじょうたい》がつづいております」

大陸一とされるハイムの軍勢がどうして、という疑問はない。

「さすが商人の町と言うべきか、かの地の財力はハイムに劣らず潤沢でした。雇われた冒険者の数はハイムの軍勢に数では劣っていたものの、質は決して劣りません。大将軍ローガスが率いているにもかかわらず、苦戦を強いられている模様です」

「ほう」

「率直な感想を言うと、バードランドを何とかできたところで、ロックダムを相手取る戦力を揃《そろ》えるには数年はかかるという印象です」

二国を相手取るには無謀といえた。

以前と違い、バードランドが存在感を増しているのがその要因だろう。

金は力。商人たちの財力は力ある冒険者を雇えるだけでなく、食料、加えて防衛戦に耐えうる強力な装備だって思いのままだ。

「しかし、気になる動きがございます。詳細は調べがついておりませんが、ハイム本国の方が活気づいておりました。隠された一手……不穏分子が存在していることに間違いありません」

「して、もぬけの殻となったエウロを侵略する様子はないのか？」

「ないわけではございませんが、今は遠目から様子を窺《うかが》うに留《とど》まっておりますな」

今のエウロを手にしたところで大きな利益はないと踏んだのか、それか、バードランドとロックダムに専念するために無視をしているのか、いずれかだ。

「本日はお伝えすべきことがもう一点ございます」

咳払《せきばら》いをして居住まいを正す。

「我らが王都で保護しているアムール公が専属騎士、エドワード。その男の姿がつい先日、ハイム近郊の駐屯地にて発見されました」

シルヴァードも、貴族もまた目を見開いた。特に貴族は赤狐という存在をまだ聞かされておらず、あの男がどうして――――という驚きに苛《さいな》まれる。

「…………いずれ、赤狐についても皆に伝えねばならんな」

隣にいるアインにだけ聞こえる小さな声で、シルヴァードは今後の展望を口にした。


――――会議が終わり、貴族たちが退室していく中で。

「お爺《じい》様、半魔は確実に赤狐と関係があります」

「余もそう思うが、急にどうしたのだ？」

「……シス・ミルの祠の奥で、半魔に似た存在が戦う光景を見てきました。初代陛下が戦っていたので、赤狐が相手とみて間違いないと思います」

「相分かった。皆には後程、余から伝えておくとしよう」

確信できたことは悪くない。たとえ赤狐の犯行であると予想がついていたとしても、断言できる要素があることはいつか役に立つと信じられた。

「してアインよ、この後の予定を忘れてはおるまいな」

「お、覚えてますってば！　ちゃんとムートンさんのとこに行ってきますから！」

するとウォーレンが好々爺然《こうこうや》と笑って近づいた。

「ムートン殿ならばしっかりと調べてくださいましょう」

「そうだ。初代陛下の試練とやらで姿を変えた剣のことをな」

「分かってますってば！　今朝《けさ》、同じことをクローネとクリスにも言われたんですからね！」

アインは立ち上がると、腰に携えた黒剣の柄《つか》に手を添えた。

「というわけで、二人を待たせてるので行ってきます」

こうして歩き出した彼をシルヴァードはいつも通りに見送り。

一方、ウォーレンは懐かしむような瞳を向けて見送ったのだった。

◇◇◇

アインにクローネ、そしてクリス。

合流した三人は城を出て、城下の一等地にそびえ立つムートン邸へ足を運んだ。巨大な炉が外に居ても分かる工房が隣接していて、煙突からは今日も煙が立ち昇って見える。

ノックしようと扉の前に立つと工房の中から声が聞こえた。

『こんの鳥野郎ォッ⁉　なーに素材を無駄にしてくれてんだァッ！』

『し……ししょーッ！　この素材を処理しとけって言ったのはししょーですッ！』

『あァん⁉　――――おう、よく見りゃそうだな！　エメメお前、仕事がはええなぁッ！』

『ありがとうございまーっす！』

恒例の妙にテンションが高い掛け合いだ。

「ドワーフって元気な人ばっかりなのかな」

「私な色んなドワーフを見てきましたけど、ムートンさんほど元気な方は滅多にいませんよ」

「じゃあ、ハーピーはどうだろ」

「他のハーピーというよりも、エメメさんがとても可愛《かわい》らしい方なんだと思うわ」

連れ立った二人に軽く否定され、それもそうかとアインは頷《うなず》く。

扉の前で佇《たたず》んでいるだけでは日が暮れる。

念のために手帳を開いて、今日が訪問する日で間違いないか再確認してみる。

「妙に賑《にぎ》やかだから俺が来る日を間違えたのかと思ったけど、大丈夫だったや。……あ、手帳の端が切れちゃってる」

「もう長い間使ってらっしゃいましたもんね」

「うん、そろそろ買い替えないといけないかも」

呑気《のんき》に手帳の様子も確認してから、扉を軽くノックする。

間もなく工房の中から慌ただしい声が届いて、その後で扉が開かれた。

「お待ちしてましたッ！」

と、ふわふわと飛んだままのエメメが歓迎した。

工房の中からはムートンの「待ってたぜ！」という威勢のいい声が聞こえ、やってきた三人に中へ入るよう促す。工房は今日も雑然としていたが、壁に無造作に立てかけられた剣を見れば、ムートンが腕利きの鍛冶師《かじ》であることが再確認できる。

「よく来たな、殿下。まぁ、立ち話もなんだ。とりあえず座ってくれや。エメメッ！　お茶だお茶！　茶瓶から溢《あふ》れるぐらい持って来いッ！」

「任せてください！　溢れさせるのは得意なんですっ！」

自慢することでも胸を張ることでもないが、エメメはふわふわと呑気に飛んでいった。

「早速だが、その剣を貸してみな」

ムートンは黒剣を貸すように指示。

受け取って鞘《さや》から抜いて、剣身と柄をじっと見つめ、やがて。

納得して、呟《つぶや》くような小さな声で言う。

「驚いたぜ」

信じられないものを見た。彼の声から、そして瞳《ひとみ》から、その感情が垣間見《かいまみ》えた。

ムートンは数十秒にわたって剣身を眺めてから、ふぅ、と息を吐く。彼にしては珍しく、心を落ち着かせていたのだ。

「殿下」

ムートンは黒剣をテーブルに置いてアインを見た。

「こりゃ……王の剣だ」

初耳の呼び方だった。

「俺たちドワーフにこいつを知らねぇ奴《やつ》はいない。俺たち以外の種族だって、古い文献を読み漁《あさ》るような勉強熱心な奴なら分かるだろ。で、どうして殿下がこの剣を持ってるんだ。何やら俺が打った剣の特徴もないわけじゃないみたいだが、どうなってんだこりゃ」

「シス・ミルで色々ありまして」

「話してみろよ。でなけりゃ、剣の状態を確認してくれって依頼も難しいぜ」

「アイン様、ムートン殿には話しても大丈夫ですよ」

「ええ、ウォーレン様からご許可を頂いてきてるもの」

「……また俺が知らないところで」

嘆息を漏らしムートンを見る。秘境シス・ミルで遭遇した出来事を思い返して、最深部で何があったのかを語り聞かせた。

「俺が打った剣が割れたのか」

ムートンは黒剣が迎えた結末を知り沈痛な面持ちを浮かべた。

伝説級の魔物の素材を長い時間をかけて加工し、そして出来上がった最高傑作が剣撃程度で崩壊寸前まで追い詰められる。

あまりの事実に、いつもの豪快さが鳴りを潜めた。

「王の剣ってのは打った鍛冶師が不明で、無銘の剣だ。けどよ、魔王アーシェを討ったってのは伊達《だて》じゃねえ。殿下の剣が砕け散らなかっただけ恩の字ってとこかもな」

「――――すみません、ムートン殿」

「ん？　どうしたんだエルフの姉ちゃん」

「話の腰を折るようで申し訳ないのですが、アイン様の剣はどうなってしまったんでしょうか。もはや、ムートン殿が打った剣とは言えないのですか？」

「どうだかな。俺も剣が合体するなんて見たことがないから、断定は難しいけどよ」

はっきりしない声色で言いながら、懐からルーペを取り出した。

「重心もそうだが全体の重さも全くの同じ。剣身を見てもリビングアーマーの名残《なごり》がある。外観は確かに変わっちゃいるが、この剣の本質は変わってないかもな」

「ってことは以前と全く変わってないんですか？」

「そうとも言えねぇわけだ。俺が打った剣と違う気配もあるし、魔力も宿ってる。ようはそれが王の剣の要素を受け継いだ何かってことだろうよ。いま分かんのはこんぐらいだ」

「へぇー……」

「強化されたって思っとけばいいぜ。殿下の言うことを聞く点は変わらねぇしな」

話が一段落したところへ、茶を用意したエメが文字通り飛んでくる。

「むむっ、むむむっ⁉」

なんとも頼りない不安定な飛び方だが、それも当然だ。彼女はムートンに宣言した通り、すでに溢れてしまっている茶瓶を手にしているから。

もはや、体勢を整えることに意味はないように見える。

「おーっとっとぉ⁉　危うく零《こぼ》すところでしたッ！」

「こんの鳥野郎ぉッ！　なーに汚してんだッ！」

「だ、だってしょーが溢れるぐらい淹《い》れてこいって！　あと、野郎じゃありません！」

傍目《はため》に繰り広げられる師弟関係に苦笑いを浮かべ、黒剣を腰に携え直したアインへと、クリスが興味ありげに口を開く。

「アイン様、アイン様」

「んー、なにー？」

「その剣を使っていて、違いとか感じないんです？」

「ないよ、握りから振り心地まで全部一緒」

つづけてクローネがアインに身体《からだ》を近づけて、剣をじっと眺めて言う。

「不思議な力でもあるのかしら」

何気ない一言だったが、アインとクリスはピクッと身体を揺らす。あの死を覚悟した戦いを思い返して、生還できたことへの安堵《あんど》が心に蘇《よみがえ》っていた。

「なくはないと思う」

たとえば『光だ』の一言の後で放たれた強力な攻撃。あれを使えたら頼もしいが、すでに試していて使えないことは分かっている。かと言って別の技を使える気もしない。

なくはないと思う、と答えたのは予感がしていたからだ。

「ふふっ、直感なのね」

「残念なことにね」

「ううん、残念じゃないわ。私も同じことを思ってた。……英雄王と名高い初代陛下が託したんだから、何か意味がある気がするの」

可能であれば検証したい事柄ではあるが。

「んがががががッ！　ったくよぉ！　溢れるなら飲むしかねぇな!?」

雰囲気が原因でここでは話す気にはなれない。

溢れるほどの茶が入った茶瓶をムートンが頭上に掲げ、口元に注ぐことでしのぐ姿を見ていると
そんな気になれるはずがなかった。

「さっすがししょー！　いい飲みっぷりです！」

「だろぉ？　俺ぁ昔からラッパ飲みに――――ご、ごほぁっ……」

「ししょー……？　ししょーッ!?」

むせてしまうのは容易に想像できた。

力なくテーブルに伏せてしまい、茶瓶が勢いよく頭部に落下。アインは目を回してしまったムートンへと、肩をすくめながらも安否を尋ねたのだった。

◇◇◇

できることと言えば、まずは振ってみることだ。ようは訓練がてら剣を振り、何か違いはないか確かめることぐらいである。

城に帰り夜は更《ふ》け、夕食を終えてから少しの休息をとったあと。

アインはシャツにズボンという軽装で城の裏手にある砂浜に向かっていた。

その道中、カティマの地下研究室へつづく階段の傍を歩いたところで。

「ニャァー……疲れたのニャァ……」

偶然扉から彼女が背を丸めて気だるそうに現れた。

「研究の調子はどう？」

「ニャハハッ、見ての通りだニャ」

半魔の情報は過去の文献にも存在しておらず、彼女は手を焼いていた。

「ま、最近は有能な助手が付いてるから助かってる方ニャ」

「助手？　いつの間に雇ってたのさ」

「雇ったっていうか、エレナなのニャ。いやー、あいつ凄《すご》いニャ。何もせず、保護されてるだけなのは嫌だって言われたから手伝ってもらってるんニャけど、めっちゃ有能なのニャ」

そう言ったカティマは上機嫌だ。

「エレナさんって、今はグラーフさんの屋敷から通ってるんだっけ？」

「んむ。例の第三王子と同じ屋敷からだニャ」

とはいえ騎士の見張り付ではある。

だが、イシュタリカに来た当初に比べると自由が与えられていると聞いた。

「しっかし問題は情報だニャ。いくら優秀な助手が居たところで、情報が足りてないのが問題でニャ……。半魔の調査は前途多難だニャ」

「あ、エルフの長に半魔について聞いてみるのはどうだろ」

「既に手紙を送って、ちゃちゃっと返事を受け取ってるのニャ。ちなみに知らないそうだニャ」

「うーん……八方塞《はっぽうふさ》がりか」

「じっくり調べるとするニャ。ってなわけで、私はこれから寝るのニャ」

「りょーかい。お疲れ様」

こういうときは誰《だれ》よりも頼りになるのがカティマだ。

身体に気を付けてくれと想《おも》い、後姿が見えなくなるまで見送った。

その後で目的だった場所へと歩きなおした。


夜の海風は少し寒い。

軽装のアインは扉を出てすぐに肌寒さを感じたが、剣を抜き、演武するように振っているうちに身体はすぐに温まる。

一振り、幼い日から磨き上げた基本の構えから放ち。

さらに一振り、イシュタリカの騎士が扱うような剣技を披露した。

黒剣は何か特別な反応をすることもなく、空を裂く音が風に乗るだけだ。

「ふぅ…………」

やがて、静止して目を伏せる。

瞼《まぶた》の裏に蘇るジェイルとの闘い。彼がアインに見せつけた剣技。

想像の範疇《はんちゅう》になかった、圧倒的な剣技の数々を思い出す。

「昔よりは近づけたはず、って思ってたんだけどなー……」

自信は悉《ことごと》く崩壊した。目の当たりにした剣技はどれも神業で、自負心すら打ち砕かれたのは記憶に新しい。

しかし心は折れておらず、必ず追いつく、この固い意志は失っていなかった。

――――また修練を積もう。

アインが黒剣を構えると、月明かりが漆黒の剣身に反射した。

温まった身体から少しずつ汗が浮き出て、動きにつれて宙に舞う。

いつからか、時間を忘れて剣を振っていた。

この時間に終わりがやってきたのは、自分でも納得のいく一振りが出来た瞬間だ。息を整えていると、背後からクローネの声が届く。

「お疲れさま」

私服姿の彼女は海岸の寒さのためにストールで肩を覆っていた。

手元にあったタオルをアインに手渡して、見惚《みと》れそうになる微笑みを浮かべ。

「アインの訓練って、もう私には目で追うのも難しいみたい」

と、嬉《うれ》しそうに。

でも少し悔しそうに口にした。

「昔より強くなれていたようで何よりだよ。で、いつから見てたの?」

「アインが訓練をはじめてすぐよ」

「……声を掛けてくれたらよかったのに」

そうは言っても、彼女は声を掛けないだろう。

極力、アインの邪魔にならないように気配も消していたようだし、砂浜での演武を見て楽しんでいた節もある。

気づかなかったアインもアインだが……。

「よし、っと」

――アインは汗をぬぐいながら砂浜にある大岩へ足を進める。何かを言わずとも、二人はその大岩へ腰を下ろして海を眺めた。

「聞いてみたかったことがあるんだけどさ、クローネって、ハイムに居たときにシャノンと会ったことある？」

「パーティで挨拶《あいさつ》ぐらいならあるわよ。彼女は『祝福』のスキル持ちで噂《うわさ》になっていたし、当時は私と彼女を比べる人も居たの」

「へ、どうして？」

「あの子は器量が良くて利発で、生まれ持った希少なスキルもある。だから、縁談を望む貴族が多くいたそうなの。……その、私も縁談を望まれる機会は多かったから……」

「ごめん、そういうことか」

言い辛《づら》い理由を言葉にさせるのは無粋か。

ふと、アインはじーっ……と音がしそうなほど、クローネの横顔を見つめた。

「な、なによ……！」

アインは決して何も言わず、静かに心の内で呟《つぶや》く。

（シャノンが赤狐だったとして、でもクローネの方が凄い気がするのはどうしたもんか）

普通に考えるとシャノンは幼い令嬢を演じていたはず。

しかし、幼き日のクローネの自然な振る舞いの方が印象に残っていて、今更ではあるが素直に感服してしまった。

「何も言わずに見つめられてると、さすがに照れてしまうのだけれど……」

瞳《ひとみ》を軽く潤ませて、頬を仄《ほの》かに紅に染めながらもアインから目をそらさない。

唇は軽く尖《とが》らせるとともに、僅《わず》かに眉《まゆ》をひそめて彼を見上げる。

「考えごとをしてたんだ」

「私を見ながら？」

「うん」

「即答ね……何を考えてたのかしら」

「内容は秘密ってことで」

軽快なやり取りをつづけるうちに。

「私がその答えで――――くちゅんっ」

物言いたげだったクローネが珍しく、アインの目の前でくしゃみをした。

「そろそろ城の中に戻ろっか」

アインが立ち上がりながら言った。

「ねぇ！　さっきの秘密は――」「ほら、手」「……もう」

彼の手を取ると、温かさで頬が緩んでしまう。

半歩ほど前を進む彼へと、少し不満そうに言う。

「ズルいのね」

「何が？」

「ううん、何でもないの」

自分だけ秘密と言われたままなのがしゃくだったから、というほどのことではない。

だが、手を取られただけで不満が消えてしまった自身の単純さを素直に教える気にはなれなかった。

アインはこの返事に何がズルいのか困惑してしまう。

「ふふっ」

それを見て満足したクローネは彼の二の腕に身体《からだ》を預け。

もう一度、さっきのように「ええ、ズルいの」と口にしたのだった。

それでも日常はやってくる

早朝の訓練場に響き渡るはアインの声と、彼に応《こた》える近衛《このえ》騎士の声だった。

中央の一番大きな武舞台はここ最近、常に特別な緊張感と熱気を漂わせる空間だ。

流れは単純で、迎え撃つアインが近衛騎士を相手に剣を振る。一本を取られた近衛騎士から退場していき、訓練に参加した者の全員が彼に立ち向かうまでつづけるのだ。

「くっ……ありがとうございました……ッ！」

「ああ。――――さぁ、次だ！」

そしてまた一人、数秒と持たずに一本を奪われる。

つづけて意気揚々と近衛騎士が向かっていくのを遠巻きに見て、ロイドが言う。

「近ごろのアイン様は気持ちの入り方が違いますぞ」

「ええ、そのようですな」

こう返したのはロイドの下を訪ねていたウォーレンだ。

「アイン様に影響されてでしょうが、最近は訓練に参加する者全員の様子が違うのです。こればかりは喜ばしい限りですが……やはり気になる」

「エウロの騒動からもう二か月近くでございますゆえ、致し方ありません」

「だがウォーレン殿、先ほどの話によれば、バードランドの防衛線が突破されるのも時間の問題だ」

「恐らくそうなるでしょう」

含みのある声でウォーレンがつづける。

「長い間、膠着状態《こうちやくじようたい》にあった両者でしたが、ハイムは何か準備が終わったようです。加えてただでさえ押され気味であったバードランドですから、隠された不穏分子の正体次第ではすぐに、下手《へた》をすれば数日以内には市街地の外壁まで到達するかもしれません」

「……我らも派兵するべきではないか？　ハイムに赤狐《あかぎつね》の影あり。赤狐の存在はまだ一部の者しか知らないが、あちらの大陸が奴らの手に落ちることは避けたい」

故に、単刀直入に言うと。

「何か理由を付けて派兵すべきだ。エウロの件をハイムの暴走としてもよいし、ハイム騎士がイシュタリカに潜伏して活動していたとしてもいい」

「後者の場合、会談の合意に背く事実をでっちあげるのですね」

ロイドは初代国王ジェイルを信奉する純粋なイシュタリカ国民だ。

そのジェイルに背く発言をした理由は偏《ひとえ》に、赤狐にある。

「魔王アーシェを唆《そそのか》したほどの存在を見過ごすわけにはいかん」

それがまた、数百年前のようにイシュタリカへ牙《きば》を剥《む》いたなら。

警戒せずにはいられない事実で、元帥のロイドからすればこれを危惧《きぐ》しておくこともまた、重要な責務であった。

「港町ラウンドハートから背後を取れば一撃ではないだろうか」

戦艦が放つ主砲の一撃があれば確実だ。

しかし、ウォーレンは首を横に振る。

「問題は陸上戦なのです。例の半魔がいればこそ、たとえ我々の戦力があろうとも順風満帆とはいきません。魔導兵器を用いるのは当然ですが、奴らは素早く数が膨大です。エウロで出現した以降の目撃情報は有りませんが、隠し持っていないとも限らない」

「……確かにその通りだ」

「とはいえ、実は港町ラウンドハートに攻め入ることは検討していたのです。そうすれば奴らは前後に敵を抱えることとなりましょう？」

「本国を守らんと撤退したところをバードランド、ロックダムと協力して挟み撃ちか」

ロイド自身が仮にハイムの一員だったのなら、このシナリオが最も避けたい展開だ。しかしその行動に移れない理由があるという。

「問題は先ほども申し上げた陸上戦だけではありません」

目線が武舞台のアインに向けられた。

「万全を期したいのです」

「しかしウォーレン殿！　我らの戦力があれば！」

「ええ、ハイムを滅ぼすことぐらい問題ありません」

「ならばッ！」

「ですが私はその先のことを危惧しています。たとえハイムを滅ぼせたところで、たとえ赤狐の息の根を止めたところで。その後で悲劇に見舞われては意味がありませんから」

「……ウォーレン殿？」

叡智《えいち》に富んだ宰相は何を危惧しているのか。

ロイドは少しも分からなくて、けれどそれを強く尋ねる気持ちにはならなかった。

信頼だ。隣に立つウォーレンという男を疑ったことなんて少しもなかった。

「おっとと、失礼。私はこれより陛下と打ち合わせがございまして」

「む、相分かった！　私もそろそろ訓練に戻ろう。いやご覧の通り、近衛騎士の情けない有様に活を入れねばならんのでな」

「はっはっはっはっ！　大目に見ては？　今のアイン様がお相手ならばどうしようもない」

「分からいでもないのですがな。しかし騎士が負けてばかりでは、と」

最後に威勢よく掛け合ってから。

訓練場を後にしたウォーレンは、外に出たところで、眩《まばゆ》い朝日に目を細めた。

そして、訓練にいそしんでいたアインを思い出して口元を引き締める。

「彼を守らねばならない」

脳裏に浮かぶ多くのシナリオ、中でも最悪のそれを避けるために。

「……歴史を繰り返すことがあってはならないのです」

自らの使命を再確認し、強く頷《うなず》いた。

◇◇◇

こんなときに学園に行くのはどうなんだろう、そう思わないわけでもない。

エウロでの騒動に加えてハイムによる侵略行為の最中《さなか》、海を渡ったイシュタリカは大きな影響もなくいつも通りの日々を迎えていた。

営みは止まらず、また止めるべきでもない。

分かってはいたものの、王太子のアインからすれば少しの違和感があって当然だった。

十二月になれば寒さは増して、今日だって外にはしんしんと雪が降っていた。通学の途中で感じた寒さは学園内に入ると消え、教室の暖かさに身体《からだ》が眠気を催してしまう。

「……ねむ」

久しぶりとなるホームルームを前にして、アインは珍しく教室に足を運んで席についていた。

「アイン君、ねむそー……」

「教室が暖かいからね。二度寝したい欲と戦ってる」

「ったくよー、朝から緩みきったこって」

傍《そば》に座るロランとバッツがつづけて声を掛けてきた。

「殿下もお忙しいのだろう」

最後にレオナードが言った。

「そういえば、フォルス公爵が城に数日分の着替えを持ち込んだって聞いたよ」

「それでしたら、実は宰相閣下との仕事つづきでして、屋敷に帰るより城に泊まり込んだ方がよいと判断したようです」

「苦労を掛けるね」

「いえ、殿下や陛下のご心労と比べれば些細《ささい》なものです」

二人の会話に出た城という言葉を聞いてバッツが口を開く。

「俺も近いうちに城に行くぜ」

「騎士の登用試験だったか、私はもう文官としての試験は済んでいるぞ」

「早いじゃねえか。合格したんだろ？」

「ああ」

「おうおう、随分と軽く頷いてくれたじゃねえか」

「合格は合格だからな。とはいえ、バッツなら大丈夫だろうに。私は専門外だが、貴様も登用基準は満たしているのだろう？」

「まだ合格したわけじゃねえし、関係ないだろ。これでも緊張してるんだぜ」

「いい考えだな。地に足のついた返答で何よりだ」

次の春になれば皆卒業で、新たな舞台へ飛び立っていく。

級友たちと顔を合わせる機会は減り、アインも王族の一員としての仕事がより一層増えることは想像に難くない。

そんな中、静かだったロランへとバッツが尋ねる。

「でだ、お前はどうなんだよ」

「ボクはもう任地が決まってるよ？」

「んな――――ッ!?　また随分と進んでるんだな……」

「ありがたいことに声を掛けてもらってたんだ。内容は話せないから、ちょっと察してくれると助かるんだけどね」

「国に雇われてるからってとこか」

バッツは納得して頷くが、アインはその仕事内容も知っているからこそ告げる言葉がある。

「頼りにしてるよ」

詳細を述べなかったロランへと、せめてもの声援を送った。

はにかんだロランがピンと耳を立ててヒゲを揺らす。

海龍艦リヴァイアサンという大仕事に携わるのは大変だろうが、彼ならば大丈夫と心の底からそう思えた。

すると、そこへ。

「――――揃《そろ》っているようだな」

扉が開いて現れたのはルークだ。彼はアインたちの世代の一組《ファースト》を担当した教授だ。一年次から六年次まで一組《ファースト》の維持に成功していたアインからすれば、そのクールな表情も見慣れたものである。

「今日は期末試験について連絡がある」

こう言って、彼は教壇そばの黒板に文字を書いていく。

「諸君が理解している通り、我々、王立キングスランド学園では、十二月に一年の成果を判断する試験が行われる。六年次の場合は卒業試験とも言われるが、学園創立以来、一人たりとも卒業試験の不合格者を出したことはない。当然、当代の六年次も同じであることに私は期待している」

特に優秀な一組《ファースト》ならば、という無言の威圧感が放たれている。

「試験はいつもと同じく二つだ。基本科目に加えて、専攻科目となる。これらを合算した成績により、六年次の卒業時点での順位が決まる」

アインやバッツの場合は基本科目と剣術になる。

「試験は十日後に迫っているが、最後まで油断しないよう心掛けるように」

そして、一呼吸置いた。

「海を渡った大陸の騒動は知っての通りだ。しかし我らは我らで進まねばならない。不安を抱いている者も居ると聞くが、今できることに真摯《しんし》に努めることこそが、諸君の輝かしい未来に繋《つな》がることを私は強く信じている。心を乱すことなく励みなさい」

一見すれば冷たい印象を抱かせる彼だが、瞳《ひとみ》には確かな優しさが宿っている。

「最後に詳しい資料を配布しよう。気になることがあればいつでも私のところに来るように」

では。

彼は眼鏡《めがね》を指先で整えると、配布し終えたところで教室を後にした。

◇　◇　◇

学園内の訓練場、その中にある教官の部屋で。

「アインは朝一で試験するからな」

この部屋の主、カイゼルが来訪したアインに言った。

「なんで俺だけ……」

「んなの、試験の相手が俺だからに決まってる」

「あれ、今回の試験ってカイゼル教官と戦う感じなんですか」

「他の奴《やつ》は違うぞ。うちには幻影の魔物を作り出す魔道具があったろ？　あれで実戦を模した戦いをさせてから、六年次の剣術専攻の生徒同士で競わせるつもりだ」

「ああ、最後に順位付けをするんですね」

「そういうこった。アインも参加したいか？」

「俺は――――」

「参加しないだろうし、したくないだろ？」

「…………」

「理由は言わなくていいぞ。海龍討伐の英雄、冒険者の町バルト、そして港町マグナを救った王太子。そう呼ばれてるお前が参加を避ける気持ちは分かる。他の生徒の前で、水を差さないかって心配なんだろ。試験だからそう気にすることじゃなくともな。けど、不参加にも理由が必要だ」

そのために朝一で試験を終わらせてしまおうという提案だ。

気遣いに感謝したアインは深々と頭を下げて、助かりますと返す。

「他の奴の試験中は俺の手伝いだ。実は年末になると毎年気が滅入《めい》ってな、一年から六年の全員を見なきゃいけないから休む暇がなかったんだ。今年はアインのおかげで楽できそうだ」

ふと思い出したように言う。

「そういや、年末と言えばアインの誕生日が近かったな」

「おかげさまで、今年も無事に年をとれそうです」

「何も世話してないけどよ。めでたい話に変わりはないが、今年も城でパーティでも開かれるんだろ？」

「ですね、城にいる人だけで集まるって聞いてます」

アインはカイゼルが座る傍の壁に立てかけられていたカレンダーを見て、今日、今さっき決まった試験の日程を思い返す。

「パーティと試験の日が同じみたいです」

「ちょうどいいじゃねえか、羽伸ばしとけ」

腕時計を見ると、もういい時間だ。

「今日は配慮して頂けて助かりました。そろそろ帰ります」

もう一度頭を下げて、もう帰宅するとだけ言う。

カイゼルの傍を離れていくと、アインの背中に向けて彼が言う。

「今の話は俺からルークにも伝えとくぞー、気を付けて帰れなー」

部屋を出ると、外には多くの生徒の姿があった。一年次から六年次まで、年代に限りはなく、皆が試験に向けての調整を行っている。

熱気、そして剣がぶつかる音を聞いていると。

「……バッツだ」

訓練に勤《いそ》しむ級友の姿を見かけ、声を掛けようと思い立った。

しかし。

――――ふっ……はァァァッ！

覇気のある掛け声を聞いて取りやめた。

訓練中にわざわざ邪魔をするような用事はないし、今朝《けさ》の話では、登用試験に向けて緊張もしているらしい。

汗の粒を弾《はじ》かせ、息を切らせて無我夢中の彼の邪魔をするわけにはいかない。

だからアインは陰ながら彼の成功を祈り、訓練場を立ち去った。

◇　◇　◇

学園の外にはクリスが居た。その隣にはクローネも。

彼女たちが居る場所だけスポットライトが当てられたように目立ち、しんしんと降る雪もまた二人のいる場所を彩った。

コート姿の二人に近づくと、クローネは白い息を吐いて「お帰りなさい」とアインに言う。

「おまたせ。クローネが居るのは珍しいね」

「私はお仕事があって学園都市に来ていたの。一緒に帰りたかったから来ちゃった」

分かりやすい理由を聞き、三人はすぐに歩き出す。

足取りは軽く、そして寒さのせいで足早に。

僅かな吐息も確かに白くて、隣を歩く二人の頬は寒さで少し赤い。

「冬だねー」

と、アインは思わず当たり前のことを口にした。

「急にどうしたの？」

「吐息が白いし、みんなコートを着てるから何となくかな。こうしてるとバルトに行ったときのことを思い出すよ」

「ふふっ、バルトも寒かったものね」

それを聞いたクリスが若干恨めしそうに言う。

「私は特に思い出がありません……」

「ご、ごめんって……」

「当時は確かアイン様がウパシカムイを倒したって聞いて、安堵《あんど》してから喜んで、また無理をなさったのかなって心配した記憶があります」

「……あ、ほら！　もう駅に着いたよ！」

学園都市の駅に到着し、更に足早に進みだしたアイン。

「あー！　誤魔化《ごまか》しましたね⁉」

「誤魔化すも何もアレは不可抗力だったんだってば！　当時はロイドさんにも許可を貰《もら》ったんだからさ！」

「でもでもでも！　すっごく心配だったんですからね！」

勿論《もちろん》、アインとしても心配させたことは申し訳なく感じている。

しかし先を進むアインは追及を避けるために駅へ一直線。やがてホームに到着してからは、つづく追及がなかったことに安堵した。


――――この時間の水列車の込み具合は言うまでもない。

帰宅ラッシュと呼ばれる時間帯で、冬の時期は外を歩いて移動する者も減るのも一因だ。

耳に届くのはレールの軋《きし》む音に、周囲の人々の話し声。

時折、風を切って進む音や、ブレーキを踏んだ硬い重低音が耳を刺した。

「ちょっと失礼しますね」

もうすぐホワイトローズ駅に到着というところでクリスが言った。

「どうしたの？」

「確認したいスケジュールがあったもので……。すぐ傍にいるので安心してくださいね！」

すぐ傍というのは、車両の連結部分だ。

三人が居たのがそのすぐ近くとあって、都合が良かった。

クリスが扉を開けてその空間に向かってから、アインは自分を見上げる瞳に気が付いて目線を下げる。

壁際に立っていたクローネが瞳を向けていたのだ。

彼女は口を開いてアインに尋ねる。

「また大きくなった？」

「そうかな」

「ええ、そんな気がする。前はもう少し顔が近かった気がするのに」

「言われてみたら確かにそうかも」

かと言って、広がった差は若干のはず。

違和感はそれほど大きくなかったからだ。

「大きいとつり革に掴《つか》まるのも楽に見えるのね」

「実は身体《からだ》が大きくなってから不便もあったけどね」

アインは当時を思い出して言う。

「服は総入れ替えしたし、椅子も小さくなったのは新しいのを用意してもらったり……あとはベッドを大きいのに替えたりもしたかな」

クローネが言ったように、つり革に掴まるのは確かに楽になった。けれど慣れないうちは不便なことの方が多かった、という記憶が勝ってしまう。

――――アインは辟易《へきえき》しながらも車窓の外を眺めた。

ふと目にした建物がオーガスト商会の物と気が付いて、思い出したように言う。

「エレナさんとはどう？」

「お爺《じい》様を交えて食事をしたりしてるし、たくさん話せてるわよ」

「良かった――――けど」

手放しでは喜べない。

ハイムにはまだクローネの父と弟が残されているからだ。

「ううん、気にしないで」

クローネはアインが気懸かりにしていることを悟った。

「ハイムに残ったお父様たちは大丈夫。派兵以降、暗殺は一度も発生していないそうだし、実はお父様から一度だけ手紙が届いていたの」

「い、今の状況でよく届いたね……」

「ふふっ実は先日、リリさんが港町ラウンドハートでお父様と会ってきてくれたのよ」

王都で会わなかったのは危険性を減らすためと、港町ラウンドハートならいざとなってもすぐに逃げることが可能と踏んだからだそう。

「お父様たちはハイムに残ることにしたんですって」

「危ない状況なのに、どうして？」

「イシュタリカに世話になりっぱなしなのが駄目なのと、ハイムで出来ることを探して働きかけてみるって、リリさんにこう答えたらしいわ」

「世話になるなんて気にしないでいいのに」

「……アウグストは大公家だから、お父様にはその矜持《きょうじ》もあるんだと思う」

クローネの弟もその言葉に同意したそうだ。

「実はアインと陛下にも手紙があったの。ウォーレン様が先に確認なさるってお持ちになったそうだから、今日の夜にはアインにも声が掛かると思うわ」

何か意見を言うにしても、まずはその手紙を読んでから。

ここでクローネの父が見せた気概に無粋なことを言うよりも、彼が認《したた》めたという手紙を読んでから、また思うことがあれば言えばいい。

――――ふぅ。

アインは息を吐き、これまでの緊張感を緩和させた。

気が付くと首筋に薄《う》っすらと汗が浮かんでいる。人混みで暑いのと、さっきまでの緊張感もあって鼓動も少し速かった。

「残念、落ち着いちゃったのね」

「残念って、なんでさ」

「心音、聞こえてきそうだったもの」

見上げて微笑《ほほえ》み、からかうように。

するとそこで車両が急停止。

ホワイトローズ駅に到着しようとした、その矢先のことだった。

「きゃ――――っ」

「っと、大丈夫？」

軽く体勢を崩したクローネが前のめりになり、面前に立っていたアインの胸元にもたれこんだ。

やっぱり心音が聞こえてきた、と。

あるいは、素直にありがとうと言うべきか。

迷ったクローネは可憐《かれん》に微笑み、さっきの話を思い出す。

「大きくなってくれたおかげかしら？」

私にとっては悪いことじゃなかったと口にすると、自分で言ったことなのに、照れくさくて頬を赤らめてしまう。

彼の胸元に居たまま、自分を見下ろす彼と視線を交わしながら。

「…………意外と役に立つみたいで悪くないかも」

「ええ、すごく悪くないの」

ずっとこうしているわけにもいかない。

クローネは名残惜しさを感じながら、でもそれを隠したまま距離を取った。

彼がすぐにそっと目線をそらしたところを見ると、照れてくれたらしくてクローネの頬に喜色が浮かぶ。

だが二人が和やかな雰囲気に包まれているところへと、不意に悲痛な声が届く。

「う、うぐぅ……痛いです……」

連結部分につづく扉の窓で、頭をぶつけていたクリスが額を押さえて目元に涙を浮かべていた。

「とりあえず」

もうホワイトローズ駅に着く頃《ころ》だ。

「クリスが大丈夫か聞いておかないと」

アインの呟《つぶや》きを聞いたクローネは苦笑しながらも頷《うなず》いて、連結部分へつづく扉に手を伸ばした。

◇◇◇

緊急停止は特に大きな事故ではなかったと聞いて安心した。

だが、クリスは城に着いてから新たな受難に見舞われる。

大広間にて、城に帰ったばかりの三人にマーサが言ったのだ。

「申し訳ないのですが、クリス様のお部屋の浴室が不調のようで……。恐れ入りますが、本日はご自室以外の浴室を使って頂けますか？」

「……寒かったのでお風呂《ふろ》に入ろうと思っていたのですが、それなら仕方ないですね」

「あれ、クリスはこの後も仕事じゃないの？」

「私は――――」

「アイン様、クリス様は非番です。アイン様をお迎えに行ったのは、ご自身が行きたいからという理由でディルに交代するよう頼みこんだからですよ」

事情をバラされたクリスが頬を一瞬で赤らめた。

「ッ～～なんで言っちゃうんですか⁉」

「そう言われましても、アイン様に隠すことでもございませんので」

赤裸々に語られたクリスが頭を抱えた。

そりゃ、秘密にするようなことではないが恥ずかしい。

「ところでクリス様、お風呂はどういたしましょうか」

「そ、そうでした！　お風呂は……ひとまず給仕用のか、騎士用の浴室を使うことにしますっ！」

ひとまず自室に戻って着替えを取りに行こう。

クリスがそう考えて歩き出すのと同時のことだった。

「お帰りなさい、アイン」

オリビアが階段の上から現れてアインに近寄ると、見惚《みと》れんばかりの佇《たたず》まいでこう言った。

「あら、クリスったら、どうして落ち込んじゃっているの？」

「実はお風呂が壊れちゃったみたいなんです……だから今日は、別のお風呂を借りなきゃなって思ってました」

「じゃあ久しぶりに一緒に入りましょうか、さぁ、いらっしゃい」

「一緒に……って、オリビア様⁉」

「ほらほら、早く行きましょ」

半ば強引に話を進めたオリビアを見て、クリスは慌ててその後を追う。大広間に残された三人は一様に、今後の展開を悟っていた。

「それじゃアイン、私はお仕事してくるわね」

「ん、りょーかい。何かあったらいつでも呼んで」

「だーめ。アインは今日お休みでしょ。ゆっくり休んでて」

そう言って今度はクローネがアインの下を去って行く。

アインは言われた通り、今日という日を休息に充てようかと考えていた。

そこへマーサが思い出したように言う。

「ウォーレン様より預かっていたお手紙がございます。すでにお部屋の机の上にお持ちしておりますので、お手すきの際にご確認くださいませ」

「手紙……ああ！」

誰からの手紙かと思ったが、さっきクローネから聞いたばかりだ。

クローネの父、ハーレイからの手紙に間違いない。

「確認してくるよ！」

返事をして足早に、城の上層に位置する自室を目指した。

すれ違う騎士や執事、給仕たちと軽く言葉を交わしながら、いつもと違った慌ただしい足取りで階段を上がる。

そして――――。

「あれか」

部屋について机を見ると、聞いていた通り一通の便せんが置かれていた。

制服の上着を脱いでソファに掛けて、持っていた鞄《かばん》をテーブルに置く。机に向かい、椅子に腰を下ろして手紙を手に取った。取り出したるは一枚の羊皮紙。目を向けると、クローネに似た達筆で文字が書かれていた。

『……このような形でのご挨拶《あいさつ》をお詫《わ》びいたします』

この言葉からはじまった手紙には、多くの言葉が書かれていた。アインが生まれ、そしてラウンドハートで受けた仕打ちへの謝罪。お披露目パーティでの不備への謝罪。それから海を渡った父と娘を任せっぱなしだったことへの謝罪と、心からの礼。そして、港町マグナで妻が世話になったということへの礼だ。

――最後にはハイムに残った理由も記載されていた。

勇敢な人だ。世話になるだけでなく、ハイムに残り自分が出来ることを模索すると書いてある。つづけて、ティグルと妻のことをお願いしますと。

「落ち着いたら必ず報います……か。別に気にしなくていいのに」

手紙を読み終え、便せんを封筒に戻す。

そこへ、頃合いを見計らったように。

『アイン様、よろしいですかな？』

部屋の外から聞こえてきたのはロイドの声だ。

「どうぞー」

「失礼致します。む？　早速ご覧になったのですな」

「ああ、コレ？」

ロイドはアインが読み終えたばかりの手紙を見て言った。

「立派な人だなって思ったよ。……あーいや、若い俺が目上の人に立派って言うのもなんか偉そうなんだけど……」

「はっはっはっ！　ですが分かりますぞ、確かにハーレイ殿は良き貴族のようです」

「俺の場合、生まれがあの家《ラウンドハート家》だから羨《うらや》ましいなって思ったぐらい」

「お察しいたします。しかし、先代のラウンドハート伯爵は気持ちの良いお方でしたぞ」

「前にも聞いたことがある気がする。確か――」

「ええ、アイン様がイシュタリカに来た際にお話ししたかと」

確かオリビアが嫁ぐにあたっての調査の件だ。

本来であれば、王家に嫁ぐのが常道だったのだが。

「オリビア様が嫁ぐにあたって調査を重ねた結果、ラウンドハート家は先代の人柄もあり選ばれたのです。密約という状況に加えて、当時のハイム王家にはちょうど良い年齢の王族がおりませんでしたからな」

後のことはアインも知っての通り、アインがラウンドハート家の次期当主として指名された暁には、ラウンドハート家が公爵家となることが条件に組み込まれたのだ。

「昔話はこれぐらいにしとこうか。それで、何かあった？　ロイドさんが俺の部屋に来るのって珍しいね」

「はっ。今さっき届いた情報なのですが」

ロイドは表情を一変させ、険しさを漂わせてアインに近づく。彼が待つ机の前に立ち、懐から折りたたまれた地図を取り出した。

「ご覧ください、こちらがバードランドの防衛線でした」

南方に構えたハイム王国。

そして、大陸のほぼ中央に位置したバードランドとの間に書かれた赤い線。これこそがハイムとバードランドの戦いにおける最前線であった。

だが今は、その赤い線の上にバツ印がつけられている。

「本日昼過ぎのことですが、この防衛線が突破されました」

「……今朝《けさ》の段階ではもう少し時間がかかるって考えられてたはずなのに」

「仰《おつしや》る通りです。しかし奴らは確実に勝利を収めることが出来ると踏んだのでしょう。大挙して押し寄せた軍勢を前に、バードランドの勢力は為《な》す術《すべ》がなかったようです」

雇われた冒険者たちの対応は二つに分かれた。

一つは当然の如《ごと》くバードランドへ撤退し、もう一つはハイムに恭順し、この戦争においてハイムの軍勢に加わったというものである。

「バードランドが陥落するのも時間の問題です。かの都市には強固な城壁が備わっていますが、勢いを増すハイムを相手にするには戦力が足りておりません」

「不穏分子って言われてた存在は?」

「残念ながら、我らの斥候が確認できることはありませんでした。そうは言っても、ハイムの軍勢が以前にも増して士気が高く、死兵のような勢いだったと聞いております」

「何かあったって考えるのが筋か……分かった」

「……私としては、すぐにでも港町ラウンドハートを落とすべきだと思うのですが」

「聞いてるよ。それをウォーレンさんがまだ駄目って止めたこともね」

決してウォーレンの手腕を疑っているわけではない。ただ、彼が抱く懸念というのをもっと共有してほしいだけなのだ。

後手に回ることはあり得ない。

ウォーレンはそんな男だと、強く信じているからこそ教えてほしかった。

力なく腕を組んだロイドはため息を吐《つ》いてから言う。

「さて、報告は以上です」

「分かった、ありがと」

「動きがありましたらまたご報告に参ります。――――では」

頭を下げて、来た時と同じく静かに去る。

一人になったアインは席を立ち、すぐ後ろの窓の傍へ。

窓を開け、冷たい風に向けて白い吐息を漏らしたのだった。

◇◇◇

同じ頃《ころ》、王族のみが使える大浴場にクリスは居た。

巨大な浴槽はありふれた民家がすぽっと収まるほどで、彼女と、彼女を強引に連れてきたオリビア二人では到底使い切れる広さではない。

もっとも、普段から似たような状況ではあるのだが……。

「……ぶくぶくぶく」

浴槽の隅に浸《つ》かるクリスは湯の中でひざを折り、顔の下半分を沈めていた。

作法も何もあったものではないが、この場に居るのはオリビアだけ。オリビアが幼き日は、こうして二人で入っていたこともあり、つい、油断しきった姿を晒《さら》していた。

「おでこは平気？」

すぐ近くの流し場に座ったオリビアが苦笑を浮かべて尋ねる。

不満げなクリスの額は赤かったが、これは水列車でぶつけたものではない。

「何のことでしょうか」

「久しぶりに大浴場に来て少しウキウキしちゃったクリスが、私しかいないからって油断したせいで転んで額を打ったことについてよ」

「ッ……どうして詳細に語ってしまうのですかぁ！」

「惚《とぼ》けたクリスが悪いのよ、そうは思わない？」

「むっ……否定はしませんが……！」

クリスは反論を諦《あきら》めて浴槽の縁に腕を乗せ、その上に顔を乗せた。

そのまま、湯気の先で髪を流すオリビアを見た。

多くの異性を虜《とりこ》にした魅力的な肢体が長い髪の毛に隠される。同じ女性であるクリスの目からしても、その出《い》で立《た》ちは艶美。

一糸まとわぬ姿でも浮世離れした気品を纏《まと》い、見ているとこちらまで照れてしまう。

「どうかした？」

「相変わらずお綺麗《きれい》だなーって思ってました」

「あら、クリスみたいな子に言ってもらえると光栄ね」

アインが月の女神と称したクリスの姿もまた、圧倒的な器量だった。

既に身を清め終えた彼女は髪の毛も軽く結んでいて、火照った首筋を晒していた。くすみ一つない白い肌は光を湛《たた》えんばかりの透明感。

水気の残った睫毛《まつげ》は一層存在感を主張して、まばたきの度に揺れていた。

「オリビア様ー……」

「はいはい、どうしたの？」

「初代陛下はなんであの剣をアイン様に託されたんでしょうか」

「聞くのは自由だけど、私に分かると思ったの？」

「もしかしたら、王家の秘密とかで何かあったりとか……」

「あったとしても、秘密なら教えられないじゃない」

「た、確かにその通りですね！」

本当に緩み切っているのだろう。クリスはハッとするも湯の温かさに目を細めてしまう。

「でもそうね――――一つだけ教えてあげようかしら」

オリビアは立ち上がり、クリスが浸かる湯の傍へ足を進めた。

そっと足を伸ばして浴槽に浸かり。

ふぅ、と、婀娜《あだ》っぽい吐息を吐いて身体《からだ》を伸ばす。

「何か分かるんですか?」

「ええ、分かるわよ」

「ッ――――教えてください!」

期待を抱き、隣に座ったオリビアに尋ねたのだが……。

「あの剣はね……」

「はい!」

結果を言うと、クリスはため息を吐くことになる。

くすっと笑みを零《こぼ》したオリビアは自身の唇に人差し指を当て、美貌《びぼう》の中に茶目っ気を内包したままに言うのだ。


「アイン以外には使えないの」


改まって言うほどのことだろうか。

クリスはきょとんとしてしまう。

「……はい?」

「だから、あの剣はアイン以外には使えないのよ」

「知ってますってば！　そんなのムートンさんが言ってましたもん！」

「ふふっ」

妙に意味深な言い方だったが、他には何も語られず。

隣に座る王女はただ微笑《ほほえ》むだけ。

「もう、いいです！」

また無作法にもぶくぶくと音を立て、不満そうに膝《ひざ》を抱く。

「あらら、拗《す》ねちゃった」

隣で可愛《かわい》らしく顔を沈めたクリスを見て、オリビアは湯気が浮かぶ天井を見上げた。隣から聞こえてくる音と湯の流れる音に耳を傾ける。

久しぶりに共にした入浴は、湯上りに髪を乾かしてもらうまでつづいたのだった。

卒業試験と窓から見えた光芒《こうぼう》

十日後の朝、アインが中庭を散歩していたときのこと。

するとそこで祖母のララルアと、彼女の供をする婆《ばあ》や――ベリアの姿を見かけた。

二人はテラスの一角に居て、近くに来たアインの姿を見つけるや否や、ララルアはアインを手招きして真向かいの席に座るよう促した。

「学園に行く前のお散歩かしら？」

と、ララルアが尋ねてくる。

ダークエルフの彼女は今日も若々しくて、朝日に劣らず輝いていた。

「はい。少し時間を持て余してたので」

「じゃあ一緒にお茶でもいかが？」

アインがすぐに「喜んで」と言うと。

「婆や、アイン君にもお茶を淹《い》れてくれるかしら」

「お任せくださいまし」

ベリアに告げて、すぐにアインの茶を用意させた。

相変わらず彼女の技術は見事なもので、普通に淹れているようにしか見えないのに鼻孔をくすぐる香りは留《とど》まることを知らず、朝から心まで洗われるよう。

「どうぞ、殿下のお口にあいますように」

「ベリアさんのお茶ですから、ゆっくり味わわせていただきますね」

「まぁまぁ！　殿下にそう言ってもらえると、長生きした甲斐《かい》がございますよ」

穏やかな口調、そして柔和な笑み。

頭を下げたらゆっくりと退《さ》がり、ラルアの後ろに控えた。

「今日は試験の日だったわね。アイン君が帰るころにはパーティの支度も終盤よ、みんなで帰りを楽しみに待ってるわ」

「俺も楽しみです。そのために試験も頑張ってきますね」

紅茶を口に運ぶと、自然と称賛の言葉が漏れてくる。

「相変わらず美味《おい》しいです。前にマーサさんが嘆いてましたよ、どうしてもベリアさんのようにはできないって」

「年季が違うものね、ベリア」

「ええ、婆やぐらいになると、ラルア様がその日に欲しているお茶の濃さや種類、温度まで分かるのですよ」

ベリアはおっとりとした笑みのまま、常人離れした価値観を口にした。

だがそれは、嘘《うそ》でも誇張でもなく真実だ。

かねてより思っていたが、この城にいるご老体たちは老いてなお若者たちに力の差を見せつける実力者ばかりだ。ベリアの他にはウォーレンもそうである。

「――――おや？」

そこへ、アインが今まさに考えていたウォーレンが偶然にも近くを通りかかった。

「ラララア様、アイン様、ご機嫌麗しゅう」

彼は近づいてきて腰を折って挨拶《あいさつ》をすると、すぐにベリアを見た。

「お二方、ベリアを借りてもよろしいですか？」

「珍しいわね、どうしたの？」

「今宵《こよい》のパーティの件でございます。料理長がベリアに意見を聞きたいそうで、この後同行を願えればと」

「そういうことね。ベリア、私のことは気にしないで行ってきてくれるかしら」

「畏《かしこ》まりました。では別の給仕をお呼びいたします」

「いいわ。アイン君もそろそろ出発しないといけないし、私も部屋に戻ることにしたの」

そう言って、彼女は席を立った。

「私は城門までアイン君を見送ってくるから、またね」

軽く手を振って、頭を下げた二人から離れて歩いていく。

隣り合って歩き出したアインは深く考えずに言う。

「ウォーレンさんがベリアさんと話してたのって珍しいですね」

「そうね。あの二人は仲が悪いわけじゃないんだけど、あまり表だって二人でいるところは見ないかしら。ベリアが私の傍《そば》に居ることが多いからかもしれないけど」

結構前に、ウォーレンとベリアは以前恋仲であったらしい、という話をマーサから聞いたことを思い出す。

仮に事実だったとして、その過去も関係しているのだろうか。

「でも確かに珍しかったわね、料理のことでウォーレンがベリアを呼びに来るなんて」

「あれ、そうなんですか？」

「だってウォーレンがする仕事じゃないじゃない。他の文官に任せればいいし、ああでも、アイン君が関係しているパーティの件だから、ちゃんと自分の口でって思ったのかしら」

「へぇー……最近は忙しいのに、申し訳なく思います」

「気にしないでいいのよ。むしろこういうときだからこそ、アイン君の誕生日をお祝いしてみんなで元気にならないと」

息抜きも大切なのだと彼女は言う。

――――やがて。

朝露が庭木から滑り落ちる庭園の一角を抜け、城門へ差し掛かる通路へ足を踏み入れた。

(相変わらず、ディルは早いな)

あと少し進んだ先に、見送りのために待っていたディルの姿がある。

陽光を浴びた彼の顔つきは、彼自身の剣技に似て美麗だった。

◇　◇　◇

朝一で試験をすると先日聞いていた通り、アインは早くに足を運んだ。

まだ日が昇ってあまり時間は経《た》っておらず、王立キングスランド学園は人がまばら。特に生徒の姿は少なくて、訓練場に居たのはカイゼルただ一人であった。

何年も前にアインがカイゼルを相手に入試を戦った際と同じように。

当時と同じ場所に立った二人。

「実は朝一にした理由がもう一つある」

「もう一つ？」

「試験が終わったら教えてやってもいい。すごく後ろ向きで悲しい理由なんだが、アインに隠したってしょうがないしな」

「……妙に気になることを言いますね。揺さぶりですか」

「違うわ！　こちとら精神的に迷ってるだけだってんだッ！」

するとカイゼルは唐突に踏み込んだ。

「合図もなしに――――ッ!?」

しかしアインは見切り、あっさりと躱《かわ》してしまう。

「おらおらおらッ！　お前の成長した成果を俺に見せてみろッ！」

「ッ……もうはじまってるんですよねッ!?」

「見りゃ分かんだろ！　悪いが、生徒相手にするような戦い方はしないからな！　俺は元冒険者として剣を振る！　油断すんじゃねえぞ！」

彼は言い放ったとおりに力を使った。

魔道具を使い、目くらましも使い、足蹴《あしげ》りだって。

本当に生徒相手ではなく、膂力《りょりょく》も今まで見せたことのない本気を感じさせてきたものの、アインだって負けるつもりはない。

「俺からも行きます」

だからこそ、本気で相手をしてくれるカイゼルへの礼を尽くそう。

訓練用の剣を持つアインの顔つきが変わったのは、それから程無くしてのことである。

◇　◇　◇

ホワイトローズ駅がラッシュの時間帯に入るその前から、王立キングスランド学園はいつもと違う賑《にぎ》わいに包まれていた。今日は重要な試験の日とあって、すべての生徒が休むことなく足を運んでいる。生徒数は決して多くないが、周囲の学園に通う者からすれば迫力すら感じられた。

――――学園内の訓練場でも試験は進んだ。

魔道具を用いたモデル相手の模擬戦が終了したところで。

「あのー……カイゼル教官、なんで頬が赤くなってるんですかね」

と、理由を知らずに尋ねたバッツ。

試験官を務めるカイゼルの頬が何故《なぜ》か赤く腫《は》れていて、妙に悔しそうな表情で立っていたから尋ねてしまった。

「色々あったんだよ」

内容は言わずもがなアインの試験のせいだ。

だが、語りたくない。

相手がアインであろうと負けたことは口にしたくない。そもそも、アインを朝一で呼びつけた理由のもう一つが他の生徒に見せないためで、見られたくないからでもあった。

バッツが離れたところに入れ替わりでやってきたアインが言う。

「カイゼル教官、記録終わりましたよ」

「おう、ご苦労」

「……頬が赤くなってますけど大丈夫ですか？」

「のした相手への情けなら無用だ」

「いやそういうんじゃなくてですね……」

「冗談だって。こんぐらい気にすんな。冒険者時代は、骨が折れた身体《からだ》でマジョリカを背負って逃げたことだってあるんだぜ」

想像したらとんでもない光景で見てみたい気持ちになってしまう。

しかし、それならこの程度の怪我《けが》は大丈夫だ。

「我ながら情けない姿を晒《さら》したもんだ。あっさりこかされて地面に頭をぶつけて、そのまま気を失ったってんだからよ」

加減も何もない。生殺与奪の権が相手にある時点で勝敗は決まったも同然だ。

カイゼルの顔に悔しさは宿っているが、ここまでされると清々《すがすが》しくもある。

文句なしの満点評価である。

「よーし次の試験いくぞー」

次は生徒同士の模擬戦だ。

年代別に分かれ、各年代ごとに総当たりの模擬戦を行う。勝敗は他の教官も交えて確認し、すべてカイゼルがまとめて成績の一つとして処理をする。

広い訓練場に生徒がばらけていき、事前に配られた組み分けに従って模擬戦がはじまる。


いくつかの模擬戦が消化されたところでカイゼルが言う。

「やっぱりアイツは目立ってんな」

一際、優秀な剣技を見せていたのはバッツだ。

同年代との総当たりにて一度たりとも敗北を喫することなく、すべてにおいて余裕の勝利。

間違いなく満点評価を得るだろう。

「ディル・グレイシャーを三十年に一人の逸材とするのなら、バッツの場合は十年に一人の逸材だな」

「珍しいですね、そこまで褒めるなんて」

「はっ！　俺だって褒めて伸ばすときもあんだよ！」

こうしている間にも、バッツが高らかに叫ぶ。

「よっしゃあッ！」

一年次から六年次のすべての生徒の中で、バッツだけが唯一の全勝となった。勝利した彼の顔は晴れやかな笑みを湛《たた》えて、歓喜に震えた身体から汗が弾《はじ》ける。

他の生徒からも拍手を送られて、入り混じる歓声。

盛り上がりの中心で、彼は他の誰《だれ》よりも輝いていた。

◇　◇　◇

午後は基本科目の試験が教室で行われ、それが終わった後。

アインはレオナード、バッツ、ロランの三人と共に学園を飛び出すと、夕方の学園都市を歩いて、時に立ち止まり、露店の食べ物を満喫していた。

近くには護衛のディルも居たが、彼は邪魔をしないようにと控えていた。

「殿下、本当によかったのですか？」

「へーきへーき、俺、こういうの好きだよ」

レオナードが心配して尋ねた理由は二つある。

一つは王太子がこのような姿を晒していいのかという不安。もう一つは、これがアインの誕生日祝いを兼ねていることについての不満だ。

学園を出る前、せっかくだからアインの誕生日を少しでも祝いたい、とロランが言ったのだ。

しかし学食は込み合っていたし、他に軽食がてら祝える場所がなかった。

そこでバッツが『外で買い食いするか』と提案したのだ。

「これ美味《おい》しいね、もう一本買ってこようかな」

アインはレオナードの心配を意にも介さず、手にしていた串焼《くしや》きのお代わりを注文しに行ってしまう。

「……気にすんなって、アインが大丈夫って言ってるんだからよ」

「そうかもしれんが――――はぁ、私が気にしすぎなのだろうか」

少し離れたところにはディルが居るし、もう気にせず楽しんだ方がよいのかもしれないと。

力なく視線をそらしたレオナードは、近くにある店に何となく目を向けた。

店の前に馬車が停《と》まり、身なりのいい男が足を踏み入れる様子を見て、彼はオーナーだろうかと予想しながら、アインの帰りを待った。

「ねぇねぇ、バッツ」

ロランが尻尾《しっぽ》を振り、楽しそうに声を掛けて来る。

「あん？　どうした？」

「聞いたよ、唯一の全勝だったんだって？」

「ああ、試験のことか。そりゃそうだろ、アインが居なかったんだからよ」

「戦う前から諦《あきら》めるなんて、お前らしくもないではないか」

「あいつは別格だろ。剣を扱うそれなりの実力者としては、近くに居るだけでも勝てないことぐらい分かんだよ」

「そういうものなのか」

「俺にはどうしようもない相手だからな。ほら、噂《うわさ》をしてたら帰ってきたぞ」

「ん？　俺がどうかした？」

戻って来たアインは既に串焼きを頬張《ほおば》っていて、肉の味に頬を蕩《とろ》けさせていた。

「試験の話だ。……っておい、俺たちが奢《おご》るって言ってんのに、なに自分で払って来てんだよ！

誕生日の意味がねーだろ！」

「最初は奢ってもらったし、別にいいって」

「そうかよ……しっかしよく食うな。パーティなのに平気か？」

「大丈夫大丈夫。最近、お腹空《なかす》きやすいからさ。だから魔石――――じゃなくて、おやつも結構食べてるし」

魔石を食べてるという言葉をすんでのところで飲み込んだ。

シス・ミルに行く頃《ころ》から自覚していたが、近ごろは本当に空腹になりやすい。

さっきまでその強さについて語られていたアインが緩すぎて、バッツたち三人も肩をすくめてアインらしさに顔を見合わせて笑った。

「食い貯《だ》めするような勢いだな」

「卒業したらこんな買い食いも出来なくなりそうじゃん」

「そりゃーな」

「だから今のうちに堪能しとかないと。三人と一緒にってのもそうだし、俺は全力で楽しみたいだけだよ」

「――――あ、そうだ！」

不意にロランが耳をピンッと立てて言う。

「遠くないうちにアイン君にプレゼントできそうなものがあったんだ」

「急にどうしたのさ」

「あははっ！　すっごく大きいから期待しててていいよ！」

朗らかに笑うロランからのプレゼント、それも、すっごく大きいらしい。

「来年にはアイン君の下に届く……といいなーって思ってるんだ」

何のことか合点がいかないバッツとレオナードと違い、アインには心当たりがある。

以前、密《ひそ》かに見学に行った造船所にあったもの。

新たな王族専用艦、海龍艦リヴァイアサンの存在だ。

「……期待しとく」

心からの想《おも》いを口にして、早く乗れる日が来ることを祈ったところへ。


――――ガタンッ！

さっきまでレオナードが見ていた店の扉が勢いよく開かれて、現れた三人組の男がアインたちのいる方へ駆けてくる。

「急げッ！」

「ああ！」

男たちの身なりは冒険者らしきそれだ。

全員が中身の詰まった革袋を抱えている。

明らかな強盗である。

こんな時間に堂々としていることを皆が気になったが、レオナードが。

「先ほど、オーナーらしき男が来るのを見かけました。店の金庫が開かれる瞬間を狙《ねら》っていたのかもしれません」

なるほど、道理で。

納得したところにディルがやってくる。

「お下がりください、騎士が向かっております」

この学園都市は多くの騎士が見回りをしている場所だからこそ、すぐに対応が可能だ。

しかし————。

「馬鹿がッ！　何の準備もなしにくるはずねえだろッ！」

男たちはいっせいに臨戦態勢に移った。

一人は剣を抜いてもう一人は杖《つえ》を。

最後の一人は、緑色に蛍光した液体が充満した瓶を手に取った。

「くらえよ犬どもッ！」

瓶を勢いよく石畳にぶつけると、液体を飛び散らせる。

すると、鈍く光る煙が四方八方に広がって、周囲に居た者たちを怯《ひる》ませた。

煙を吸った者はせき込み、しゃがみこんでしまう。

毒、あるいは催涙弾に似た魔道具のようだ。

騎士たちがほんの一瞬だけ足を止めた隙を狙い、男たちが駆ける速さが更に増す。

「アイン様、私が」

彼我の距離はわずかに十メートル弱。

やがて接触するというその前にディルが剣を抜いたのだが、アインが遮ってしまう。

「いいよ」

正直、気分が悪かった。

犯罪に手を染めた光景を目の当たりにしたこともだが、級友たちとの時間を邪魔された気がして不愉快だった。

煙が届くより先に、男たちが到達する。

強い瞳《ひとみ》で止められたディルはそれ以上何も言えない。

「王太子の名において拘束する」

すでに多くの通行人に危害を加えていたから警告は無し。

男たちはアインとすれ違う瞬間に視界が揺れたのを感じて、気が付くと身体《からだ》が横たわっていた。

何が何だか、訳も分からず。

革袋からは数えきれない金貨が零《こぼ》れ落ちる。

「かっ……あ……っ」

「何……がっ……」

「ぐおぉ――――ッ!?」

「ディル、騎士に命令を」

「はっ！」

倒れた男たちには目もくれず、アインは煙の方へ歩いていく。

手をかざし、人々を苦しめていた煙を浄化すると、アインに気が付いた通行人たちの歓声に応《こた》えて手を掲げた。

「………………な？」

と、バッツがしたり顔で言った。

「いつ剣を抜いたのかも分からないってのに、俺が相手になるわけがねぇだろ」

「なるほど、最初から諦めてしまうわけだ」

称賛したバッツが不意に思い出す。

そういえばカイゼル教官の頬が赤く腫《は》れていたなと。加えて、既に終了していたというアインの試験の件が脳裏を掠《かす》めて気が付いた。

「道理でなぁー……」

色々あったという返事は便利なものだと、バッツは密かに頷《うなず》いた。

◇◇◇

夜、パーティ会場でシルヴァードが喜びの声をあげる。

「――――アインも今日を以《もっ》て十三歳だ。余も今日という日を待ちわびておった」

グラスを持ち、乾杯の音頭としての発言だ。

ここまでは笑い楽しんでいたシルヴァードだが、不意に眉《まゆ》をひそめ、おどけた表情を浮かべて小首を傾《かし》げる。

「はて、そんな祝いの日に強盗を相手に大立ち回りをした者が居ると聞いたが、アインよ、覚えはないか？　どうやら学園都市での出来事らしいのだが」

「知りませんでした」

「ほう、アインのような姿だったと聞いたが」

「俺も色々ありましたけど、大立ち回りというほどのことはしていませんし」

「ッ――――ただの屁理屈《へりくつ》ではないかッ！」

会場に集まった者たちが一斉に沸いた。

別にシルヴァードも怒る気があったわけではない。いや、本来なら叱《しか》りつけるべき話に違いないが、事情も事情で、アインも無傷。

これまでの行いを踏まえれば、このぐらいは……と言えなくなっているのも無理はない。

「皆、そういうわけだ。誕生パーティの前に強盗を相手に剣を振ってきた王太子だが、今日は無礼講である。このやんちゃな王太子を共に祝うとしよう」

参加した者全員がグラスを掲げ、乾杯と叫ぶ。

煌《きら》びやかな会場は頭上に巨大なシャンデリアを戴《いただ》き、全《すべ》てのテーブルに並べられた豪華な料理が食欲を誘って止《や》まない。

イシュタリカの繁栄を表すかのような眩《まばゆ》さの中で、アインは皆の祝福に喜んだ。

「ありがとうございます！」

アインもまたグラスを掲げて喜びの声を発した。

それから、主役であるアインの席に料理が運ばれる。どれも好みのものばかりで、アインが好む港町マグナの食材も揃《そろ》っていた。

「毎日が誕生日だったらいいのに……」

ぼそっと呟《つぶや》いたつもりだったが。

「なーに馬鹿なこと言ってるのニャ」

「もう、アインったら」

近くに居たカティマとクローネに聞かれてしまう。

「ま、変なこと言ってる王太子には先にプレゼントでも渡しておくかニャ。ほりゃ」

「おめでとう、アイン」

二人が手渡したのはラッピングが施された箱で、どちらも大きさは手のひら大だ。

「開けてみてもいい？」

「ええ、勿論《もちろん》」

「私のも開けていいニャ」

「ありがと。なんだろうなー」

まずはクローネのプレゼントを開封する。中にあったのは品の良いペンで、胸ポケットに携えると映えそうな逸品だった。

「お仕事とかで使ってくれると嬉《うれ》しいわ」

「もう気に入っちゃったよ。今日から使ってみる」

「ふふっ……良かった」

さて、つづくもう一つだ。

「爆発物とか入ってないよね？」

「馬鹿言うんじゃないニャ。そんなの入れたらお父様に叱られるのニャ。渡すとしても別の機会に決まってるニャろ」

「そもそも渡すなって話なんだけど」

「やれやれ、御託は良いから早く見るのニャ」

警戒心は高まったが、どちらにしろ中身は気になっている。

恐る恐る開封して見ると、収められていたのは。

「……ペン立て？」

なのだが、その外観をよく見るべきだろう。

貴金属が用いられた豪奢《ごうしゃ》な品だが、決して下品ではなく趣味も悪くない。大まかに言うと、小さな猫が横になって腕を丸めており、そこにペンを立てられるようになっている。

気になったのは、猫の毛並みがカティマによく似ていることだ。

「もしかして」

「偶然ニャ」

「まだ何も言ってないよ」

「いーや分かるのニャ！　アインはこの可愛《かわい》い猫が私によく似てるって思ってるはずニャ！」

もろもろ納得したくない言葉だが、猫が可愛らしかったのには同意した。

「今年はクローネとクリスの買い物に私もついていったのニャ。そこでプレゼントを買ってみたってわけニャ」

だからペンとペン立てが揃っていたのだ。

「ま、まぁ……せっかくだから使わせてもらうよ」

アインは傍らにペン立てを置いて、そこにクローネから贈られたペンを立てた。

文句なんてない。悪くない光景だ。

「あのね、アイン」

「ん？」

「誰《だれ》がどうとは言わないわ。でも、お買い物に行った人がもう一人いたことは忘れないでね」

意味深に言ったクローネの視線が明後日《あさって》の方向を向く。

柱の陰に恥ずかしがり屋のエルフが居たからだ。

「柱は隠れる場所じゃないって教えてきてもいい？」

「意地悪したらダメだからね」

それをするとは微塵《みじん》も思っていない弾んだ声でクローネが言い、アインがすぐに笑って返す。

「行ってくる」

真っすぐ向かっても逃げられるだけ。

というか、逃げないでほしいのだが。

（……どうしてプレゼントを渡すときは逃げるんだろ）

気持ちは分からないでもない。相手に気に入ってもらえなかったらどうしよう、他にもいい贈り物があったんじゃないか、と悩んでしまうこともあろうから。

だから茶化さず、でも少し強引に距離を詰めたい。

視界で柱が重なったところでアインは素早く動き、クリスが隠れた柱に近づいた。

「知ってる？　柱って隠れる場所じゃないんだよ!?」

「ッ――――ふわぁ!?」

「そ、そんなに驚かなくても」

「でもアイン様！　柱に隠れることはありますよ！　たとえば攻城戦になったら相手の攻撃を躱《かわ》すのにも使えますし！」

「誕生日は攻城戦をする日じゃないね」

「………正論はズルいと思うんですよ」

観念したように言うと、クリスはあっさりとプレゼントを差し出した。

「お誕生日おめでとうございます。これ、私からのプレゼントです」

「あれ、今年は妙に素直にくれた」

「もー！　違います！　別に恥ずかしくて隠れてたんじゃなくて、ラッピングが崩れてないか心配だったから確かめてただけなんです！」

唇を尖《とが》らせたクリスは仕方なさそうに。

されど、アインがプレゼントを受け取ったところで頬を緩ませた。

彼女は目を細めて、開けてくださいと穏やかな声で言う。

「これって」

ラッピングされていたのは革製の手帳だ。シンプルながら、装丁に使われた彫金が見事で目を引いた。

開いてみると、今使っている手帳とサイズが同じ。

「ムートンさんの工房に行ったときに話してましたから、私は手帳を贈ろうって思ったんです」

「ありがと！　今日からはこの手帳を使うよ！」

きっとクローネも手帳に合わせてプレゼントを選んだのだ。

宝飾品には特に興味がないアインは毎日使える物を贈られることに心から喜びを感じる。

目の前で白い歯を見せた彼を見ていると、クリスは自分まで嬉しくなってきたことを実感して止《や》まない。

「こ、こほん！　そろそろ柱の陰から出ましょうか！」

素直な喜びを向けられて、今更照れくさくなってきたのだ。

「そろそろも何も、最初にここに居たのはクリスで――」「私のことはいいんです！　ほら、あっちに行ってお料理も楽しみましょう！」「……りょーかい」

アインは軽やかな足取りで進むクリスを追って、会場の中央へと足を進めた。

◇　◇　◇

「おめでとうございます、アイン」

アイン至上主義のオリビアから熱い抱擁を受け、それから彼女からのプレゼントを受け取る。ラッピングされていたのは手袋で、肌触りが良くて暖かそう。

喜んでいるともう一度抱擁。それはもう幸せそうに。

「オリビアは相変わらずであるな」

「当たり前です。お父様ならお判《わか》りでしょうけど、アインは私のすべてですもの」

「余どころではない。国中の者たちが知っておろうに」

会話が一段落したところでアインが尋ねる。

「本当によかったんでしょうか。この大変な時期に俺の誕生日パーティなんて開いちゃっても」

「よい。自重することもときには重要だが、アインの誕生日には大きな意味がある。次期国王の祝い事をしないなど、国民もいい気はせんぞ」

国民の気が滅入《めい》るばかりでは国の衰退にも繋《つな》がるだろう。当然、アインもそのあたりはよく理解している。彼自身の性格により、遠慮に通じる感情が生じていただけなのだ。

気持ちを切り替えるべく、グラスいっぱいの果実水を飲み干す。

「ですね。せっかくの機会ですし、最後まで楽し――――」

言い終える前に、異変は起こった。

「……お爺《じい》様、あれは」

窓の外、バルコニーの向こうに広がる景色《けしき》が異変に包まれていた。

遥《はる》か彼方《かなた》の夜空に、青緑色の光が漂っている。

「何だあれは。あちらは確か……」

「イストです。魔法都市イストの方角です」

光の色には見覚えがある。叡智《えいち》ノ塔の最下層、地下空間にある液化魔石が充満した巨大な炉で見た光にそっくりだった。

だが、それがどうして宙を漂う?

しかも王都まで届くほど強烈な光になっているのか。

「ニャッ……？　あ、あれはまさか……ッ⁉」

同じく異変に気が付いたカティマが、慌ててバルコニーへと駆けていく。

「カティマさんッ！」

アインは彼女の後を追い、ほぼ同時にバルコニーへ出た。

手すりに近づいて光を眺めるカティマの額を汗が伝って、生唾《なまつば》を飲み込む音がアインの耳にも届いた。

……雪が降る寒空の下で。

異様な光景を前にしたアインが言葉を失う。

「あり得ないニャ」

青緑色の光はイストで作り出される人工的なオーロラとは違い、勢いよく波打ちイストの上空を漂っていた。

だが、徐々に――――。

雲を貫く雷電と化し、爆《は》ぜた。

同じ色に輝く光芒《こうぼう》が夜のイシュタリカ上空を穿《うが》ち、天高く、人知を超越した力の奔流は留まることなく放たれる。

十秒、数十秒とつづいた最後には、深碧色《ふかみどり》に光る空が広がっていたのだった。

今一度、魔法都市へと

夜空が深碧色《ふかみどり》に包まれた日から夜が明けた翌日。

城門の外は昨晩の件を尋ねに来た民が人混みを成していた。

一様に不安そうだが、違う者も居る。

すでに魔法都市イストで何が起こったのか、それを知っている者たちも居たからだ。

謁見《えっけん》の間にて、シルヴァードは届いたばかりの手紙を手にしていた。

彼の傍《そば》ではカティマが控え、読み終わるのを待っている。他にはアインやウォーレンが居て、同じくシルヴァードを待っていた。

「カティマよ、この手紙にある魔力汚染というのが重要なのだな？」

「そうですニャ。簡単に言うと、魔石に宿った魔物の魔力が空間を汚染してしまい、人も、そして異人種にも悪影響がある状況を指しますのニャ」

意思疎通が取れる魔物を異人種と認めてきた歴史はある。

現状、異人種と認められている者は基本的に魔物としての性質が薄く、純粋な魔物と違って魔石を食べたりは出来ない。

魔石の魔力がただの毒にしかならないからだ。

ゆえに異人種たちもまた、魔力汚染の影響を受けてしまう。

「浄化するにはどれほどの労力と時間がかかるのだ」

「………それが問題なんですニャ」

すべては昨晩の騒動である。

昨夜、魔法都市イストで叡智ノ塔が暴走したのだ。

「叡智ノ塔は常に多くの魔力を使う施設なんですニャ。地下にある液化魔石プールに投じられる魔石の量は計り知れニャくて、数千、数万では利かない量が溶かされてますのニャ」

「つまり、それに応じた手間がかかるのだな」

「そうなりますニャ。恐らく炉の老朽化によるもののはずニャけど、暴走直後に安全装置が作動したって報告もありますニャ。最悪の事態は避けられた……はずですニャ。それでも、私の見立てでは数十年は汚染されたままかもしれませんニャ」

「最悪の事態を避けられたところで、依然として国難に値する事態に変わりはないか」

「叡智ノ塔は安全装置で貴重な魔道具とか資料は守られますニャ。私が言う最悪の事態って言うのは、それすらも失うことですからニャ」

「して、どう対応すべきかを協議するべきだな」

「これは一人の研究者としての助言ですニャ。魔力汚染というのは、何もしなければその汚染の強さに応じて広がっていきますニャ。……ニャから、一日でも早く動くべきですニャ」

しかし何から手を付ければよいものか。

仮に、叡智ノ塔の暴走がカティマが言ったように老朽化によるものならいい。何者かによる犯行であれば犯人も捜す必要があり、初手は重要であった。

だが何よりも重要なのは人命である。

「ウォーレンよ、まずは避難した者らの様子を調べるのだ」

「はっ」

とりあえず、ここからだ。

後は他の報告を待つしかない。


事態が事態とあって、多くの報告が矢継ぎ早に届いた。

犠牲者は多いが、避難した者たちは無事であると。犠牲者を悼むことも大事だが、避難した者たちをそのままにはしておけない。他の都市や近くの町々で保護が出来ないかの折衝に加え、医術に長《た》けた者たちが王都から派遣されていった。

そんな中、大会議室で対応に追われていたところへオズからの手紙が届いたのだ。

受け取ったウォーレンがそれを読み上げる。

「陛下、オズ教授によると、叡智ノ塔はカティマ様の予想通り、炉の老朽化による影響が大きいとのことです。毎年の整備、保守により安全は確保していたそうなのですが、半ば事故のような形で暴走に陥った可能性が高いとのことです」

数多くの貴族が耳を傾け、痛ましい事故に頭を悩ませる。

整備をしていようと事故は起こるものだ。

分かってはいるが、今回ばかりは規模が大きすぎて簡単には割り切れない。叡智ノ塔も半壊しているそうで、修理には何年もの時間がかかると見積もられていた。

「我が領地での受け入れ体制は万全ですぞ」

「こちらからは支援物資を」

「吾輩《わがはい》は人材を派遣いたします」

「……頼もしい限りである。皆一丸となって事にあたってくれ。余も尽力するが、皆の力が必要なのだ」

大会議室に集まった貴族たちが話し合いを開始。

普段と違い、統一性はなく皆が必要な会話を必要なだけする形になり、貴族の会議としては珍しく騒々しさに包まれた。

そんな中、ウォーレンがシルヴァードの傍に来て言う。

「オズ教授がすぐにでも王都へいらっしゃるそうです。その際、情報共有と今後についてご相談をしたいと。明日には到着なさるとか」

「久しぶりに良い話が聞けたな。オズが来る日が待ち遠しい」

さて、こうなったら王都も黙っているわけにはいかない。

「皆の者、オズが王都に来るにあたり、我らもイストへの調査団を用意するべきであろう。相応《ふさわ》しき人材に心当たりがある者が居たら余に伝えよ」

その声に、全《すべ》ての貴族が声をあげたのだった。

賑《にぎ》わいへ割って入るように「────失礼致します」と、ノックと共に。

いつもの緩さが鳴りを潜めたリリがやってくると、彼女はシルヴァードの近くに居たウォーレンへと声を掛ける。

「閣下、よろしいでしょうか」

「……どうかしましたか？」

「バードランドが陥落致しました。雇われていた冒険者たちは、ほとんどが荒野の肥やしと化したと連絡が届いております」

「想定よりも早いですね」

「……もう一つ報告がございます。〝影〟が一人、任務中に命を落としました」

ウォーレンは目を見開いて、つづけて逆に目を伏せた。

「遺体はどうなりましたか？」

「幸いにも、持ち帰ることができました。討伐した半魔も何体か厳重な警備の下で持ち帰っておりますので、カティマ様の研究に生かせればと」

「して、遺体はどちらに？」

「マグナに停泊中の船内におります。秘密裏の行動でしたので、通常の港へと漁船を装って停泊中です」

「結構です。さて、今の話をここにいる皆様にも伝えねばなりませんね」

立ち上がったウォーレンが手を叩《たた》いて注目を集めた。

開口一番に語られたのはバードランドが陥《お》ちたという話だが、意外にも、大きな驚きは返ってこない。皆も時間の問題ということは分かっていたからだ。

ところで、今の貴族たちは興奮状態にある。

叡智ノ塔の騒動により、普段と比べて行動的とも言えよう。

「我らが軍勢を派遣することも検討せねばなるまい」

とある貴族が口にして、それを聞いた別の貴族が言う。

「ああ、半魔がハイムの差し金だと断定はできないが、少なくともエウロへ軍勢を派遣しておくことは検討すべきだ」

「いざとなれば港町ラウンドハートにも海上から攻撃が出来る」

「待て！　初代陛下のお言葉に逆らうような発言は許容できんッ！」

「皆の気持ちは分かるが、状況を見守る方がよい」

様々な意見が飛び交う中にも、一人、冷静に状況を窺《うかが》っていた者が居る。フォルス公爵だ。彼はレオナードの父で、法務局の局長を務める男である。

常に冷静な働きをする彼にはウォーレンも信頼を寄せていた。

以前、アインがイシュタリカに来て最初のパーティで、クローネに手を上げそうになったことはあるものの、彼が落ち着きを失っていたのはそのときぐらいだろう。

そのフォルス公爵が手を挙げ、席を立つ。

「閣下、私は急ぎ兵を派遣する必要はないと考えます」

ざわめく中でも、彼は堂々と言う。

「半魔は数が少なければ脅威ではない。それは王都近くの森に居る虫やスライムと同じです。しかし、エウロで出現した半魔然《しか》り、数が多すぎるのです」

戦艦の主砲を用いて一掃したのがその証拠だ。

「海中に半魔のような性質の生物が現れぬとも限りません。今は一つでも情報を集め、我らの騎士が命を落とすことが無いよう、冷静に動くべきと愚考いたします」

「……ええ、私も同じ考えです」

彼の言葉に応じた貴族は少なくない。

血気盛んな者も依然として残されていたが、納得せざるを得なかった。

静まり返ったのを確認して、ウォーレンが今一度口を開く。

「ハイムの一件も決して無視することはできません。ですが我らは叡智《えいち》ノ塔の問題に直面しているのが現状です。今はこちらに意識を向けましょう。勿論《もちろん》、ハイムの一件は私がしかと見張っておりますので、ご安心くださいませ」

宰相ウォーレンにここまで言われると、言い返せる者は居ない。

結局、攻め込むなんてもっての外。今は叡智ノ塔の件に集中すると意見がまとまり、一行は幾分か心が落ち着かないまま、魔力汚染についての相談を再開したのだ。

◇　◇　◇

日が傾きはじめると、城に魔法都市イストの瓦礫《がれき》が届いた。これはカティマが所望して、どれぐらいの汚染状況なのか調べるべく取り寄せたのだ。

それを聞いたアインはある考えがあり、城内を歩いていた。

(力になれるかもしれない)

向かう先は瓦礫が持ち込まれたカティマの地下研究室だ。

――――コンコン。

到着すると、扉の前に立ってノックをする。

『はいニャー?』

返事を聞いて、アインが言う。

「俺だけど、入ってもいい?」

『うむ、好きにするといいのニャ』

「お邪魔しまーす……あ、それがイストから届いた瓦礫?」

研究室に入ってすぐ、巨大なガラスケースに収められた瓦礫を見つけた。それは本当に何の変哲もない瓦礫で、民家か何かが崩れた物をそのまま運んできたように見受けられる。

…………よし。

アインはぐっと気合を入れて、近づいていく。

眼鏡《めがね》型の魔道具を用いて調査をしていたカティマが振り向いた。

「何か用かニャ?」

「うん、とりあえず魔力汚染の状況について聞きたいんだけど」

「思っていたよりも深刻だニャ。何十年も人が住めないことは必定で、除染するのにも苦労するだろうニャ……」

イシュタリカにおける被害額は考えたくもない金額に上るだろう。

カティマは王族として、悲痛な面持ちを浮かべていた。

しかし、アインは違った。彼はまだ希望を失っていない強い瞳《ひとみ》のまま、上手《うま》くいくことを願って
ガラスケースに手を伸ばす。

「ニャニャニャッ⁉ 危な……そうニャ、アインニャらもしかして……ッ」

ガラスケースの蓋《ふた》は簡単に開き、手をかざしたアインはすぐに喜んだ。勝手に毒素分解ＥＸが発
動していき、汚染された瓦礫をいともたやすく浄化してしまったからである。

眼鏡型の魔道具に映る反応は問題なし。

素手で持っても大丈夫な状況まで回復している。

「俺、イストに行くよ」

この力があれば、イシュタリカを救うことができると確信した。

「そうニャ……アインの力があれば除染するのも数日……一日もあれば……ッ！」

「だから俺が行くべきだ。困ってる人は大勢いる」

そして、一分でも早く足を運びたい。

「早く行かないと、カティマさんが言っていたように汚染が広がってしまう。汚染の強さに応じて
広がるんだからさ」

「ニャ、ニャァァ……その通りニャ」

「再暴走の可能性はどのぐらい？」

「安全装置の仕組み的には皆無といっていいニャ！ すでに炉は停止してるし、そもそも稼働が出

来ない状況なのニャ！　液化魔石だって、既に凝固してるはずだニャ！」

問題はシルヴァードを如何《いか》にして説得するかだ。

ハイムの件でイシュタリカも平時とは言えないし、警戒態勢をとっている。それに、夏に引き起こされた港町マグナの一件からもそう長い時間は過ぎていないのだ。

（……大丈夫、お爺《じい》様なら許してくれるはず）

この前はシス・ミルにだって行くことができたのだから。

……お爺様はまだ大会議室にいるはず。

「瓦礫を大会議室に運びたい」

「お？　皆の前で披露してお父様を説得するのかニャ？」

「正解。それで、持っていける？」

「余ってるケースを貸してやるニャ」

すぐに支度を終えて、瓦礫の入ったケースをアインが持ち上げた。

地下研究室を飛び出すと、一段飛ばしで階段を駆け上がった。


日が暮れて尚《なお》も会議はつづいている。

建国以来、歴史に残る騒動の前にするべきことは山ほどあった。

そこへ、唐突に瓦礫を運んで現れたアイン。彼が注目を集めるのは当然で、何も言わず、中央に置かれた楕円《だえん》のテーブルにそれを置くと、シルヴァードに目配せをした。

「まさかアイン、お主」

「お爺様、少しお時間を頂きます」

有無を言わさず、返事を待たずしてこう言うと。

おもむろにケースの蓋を開け、貴族の前でそれを持ち上げた。

「皆の前でこのように振る舞うと、懐かしさが込み上げてくる」

アインが呟《つぶや》くと、それを耳にした皆が笑う。

この光景はまるであの日のようだ。アインがパーティ会場に置かれた魔石を手に取って、それを吸収して白銀を模した日を想起した。

「これはイストから届いた瓦礫だ。魔力に汚染されていたが、私の力で浄化できることが証明されている」

すると、カティマが言う。

「私も確認したニャ」

説得力が増して、貴族がざわつく。

――――いったいどんな力が。

驚きの声はいくつもあるが、中でも、アインが魔法都市イストに行けば解決が近づく事実に喜ぶ声が多い。被害はいざ知らず、除染できればすぐにでも復興作業に移れるという事実に対して、喜ばないはずがなかった。

ただ、同じく興味を抱いたシルヴァードには、一つ疑問があった。

「都市全体の除染は難しかろう？」

毒素分解ＥＸは空気中に根を張るという表現が可能なスキルだ。

幼い頃《ころ》、制御できなかった頃は空気中の魔力を通じてクリスの魔石を吸ったことだってある。けれどこれは距離が近かったこともあり、都市全体となれば話は違うのではないか、とシルヴァードは懸念していた。

が、実はカティマに考えがある。

「叡智ノ塔の外に、魔力を分配するための、太いパイプがありますニャ！」

カティマの言葉で、アインはパイプが枝分かれしてイスト中に張り巡らされていたことを思い出す。

そのパイプの大本で毒素分解ＥＸを行使すれば、理論上は確かに都市全体の除染が可能だろう。

「しかし、民家などを含む土地は難しいのではないか？」

「問題ないですニャ。アインが何時間か除染してくれたら、確実に許容範囲の汚染度、それか我々でも対処が容易な段階にまで落ち着きますのニャ」

問題は安全面である。

どうしたものかと考えていたところへ、シルヴァードの背後に控えていたロイドがすっと前に出て口を開く。

「私が共に参りましょう」

「うむ、それが良さそうだ」

「いいや、ロイドさんにはお爺様の傍に居てほしい」

すぐさまの否定にロイドが動揺した。

「む、何故《なぜ》ですか？　私では力不足でありましょうか？」

「城にはお爺様たちが居るからだ。何かあったときに元帥のロイドさんが城を空けていることは避けたい」

「……なるほど、アイン様が仰《おつしや》る通りだ」

ロイドは頼もしさを感じ、強くなったアインの今に目を細めた。

「城にロイドさんとウォーレンさんが居てくれたら、俺は安心してイストまで行けるんだ」

「余も同意するが、残念なことにウォーレンは城を空けておる。昼を過ぎた頃に王都を発《た》ち、港町マグナに停泊中の船へ向かったからな」

初耳のアインが素早くまばたきをした。

「〝影〟の遺体と半魔の死骸《しがい》の確認だ。それと、近隣の都市にイストで家を失った者を受け入れる体制があるか否かに加え、道中の町々で防衛体制を確認してくると言っていた」

宰相の彼が直々にというのが、事態の大きさを物語る。

「明日の夕方には王都に帰るそうだ。遺体を収容した船で港まで戻ってくると聞いておる」

「分かりました。では、俺がイストに行く件については――――」

「もろ手を挙げて賛成は出来んが、致し方あるまい」

「では――――ッ！」

アインが喜びに浸って顔を明るくした瞬間、待てが入る。

まだ確認事項があったシルヴァードがカティマへと尋ねる。

「叡智ノ塔まではどう向かえばよい？」

「幸いにも、線路は生きてますニャ。王家専用水列車なら魔力汚染もなんのその。外にさえ出なければ安全なのニャ」

「アインは王家専用水列車を潰《つぶ》すつもりで構わん。好きに使ってよい」

王家専用水列車の開発、維持には多大な資金が投入されていたが、短期間での除染が出来るなら安い出費だ。

「してアインと共に向かう者だが、装備はどうすればよい」

「専用の作業服か、強力な魔物の素材を用いた装備をお勧めしますニャ」

「お爺様、できればすぐに向かいたく思います」

「分かっておる。ロイド、近衛《このえ》騎士を何人か見繕い装備を用意せよ。出し惜しみはいらんぞ」

「クリスとディルに同行を頼むつもりなので、二人の装備もお願いします！」

「ははっ、ご安心なさいませ！　二人の装備は十分な逸品ですぞ！」

ようやく希望の芽が出はじめた。

大会議室に漂っていた重苦しい空気が徐々に消え、アインへの期待で意識が共有されていく。

そこでカティマはふっと笑い、ハッと思い出すと貴族に聞こえないように小さな声で。

「ニャ？　前にイストに行ったときとメンツが一緒だニャ。ってことは、私が行っても大丈夫ってことに……」

「ならぬ。留守番であるぞ」

「……ニャア」

何とも力の抜ける彼女の声が、切なくもアインの耳に木霊《こだま》した。

代わりといってはなんだが、クローネがアインと共に王都を発った。

魔法都市イストに足を運んだ当時の彼女はまだアインの補佐官ではなく、同行することが出来なかったが、こうして今回、供をできたことで喜んでいたようである。

一行を乗せた王家専用水列車が魔法都市イストに到着したのは深夜のことだ。

◇◇◇

「静かだね」

王家専用水列車を降りたアインが呟いた。

辺りには人っ子一人おらず、駅には灯《あか》りすらついていない。動力源が叡智《えいち》ノ塔から供給される魔力であったからこその弊害である。

「町には見回りの騎士と、あとは研究員が居るぐらいだと思います」

共に車両を降りたクリスが言った。

「それにしても、この辺りの魔力汚染もひどい」

辺りは暗がりではなく薄《う》っすらと緑色に光っている。これらは魔力汚染の度合いが高い際に現れる反応であり、夜になると分かりやすい。

人体に影響さえなければ幻想的に見えなくもない。

「この状況がつづいてしまうと、濃い魔力を求めて魔物が近づいてくるんです」

「更につづくと魔物の住処《すみか》になるって？」

「はい。魔物の死体が転がるようになると、今度は魔力汚染と反応して瘴気《しょうき》が生まれます。こうなると人が住める場所ではなくなっちゃうんです」

「………早いうちに来れてよかったよ、ほんと」

とりあえず、と言わんばかりにしゃがみこむ。

手を駅のホームに置くと、毒素分解EXを発動させて様子を見守った。

「よし、大丈夫」

ホームの一帯は数分と経《た》たぬうちに除染が進み、元通り。

さっきまでの緑色の光は少しも残っていない。

「さすがアイン様です」

背中で腕を組んだクリスが喜色を湛《たた》えた。

「ちょっと車内に行ってくる。ここからは徒歩で出発するってクローネに伝えて来る」

「はーい、お待ちしてますね！」

踵《きびす》を返して車両に乗り込むと同時に、外に出ようとしていたディルと鉢合わせした。

「中からも分かりましたが、除染は順調だったようですね」

「運が良いことにね。ってわけだから、クローネに出発するって伝えて来るよ」

「畏《かしこ》まりました。私は外でお待ちしておりますので」

「りょーかい。――――ん？」

アインは車両内の連絡通路を進みながら、いつもと違う様子に気が付いた。

内部がいつもより暑い気がする。空調が効いているのは頭上から注がれる温風で分かるが、足元が出発以前より熱を持っていた。

とはいえ、大した違和感ではない。

しかしどうにも気になって、クローネが待つラウンジに到着するまで小首を傾《かし》げていた。

「やっぱり暑かった気がする」

ラウンジにつづく扉を開けながら呟くと。

「……来て早々、どうしたの？」

現れたアインを見て、ソファに座っていたクローネが立ち上がって距離を詰めた。

彼女は彼女で、小首を傾げたアインを見て不思議そうにしている。

「大したことじゃないんだけど、連絡通路の床が熱かった気がして」

「ええ、熱を持ってるわよ」

「炉に何かあったってこと？」

「ううん、私たちがこの水列車を酷使して来たからなの。陛下が仰《おつしや》ったように、遠慮なしに大急ぎで走るようにってロイド様が厳命してたみたい」

「あー……だから熱かったんだ」

たとえイシュタリカ一の車両、王家専用水列車であろうと熱を持ってしまうほどの酷使をして、ここまで来たということだ。

「でも許容範囲内の速さだから心配しないで。確か事前に教えてもらった話だと……確か……」

その先を思い出せず手帳を取り出し、ページをいくつか捲《めく》った。

「停車してから三十分もしたら落ち着くみたい」

果たして何がメモされているのか、と気になったアイン。

「俺も見ていい？」

「いいけど、別に面白いことなんて書いてないのよ？」

「今のでも十分興味深かったから平気だよ」

少し無作法だがクローネの後ろに回り、覗《のぞ》き込むように手帳を見る。いつもと同じ端正な字は惚《ほ》れ惚《ぼ》れしてしまう。

運転士、あるいは技術者から聞いていたのか、思っていた以上に詳細な情報が記載されていた。重要な箇所は色分けされていて読みやすく、このまま資料として配布しても大丈夫なぐらいだ。

「読みやすいね」

「……ありがと」

すると彼女は甘えるように背をアインに預けて、より近くで手帳を読めるように距離を詰めた。それが手帳のためか、純粋に距離を詰めたいからなのかは触れない。

この後の予定もあることだし、とアインは急ぎめに隣のページに目を向けた。

先ほどにつづき多くのメモが並ぶ中に――――。

「猫？」

ふと、猫の絵を見つけた。

その隣には重要と大きな文字で書かれて丸で囲われている。

「ッ――――！」

アインがそれに気が付いた刹那《せつな》、クローネがハッとした様子で距離を取った。

両手で手帳を抱いて胸元に押し付け、頬を赤らめて恐る恐る尋ねる。

「み、見た……？」

「見てな――――見たよ？」

「もう！　なんで見たって言い直したのよ！」

「嘘《うそ》つくのもなーって思って、つい」

先ほどの箇所に書かれていたのは叡智ノ塔に関するメモだったし、どうして猫を描いていたのかも想像はつく。

「カティマ様が可愛《かわい》い猫を描いてって仰ってたから描いたの！　別に私がいたずら描きをしたわけじゃないんだからね！」

「だと思ってたから大丈夫だってば。ちなみに、カティマさんはそれを見て何て？」

「……可愛いって」

「それも予想通りだった。もう一回見せてほしいな」

「……笑わない？」

「笑わないよ。俺も可愛いって思ってたし」

不貞腐《ふてくさ》れたクローネにしぶしぶ手帳を開き直してもらい、その重要な箇所を見る。

カティマ曰《いわ》く、除染は一時間単位で区切りつつ進めるのが効率が良いそうだ。

「確かに重要な情報だね」

そう言って懐からペンを取り出すと、猫の絵の上に「ニャー」と台詞《せりふ》を書いて重要の文字に丸を重ねた。

彼の遊び心には自然と口角が上がってしまう。

「あっ……そのペン……」

「今はこのペンしか使ってないよ。使いやすくて助かってる」

同時にクローネはそのペンが誕生日の贈り物だと気が付いて、心に温かさを感じた。

呟《つぶや》くように「使っていてくれて良かった」と安堵《あんど》した声を漏らしてしまう。

「そろそろ行くよ。頑張ってイストを綺麗《きれい》にしてこないと」

「いってらっしゃい。無茶はしないでね」

最後は彼女の笑みに見送られ、連絡通路へと戻る。

車窓から見える緑色の光を視界に映し、気を引き締め直した。

◇◇◇

除染を開始してから最初の一時間。

アインは叡智ノ塔の外にある、カティマが口にしていたパイプがある建物に居た。

屋上から延びたパイプに座り周囲の除染にあたっていたのだが、周囲を染め上げた緑色の光が消えていく光景は気持ちよさすら感じられた。

やっていることといえばパイプに座り手を当てているだけだが、確かに毒素分解ＥＸの力はパイプを伝っていく。

「そろそろ休憩に致しましょう」

控えていたディルが時計《とけい》を見てこう口にした。

仕える主《あるじ》へと水筒を手渡して、一時間の成果を見て頬を緩める。

「これなら昼過ぎには終わりそうだよ」

「順調で何よりでございます。お身体《からだ》の調子はいかがですか？」

「なんとも。別に疲れるようなもんじゃないし、強いて言うならずっと座ってるのが退屈なぐらいだよ。こんなことといったら不謹慎かもしれないけどね」

「アイン様らしいお言葉です。それにしても――」

ディルは振り向いて空を見上げ、すぐ後ろにそびえ立つ叡智ノ塔を見上げて頬を歪《ゆが》める。

「以前であればいつだって光を放っていた叡智ノ塔がこの様子です。さぞかし暴走が激しかったのでしょうね」

今は微《かす》かな非常灯や、半壊した隙間《すきま》から見える扉の光が視界に映るだけだ。

中心部は最下層から最上層まで巨大な風穴があけられて、その周囲を囲む施設や魔道具、昇降機に加えて階段などが無残にも崩壊しかけのままそこにあった。

全壊しなかったのは叡智ノ塔がそれはもう頑丈であるからと聞く。

天を穿《うが》つほどの光の波動は叡智ノ塔から現れるも、弾《はじ》けることなく空高く飛んでいったことは記憶に新しい。

「崩壊しなかったのは幸いだよ」

「難しい話ですね。代わりに魔力汚染となってしまったわけですから」

勿論《もちろん》、アインがいる施設も同じく破損している。

けれど叡智ノ塔の暴走による被害の多くは塔本体に集中しており、辺りには叡智ノ塔から漏れた爆風、あるいは振動による余波だけが届いていた。家々をはじめとする建物群は都市の特性ゆえか頑丈なようで、全壊した建物ばかりという状況ではなかった。

「アイン様！　ただいま戻りました！」

するとそこへクリスがやってくる。

彼女は今まで周囲の除染状況を確認に行っていた。

「お二人が話してる声が聞こえてきたんですが、叡智ノ塔は安全装置の一環として、崩壊を避けて魔力汚染になるよう造られているそうですよ」

「へ、どうして？」

「先日の光芒《こうぼう》は町にエネルギーを放たないための仕組みだってカティマ様が言ってました。叡智ノ塔そのものが崩壊すると、地下にある液化魔石プールのエネルギーまで爆発して、このイストに居る人々は一瞬で蒸発してしまう……だそうで……」

「なるほどね、だから叡智ノ塔にはまだエネルギーが残されてたんだ」

カティマが言っていた安全装置の作動により、炉は完全に停止している。液化魔石はすでに凝固しているが、そこにはまだ魔力が残されている。

「放たれた光芒が舞い降りた結果と、パイプを伝って流れ出た魔力のせいで汚染されたわけだ」

エネルギーを意図的に空へと逃がす仕組みであったということだ。

「アイン様、アイン様、私は今から水列車に戻ってクローネさんへと進捗《しんちょく》を報告してきます。何かお伝えすることはありますか？」

「眠かったら休むようにって言っといて」

「あはは……クローネさんのお返事が想像出来ちゃいますね……」

間違いなく眠くないと答えるだろう。

こうしてクリスがもう一度、席を外した。

「俺たちはもうひと頑張りといこうか」

「畏まりました。ただ、私は何もできないのが歯がゆいですね」

「話し相手になってくれるだけで十分だよ。どうせ俺も大したことしてないしさ」

「それが大したことでないのなら、私の仕事に価値はございませんよ」

軽口を言い終えてからもう一度パイプに手を当てる。別に手を当てなくてもスキル自体は作用するが、こうしている方が効果があった気がしたからだ。

「じゃ、もう一時間はじめよっか」

アインは地平線の彼方に昇りだした朝日を見て気を取り直す。

一度だけ欠伸《あくび》を漏らし、二度目の除染に取り掛かった。

◇◇◇

遠く離れた港町マグナでは一足早く朝日が昇っていた。

――――町の郊外、地元の有力者との会談を終えたウォーレンが馬車で進む場所は人通りが少なく、でも港町を一望できる良い立地にある。

まだ復興の最中《さなか》にある港町マグナはこんな時間でも賑《にぎ》わっている。

多くの船、そして職人区画にある煙突から立ち昇る煙を見ていると、彼らの活気に喜びがこみ上げた。

「………ふぅ」

疲れのせいでため息を漏らしたウォーレンへと、護衛の騎士が語り掛ける。

「そういえば――」

ここは確か、とつづけた。

「この辺りも夏の騒動の際には封鎖されていた道ですね」

「おや？　私は聞いていませんが」

「魔物に食い殺されたいた遺体があったそうで、警戒のために一時的に封鎖していたそうです。その際はオズ教授をはじめとするイストの方々も足止めを余儀なくされたとか」

「ふむ……」

「遺体は全身が変色し、身元も分からなかったそうです。……本当に悲痛な事件でした」

「――二度と繰り返されぬよう、我らも気を付けねばなりませんね」

近づきつつある港町の中心部。

人の声もより一層賑わってきたところで、ウォーレンはもう一度だけため息を漏らした。

停泊していた船に到着すると、昼を過ぎた頃《ころ》に出発した。

目指すはイシュタリカ王都、キングスランドの港である。

船内では特筆すべき出来事は何もなく、ただ優雅に船の旅が進んだ。ゆっくりと時間が過ぎていき、王都の港は目と鼻の先にまで近づいていた。

「閣下、もうじき王都に到着いたします」

窓の外を見ると、既に入港する直前だ。

「分かりました。では最後に遺体の安置室に向かいましょう」

「はっ！　ご案内いたします！」

騎士の先導の後をゆっくりと。

無機質な床に響き渡る革靴の音を聞きながら歩くこと、数十秒。

――――ガ、ガガガッ。

桟橋に到着して、船が固定された音が響き渡る。

「外で見張りをお願いします」

「はっ！」

騎士と別れて安置室に足を踏み入れる。

中にはタンカが一つだけ置かれていた。

横たわる〝影〟の遺体は今にも動き出しそうなほど丁重に扱われ、運ばれていた。

首筋に残った深い傷跡を見ていると、命令を下したウォーレンも心が痛み目を伏せる。

「我らが英霊の下で、どうか安らかに」

長い歴史の中で散って行った騎士たちと主に。

死した後の安らぎを得られることを真摯《しんし》に祈った。

『閣下、よろしいでしょうか？』

「どうかしましたか？」

『オズ教授がいらしたようで、今すぐにお会いしたいとのことです。半魔の件について、このまま死骸《しがい》を確認したいと仰《おつしや》っているらしく……』

そういえば、オズが王都に来る日は今日だった。

『わざわざ船を用意して、こちらまで来てくださったようです』

「……そうですか」

ウォーレンは騎士の声に含みを持たせて答え、つづけて言う。

「構いませんよ、すぐに向かいます」

『ではそのようにお伝え――オ、オズ教授⁉』

騎士の驚いた声の後で。

「失礼、こちらに居ると聞いて参りました」

扉が開けられて、白衣を着たオズが安置室に足を踏み入れたのだ。

「これはオズ教授。お噂《うわさ》はかねがね」

「お初にお目にかかります。此度《こたび》は不躾《ぶしつけ》ではありますが、火急の用とのことでこちらに足を運ばせて頂きました」

「……なるほど」

すると、ウォーレンは扉の外でこちらを見ていた騎士に言う。

「退席なさい。私はオズ教授と話があります」

「はっ！」

「くれぐれも扉を開けないように。……たとえ、この部屋が騒ぎになろうともです」

わざわざ退席させる必要はない、何故《なぜ》退席させた？

疑念を抱いたオズはウォーレンが背を向けたところで、ハッとした。

「そうか……さすがは宰相というべきですね」

そして、そう口にしてニタァッと笑った。

「オズ教授、この船は秘密裏に動いておりました。どの船が私の指示で偽装していたのかは陛下も知らないのですよ。知るのは両手に収まる人数ぐらいです」

「ええ、存じ上げておりましたよ」

即答を聞いて、もろもろ合点がいった。

話を聞いているうちに、オズの正体と目的がはっきりしてくる。

「――オズ教授、貴方《あなた》が赤狐《あかぎつね》だったのですね」

「何を仰るのかと思えば、急に何を……」

そして彼の目的も、この船に来た段階で察しが付く。

「この船にやってきた目的は私の命を奪い、半魔の死体も欲しいといったところですかな？」

「…………」

「貴方を赤狐と断ずるのに十分な理由がございます。もっとも、今となっては大して意味のない話ではありますが――オズ教授、夏の騒動の際、どうしてマグナに居たのですか？　騎士によれば、道が封鎖されたことで足止めされたそうですが」

これは今日、港町マグナを発つ前に騎士から聞いていた話である。

「自ら研究に使う素材を買いに、とは言わないでくださいませ。アイン様と出会い、そしてお話をなさっていたことは知っております。あの短期間で二度の出張をなさっていたとは考えにくい」

「それは――――」

「ええ、勿論、町に居たからと言って騒動の首謀者と言うにはあまりにも暴論だ。ですがセージ子爵の一件と似た魔物が街を襲った際にいらしたことは、少々、関係があるように思えます」

まくしたてられ、オズは不敵に笑いながら耳を傾ける。

「また、アイン様が聞いたという、セージ子爵の裏にいた黒幕についても、今しがた気が付いたことがございます」

淡々と、オズを追い詰めるように言う。

「セージ子爵が口走った黒幕の存在については難しかった。何せ少しも痕跡《こんせき》がなかったですし、情報が少なすぎたからです。ですが此度のように不可解な点のある者が居たとすれば、この私にも容易に察しがつきます。セージ子爵に接触しやすく、技術供与をしていた相手ですからな」

ついでに、とウォーレンが言う。

「叡智《えいち》ノ塔の暴走も、人為的と言ったところですか？」

「……そこまで看破なさるとは、さすがですね。くふふ……正解でしたよ、危険を冒してでも貴方に会いに来て……ッ！」

オズは額に手を当てて高笑いをすると、白衣の内側から一冊の本を取り出した。それを開いて手のひらを押し当てると、眩《まばゆ》い光の矢が何本も宙に浮かびだした。

「宰相閣下、お一人になってよかったのですか？」

「ええ、これが最善ですので」

考えはあって、万が一に備えて騎士を逃がしたのだ。

「申し訳ないのですが宰相閣下、貴方は私の願いを成就させるためには邪魔なのです！　殿下には
さらなる成長を遂げて頂かなければならない！　アーシェのように……いえ、暴走したアーシェ以
上の輝きを見せてもらうためにも――――ッ！」

すると本から生じた光の矢が眩さを増す。

叡智ノ塔の暴走により生み出された光芒に似た、破壊力を孕《はら》んだ一撃が放たれようとした刹那《せつな》。

「……これは？」

気が付くと、オズは全身を真《ま》っ赤《か》な靄《もや》に纏《まと》わりつかれていた。

身体《からだ》を動かそうにも動かせず。

本に押し当てていた手が持ち上げられ、本は地面へと落とされてしまう。

唖然《あぜん》としていると、不意に全身に痛みが走り悲鳴を上げる。

「がっ……ぁっ……ぁぁぁぁああああああッ⁉」

やがて膝《ひざ》をつき、額に大粒の汗を浮かべたままに。

振り向いたウォーレンが両手で握りしめた宝玉を見て目を見開いた。

「陛下にも見せたことのない魔道具ですよ。これは私の魔石の力を使い、相手を拘束させて瞬く間
に命を奪い去る強力なものです」

護身用として、たとえ一人になっても戦えるようにと用意していた強力な魔道具だった。

「クフフッ……ハッハッハッハッハッ！　おかしなことを……言いますねェッ！　瞬く間に命を奪い去る!?　なんと滑稽《こっけい》な嘘《うそ》を吐《つ》くものかッ！　私はこうして生きているゥッ！　まだ……まだこうして生きているのですよッ！」

ウォーレンの額にも大粒の汗が浮かんだ。彼もまた消耗が激しいようで、いつもの余裕が垣間見《かいまみ》えることすらない。

「しかし魔石だと……？　可笑《おか》しいですね……宰相は純粋な人であると聞いていましたが……ッ！」

「…………」

「ああ、読めましたよォッ！　貴方はもしかして――ッ」

「無駄口は結構です――ッ！　もう……ッ」

「残念ですよォッ……！　とても残念ですッ！　久しぶりの再会がこのような形になるとは思いもしませんでしたッ！」

オズは息も絶え絶えになりながら、ギラッと瞳《ひとみ》を金色に輝かせた。

厳かであるはずの安置室に立ち込める魔力の渦。互いの思惑が交錯し合う中で、オズは圧倒的に不利な状況でありながら尚も不敵に、そして笑って。

「貴方が警戒していたのと同じくッ！　この私もそうであるに決まっておりましょうッ！」

地面に落ちた本が勝手に開かれて宙に浮く。

先ほどと同じ光が生じ、でも今度は光芒《こうぼう》を放とうとはせず。

光の中から黒い石が浮かび上がり、〝影〟の遺体へと飛んでいく。それは遺体の胸元を抉《えぐ》り、粘着質な音を上げて食い込んだ。
ズ、ズズズ……。
引きずる音がウォーレンの背後から聞こえ、そっと視線だけ向けると。

『オ、オォ………』

息絶えたはずの〝影〟の遺体が立ち上がる。

胸元が割れ、中から黒い影が現れて全身を侵食した。やがてセージ子爵が連れていたワイバーンのように全身の筋肉が風船のように膨張して、身体つきまで異変に襲われる。人間らしさがあった頭にもいつしか獰猛《どうもう》な牙《きば》と鋭利な角が現れ、冒険者の町バルトをかつて襲ったオーガを思わせる容姿へと変貌《へんぼう》を遂げた。

『オオォォォォ――――ッ！』

雄叫《おたけ》びはこれまでの騒ぎと違い、船全体を揺らすほどにまで険しい。

これまで黙っていた騎士も、ついに我慢ならず足を踏み入れてしまった。

「これは……閣下ッ⁉　一体何が⁉」

「下がるのですッ！　他の騎士と共に対お――――」

『オォッ！　オオォォォッ！』

変貌した〝影〟の遺体は一直線に騎士へ向かい、その首をへし折った。それはまばたきをする合間に終えられるほどのあっという間の出来事で、次に狙《ねら》われるのは当然、ウォーレンである。

ウォーレンが新たに魔道具を作用させるより前に距離を詰め。

腕を掴《つか》み取《と》り、床へと組み伏せる。

「くっ……」

手にしていた宝玉が零《こぼ》れ落ち、オズの前まで転がった。

「はぁ……はぁ……まさかこれほどの魔道具を用意していたなんて……このような魔道具をどのように用意していたのですか……？」

力なくも立ち上がり、宝玉を見ていると気が付いた。

「分かりましたよ。これはあの忌まわしきエルダーリッチ、ミスティが造った品ですね。道理で私を追い詰めることが出来たわけです。ああ、説明は要りませんよ、大体想像はつきますから。私の白衣は外部からの影響を全くといって受けない特別製だったのですが、彼女の魔道具なら納得です。私の命を瞬く間に奪えなかったという理由も簡単だ」

すると、その言葉をきっかけに〝影〟の遺体がウォーレンから手を離した。

ウォーレンは逃げようともがきながらも懐を漁《あさ》り、別の魔道具を取り出そうとしたが。

『オッ……ォオオ……ッ！』

無情にも胸を貫かれる。

一呼吸置いて鮮血が宙を舞い、彼の周囲を血潮で濡《ぬ》らしていく。

言葉は発することができなかった。

激しい呼吸と喘《あえ》ぐような弱々しい声だけが安置室に響き渡り、対照的に、オズの歓喜に震えた声が重なった。

「貴方の胸元に宿ったそれが理由です」

ウォーレンの胸元に確かにあった。

うっすらと、朱色に光った一つの魔石が。

「同族の魔力は同族に通じ辛《づら》い傾向にあります。その弊害でしょうね」

「ァッ……ハァ……ァァ……」

「そんな怖い目で見ないでください。しかし、道理で宰相閣下は邪魔な存在だったわけです。数百年前と変わらずこうして邪魔をするなんて……なんて忌々しい」

消耗が激しく足取りは重いが、オズは彼我の距離を詰めた。今にも倒れ込んでしまいそうな身体で。


しかし。


――――カン、カン、カンッ！

安置室に通じる廊下から聞こえてくる多くの足音。

「潮時、ですねェ」

次の瞬間、多くの騎士がなだれ込んできた。

するとオズは同時に遺体に向けて瞳を光らせ、〝影〟の遺体に今度は自分を狙わせた。

「うぐぉ……ッ!?　だ、誰か……遺体が魔物に変化して……急に……ッ！」

壁に叩《たた》きつけられた衝撃に抗《あらが》いながら助けを乞《こ》う。

全身の骨に衝撃が走る。何か所も折れているのは診療しなくとも分かる。予定にない損傷には文句の一つも言いたいぐらいだが、これればかりは自分の失態である。

「オズ教授!?　――――閣下ッ!?」

「皆、剣を抜けッ！　来るぞッ！」

「お二方をすぐに保護する！　警戒せよッ！」

騎士たちからすればオズは被害者の一人にしか見えなかった。

変化した遺体は確かに強いが、騎士が何人も、最初から警戒態勢で構えてしまえば対処が出来ないこともない。故にこの勝負は騎士たちが勝利を収めるだろう。

「奴《やつ》を始末するぞ！」

リーダー格の騎士が口にしてすぐに戦闘がはじまった。

その横で、ウォーレンは霞《かす》む視界の中で思う。自分はきっと死ぬ、あるいは長い間の昏睡《こんすい》状態に陥るほどの重傷を負ったのだと。

——そして、見た。

オズが自分の惨状に目を向けて、密《ひそ》かに笑っていた姿を。

彼がいない大国

ウォーレンが倒れた日。

魔法都市イストの除染を終え、避難民の見舞いをしていたアインが王都に戻ったのは、その夜のことだった。王都はアインが見たことのない厳戒態勢にあり、ホワイトローズ駅に着いたアインが一番に見たのは駅に大挙して訪れた騎士の姿だ。

彼らが王族専用水列車が止まるホームを警護していたのは当然のこと。

馬車への通路に加え大通りに至るまで、一定間隔を保ちアインのことを警護した。


――――城に着いたアインは大慌てでバーラがいる治療所へ足を運ぶ。

「ハァッ……ハァッ……お爺様《じい》！」

シルヴァードもここに居ると聞いている。

扉をノックすることも忘れ、乱暴に開いて治療所へ足を踏み入れた。

「お爺様っ……ウォーレンさんは……っ⁉」

治療所に置かれた椅子は決して豪奢《ごうしゃ》なものではない。国王シルヴァードが腰を下ろすには如何《いか》にも安物で頼りなかった。

けれど彼は今、奥に置かれた机の傍《そば》に腰を下ろし、面前に座るバーラと話していた。

「おお……アイン……無事で何よりであった。……成果はどうであったかなど、聞きたいことは山ほどあるが――」

「そんなものは後で構いません！　ウォーレンさんは……ッ」

「……であるな。バーラよ、説明を頼めるか？」

「は、はい！　畏《かしこ》まりました！」

やはり、治療に携わる者に任せた方がいいだろう。

シルヴァードは疲れた様子で声を掛けると、頭を抱えてしまう。

「では殿下、私から宰相閣下の容態をご説明いたします」

彼女は魔法都市イストのスラム街で保護されて以来、近頃は昔と比べて落ち着いたように思えるが、王族が相手となれば昔と大して変わらず緊張していた。

特に今は、宰相ウォーレンが重傷を負ったとあって殊更だ。

「胸元を深々と貫かれております。幸い、騎士たちが魔道具によりすぐに止血、そして応急処置を行えたため一命は取り留めました。しかし、意識が戻るかどうかは……」

「目を覚まさないこともある、ってこと？」

「……左様でございます。これからの治療次第となりまして――」

アインはそれを聞くと、膝から力が抜け落ちそうになるのをなんとか食い止め、必死になってその姿勢を維持した。

一命を取り留めたのなら――。

イシュタリカの技術力があれば――。

と、縋《すが》るような願いを心に宿す。

「それで、ウォーレンさんは今どこに？」

「宰相閣下はご自室です。治療用の魔道具は勿論《もちろん》のこと、万全の態勢で治療にあたっております。私も数十分に一度は足を運び、容態を確認しています。それと、ベリア様が常に宰相閣下のお傍にいてくださっています」

ベリアと言えば、給仕の中で並び立つ者が居ない女傑だ。

彼女が傍に居るのなら心強い。

「……今更ながら、お爺様はどうしてここに？」

「む？　ああ、余はさっきまでウォーレンの様子を尋ねておったのだ。経過はどうか、とな」

「そういうことでしたか。……それで、ウォーレンさんは誰《だれ》に襲われたのですか」

誰がウォーレンに怪我《けが》を与えたのか。それをアインは聞いていない。怒りを込めた瞳でシルヴァードに目線を送ると、シルヴァードは困惑した様子で答える。

「亡くなった〝影〟だ。騎士によると遺体が変貌《へんぼう》し、魔物のようになり襲い掛かっていたそうだ。共に居たオズもまた怪我を負い、城下の病院へ運ばれておる」

「オズ教授も……!?　そうか、オズ教授も王都に来るって――――ですがお爺様、遺体が変貌したっていうのは一体ッ！」

シルヴァードは首を横に振った。

どのようにして変貌したか、遺体の安置室で何があったのか。

すべて分かっておらず、何も答えられなかった。

「変貌した遺体はマジョリカの協力により、専用の檻《おり》に入れて拘束してある。カティマも一度だけ様子を見にいったが、胸元には例の黒い石が埋め込まれていたそうだ。心臓も魔物や異人種のそれと同じく、核へと変化していたと聞く」

「それって」

つづきは言うまでもない。

「診療所で話すことでもなかろう。バーラよ。何度も出向いてすまなかった。引きつづきウォーレンを頼む」

「……は、はいっ！」

急に声を掛けられ感謝されたことで、バーラは慌てた様子で返事をする。

無礼に当たる態度ではあったが、シルヴァードは微笑《ほほえ》ましそうに振舞うと、扉に向かって足を進めた。

長い付き合いのウォーレンが倒れたというのに。

気丈に、国王としての威厳を失することなく振舞った。

「アインもウォーレンの許《もと》を訪ねてやってくれ。あの男も、アインが見舞いにきたとあれば目を覚ますかもしれんからな」

こうして、最後は冗談を口にするとシルヴァードは立ち去った。

残されたアインは苦笑いを浮かべていたが、数秒おいてからバーラに語り掛ける。

「今からお見舞いに行っても平気かな」

「大丈夫です。今はベリア様がいらっしゃると思いますので、何かお尋ねになることがあれば、べリア様に聞いてくだされば……ッ！　私も後で参りますから！」

「良かった、じゃあ早速──」

「私も、ウォーレン様の魔石を確認しに参りますので！」

「──え？」

魔石とは？　ウォーレンが何か貴重な魔石を持っていたのだろうか？　だとしてもバーラが様子を確認する必要はない。

「魔石ってなんのこと？」

「……？　ウォーレン様のお身体《からだ》にある魔石のことですよ？　私も知らなかったのですが、ウォーレン様は異人種だったのですよね？」

知らない、聞いたこともない。

訳も分からず、しかし冷静さを保とうとしたアインはその後で。

「ごめん、とりあえずお見舞いに行くよ」

絞り出すように、平静を装って口にしたのだった。

◇　◇　◇

城内を進み、ウォーレンの部屋へ。

扉を手の甲で軽く叩けば、部屋の中からベリアの声が届いた。

アインは一度深呼吸をしてから扉に手を掛ける。

実は異人種だったという唐突な情報に困惑しつつも、今は一命を取り留めたことを喜び、快気を祈りたい。

……部屋の中は二つに分かれている。

一つはリビングとして、そして書斎としても使われる大きな机が目立つ部屋。そしてその奥にあるのがベッドの置かれた寝室だ。

アインは寝室に足を踏み入れたところで口を開く。

「ベリアさん、お見舞いに来たよ」

「あらあら……殿下、ようこそお越しくださいました」

驚いた顔を見せたが、ベリアはすぐにいつもの調子を取り戻す。

目元に疲れは見え隠れするが、化粧でそれを隠そうとした努力が窺《うかが》えた。立ち上がって頭を下げたベリアを手で制すると、アインはベッドで横たわるウォーレンを見る。

「ただいま、ウォーレンさん」

ベッドに近づいて声を掛けるが、いつものようなおどけた返事はない。

ただじっと目を閉じていて、全身に繋《つな》がれた管が重大さを物語る。

「お爺様は、俺が来れば目を覚ますかもって言ってたけど、やっぱりそんなのは無理だったね」

分かり切っていたことだが、アインは悲しそうに笑みを浮かべる。

ベッド横の椅子に腰を下ろして、もう一度ため息を吐《つ》いた。

「申し訳ありません。この人が目を覚ましたら、その不義をしっかりと伝えることにいたしましょう」

「あははは……大丈夫だよ」

本当に伝えそうな空気に、アインは慌てて否定の意を口にする。

「すごい魔道具だらけなんだね」

管が繋がった先には多くの魔道具が立ち並ぶ。すべて大きく、ウォーレンを何とか生存させるためのものだ。

「ベリアさん、その」

ウォーレンが異人種なのか否かを尋ねようと思った。

でも、こんな時に尋ねることかという疑問はある。

そのため踏みとどまり、この疑問を飲み込むことに専念した。

「……早く、無事に回復してくれるといいね」

別の本心を語り会話をそらす。

さて。

「来て早々だけど、そろそろ行くよ。長居してもウォーレンさんに悪いしね」

「お待ちくださいませ。婆《ばあ》やがお送りいたします」

アインは固辞したが、王太子を一人で帰すのが忍びなく思ってしまうのは給仕であれば当然で、最後に折れたのはアインだった。

ウォーレンの部屋を出てから、ベリアは手近な給仕にウォーレンを診《み》ているように言う。

廊下を歩き、階段を進む二人の間に会話はない。

――――次に口を開いたのは、アインの部屋に到着したときだ。

「お礼にお茶を淹《い》れてから戻りますね」

穏やかな笑みを向けられて、断るのも悪い気にさせられる。

結局、また甘えたアインはベリアを連れて部屋に入ったのだ。

「さてと、イストの件の報告書を書かないと」

部屋の片隅で茶を淹れだしたベリアを傍目《はため》に、机から羊皮紙を取り出して報告書の準備に移る。

そうしている間に、心が洗われるような茶の香りが漂ってくる。

「さぁどうぞ」

と、香り高い湯気を漂わせる茶を机に置いた。

すると、彼女の目が不意に。

「…………これ……は……」

机の片隅に置いていたラビオラの魔石に気が付いて、釘付《くぎづ》けになる。

傍から見れば、自身の目を疑っていたように見える。何故《なぜ》かは分からないが、ラビオラの魔石を見て間違いなく動揺していた。

「ッ……え……なん、で――――」

加えて狼狽《ろうばい》。

唇を弱々しく震わせて、目を見開き後ずさった。

……どうしてベリアが動揺する必要があったのか。

魔石をむきだしで置いていたから？　いや、アインの部屋なら別に驚くほどではない。

「どうかした？」

「……とても、とても綺麗《きれい》な魔石でございますね。どこかでお買いになられたのですか？」

その後のベリアは、落ち着いた対応で、物腰は柔らかだった。

だが、違って見えるのはベリアの表情……そして目つきだ。瞳《ひとみ》にじっと目を向ければ、小刻みに揺れる隠し切れない緊張が分かる。こんな姿を見せられたアインが「ああ、そうですか」と受け取るはずがない。

考え込むアインを横目にして、ベリアは細目になって微笑《ほほえ》む。

どうされたのですか、と言わんばかりに首を傾《かし》げるが、アインの疑念は晴れなかった。

「……知ってるの？」

彼女が口にした問いに答えず、アインは魔石に視線を下ろして尋ねる。

少なくとも、ラビオラの魔石を知ってるというのはおかしな話だ。なにせ、長《おさ》がずっと持っていたのだから。

すると、すぅ……という音と共に、ベリアが息を大きく吸ったのが分かった。

――年の功というものがある。

ベリアはラルアの専属を務めており、熟練した給仕の彼女は、給仕の仕事以外にも長《た》け知性もあった。当たり前のように口もまわるが、今そうした姿は一切が消え、困惑の一言に尽きる様子を露《あらわ》にしていた。

「ねえ、ベリアさん、知ってるの？」

アインが目を伏せたままもう一度尋ねる。

今度は、ラビオラの魔石を手のひらに置いてだ。

「確か、宝石店で似たような宝石を見かけたのかと思います」

ベリアが答えた。

「それって、お婆様の付き添いとか？」

「左様でございます。婆やはしばしば、ラルア様の付き添いで城下町に参ります。ですので、その時に見たのかもしれませんね」

アインが漂わせる圧を一身に浴びながらも、ベリアは微笑んでアインに答えた。

一見してみれば、大したことのない態度だったが、どうにも引っ掛かってしょうがない。

何かを見逃してきたような、そんな得体のしれぬ違和感にアインは囚《とら》われ、逃れられない。

いつもなら特に気にすることなく「そうなんだ」で済ます話に過ぎない。ラルアがベリアを連れて買い物に行くことぐらい知っている。王妃の付き添いであればいくらでもある話だ。

「……そっか」

気が抜けた声で返事をするが、アインはラビオラの魔石から目をそらすことができない。

何に引っ掛かっているんだろう。この短い間に、心の中で自問自答を繰り返す。

「申し訳ありません、そろそろあの人の下へ戻りませんと」

ベリアは珍しく催促するように言った。

献身はそうだが、事態の大きさもあり不思議ではない。

けれど、今のアインはいつも以上に鋭く、頭が勝手に考えてしまう。

（そういえば）

ベリアのウォーレンへの献身の理由は思い当たる節がある。

何せベリアは一時期ウォーレンと恋仲だったらしいから。

この話をしてくれたのはマーサだ。ロランやレオナード、そしてバッツの三人が城にやってきた日の、社会科見学の日だった。

「………………」

「殿下？　どうかなさいましたか？」

席を立ったアインは窓の外を見た。

最近、似ている話を聞いていた気がする。

「シス・ミルだ。長から聞いたんだ」

「先ほどから何を……？」

長は歴史を語る中で、建国に携わった二人の存在を語り聞かせてくれた。

『統一国家イシュタリカ建国にあたって、お二人はとても重要な役割をもっていました。私を呼びに来た方は男性です。彼は法の整備や多くの献策を行い、初代陛下のご友人でもあらせられました。もう一人の方は女性です。彼女はラビオラ妃の給仕を務め常日頃《つねひごろ》から共に居たお方です』

初代イシュタリカ国王ジェイル、その妃ラビオラの連れていた二人の従者のことだ。

不思議なことに、こうして気が付きはじめると更に頭が冴《さ》えてしまうことがある。

次にアインが思い出したのは、オズの話した昔話だ。これも、オズがウォーレンと共に襲われたということから脳裏を掠《かす》めやすかったのだろう。

『ある所に一つの民族がおり、族には長と呼ばれる女性が居たそうです。長には三人の優秀な部下が居りました。一人は研究熱心な男で、もう一人は槍《やり》の名手であったとか。そして最後に、とても頭の良い軍師のような男が居たのです』

語り口調のせいもあったが、興味を惹《ひ》く内容だったので詳しく覚えている。

『ですが軍師のような男は違います。彼は恋をしてしまったのです。彼は戦いのときに協力した種族、その種族の王妃に恋をしてしまっていたのです。当たり前ですが、その恋が成就することはありませんでした。でも彼は、近くで王妃を見守ることに決めたのです』

これらの話には、繋がりがあるように思えた。

長が言った献策などを行った男性の赤狐《あかぎつね》を、オズが語った頭のいい軍師のような男と同一人物であると仮定しよう。彼は恋をしたそうだが、当時の王妃と言えば一人しかいない。ラビオラ・フォン・イシュタリカただ一人である。

（ウォーレンさんに魔石があって……仮に男性の赤狐だったとしたら……ベリアさんが彼の、幼馴《おさなな》染《じみ》の赤狐……？）

実はこの仮説にも信憑性《しんぴょうせい》があった。

オズの昔話には。

『ですが、悲恋はもう一人いました。それは、彼の幼馴染の女性です。彼女は自分の恋も叶《かな》わないと知りながら、彼の下を離れなかったそうです』

こうした続きがあったからだ。

「――はは、なるほどね。出来すぎた話じゃないか……これじゃ」

乾いた笑いを浮かべ、自らの仮説を笑うアイン。

だが、笑い話で収めるにはもはや遅い。

それにしても不思議だった。

オズはどこでその昔話を知ったんだろうか。赤狐の登場する文献については大分調べたはずなのだが、赤狐と明言されておらずとも、こうして赤狐の情報は他にも残されているのだろうか。

答えは見つからず、そして今は考えるだけの余裕がなかった。

「——ベリアさん」

名を呼びながらもアインの心境は極めて複雑だ。

なぜなら、アインにとってしてみれば、全く現実味がない話だからだ。

今まで共に生活をしてきた相手が、まさかこうして、特筆すべき人物だったなんて夢にも思わなかった。

「引き留めてごめん、一つだけ聞きたいことがあるんだ」

「ええ、何でしょう?」

なにも心配していなそうな瞳でアインを見ると、ベリアはアインの次の言葉を待った。

だが、アインは急に気配を違ったものに変えた。王族の威厳に満ちた、ウォーレンすらも唸《うな》らせた気配に。

「アイン・フォン・イシュタリカの名において王族令を発令する。これより先、私の問いに嘘《うそ》偽りなく答えよ」

息を呑《の》むほどの、強烈な覇気が部屋中に漂った。

「————殿、下?」

予想外だったのか、ベリアが目を見開く。

そしてアインを宥《なだ》めようとしたのか、一瞬だけ身振りで反応しようとするが、アインが先に口を開いて、核心の言葉を口にする。

「ベリアさん、貴女《あなた》がはじめて仕えた王妃の名を教えてほしい」

きっと、これが致命的な言葉となったのだろう。

ベリアは力が抜けたように両腕をだらんと下ろすと、俯《うつむ》きながら机の上に目を向けた。

「それは……」

だが、言《い》い淀《よど》むばかりのベリアを見て、アインは質問を変える。

「──旧王都。本当の王家墓所へと二人は……ベリアさんとウォーレンさんは、ラビオラ様と共に足を運んだことがあるんだよね？」

ここまでだった。

彼の目を見ていると嘘なんて吐《つ》けない。王族令にだって逆らうつもりはなかった。


「……はい、ございます」


アインが今の感情を言葉にするのは、恐らく、生まれ変わって以来、どのときよりも難しく感じていた。先ほどの言葉に肯定の意を答えたベリアを見て、歯車が噛《か》み合った達成感と共に、どこに矛先を向ければいいのか分からない、困惑に近い不愉快さを感じていた。

「……そっか」

簡素な返事だったが、これ以上を慮《おもんぱか》る余裕がない。

「この魔石の持ち主だった人に仕えていたんだね？」

回りくどい聞き方だった。

お前は赤狐か、と聞けばそれでよかったのかもしれないが、アインにはそれを口にする勇気を持つことができなかった。こめかみに浮かんだ汗を感じ、魔石を握った手には緊張のせいか手汗も掻《か》いている。何もかもを聞かなかったことにして眠りたい。ある種の逃げに近い気持ちの中、アインは深い呼吸を繰り返す。

「……はい。私はラビオラ様にお仕えしておりました」

宰相ウォーレン。そして、給仕長ベリア。

この二人こそが長が語っていた二人の赤狐であると。

「どうして……」

どうして今まで教えてくれなかったんだ。

魔王アーシェについてのこと、そして、赤狐という存在が暗躍していたということ。

……他にも、まだまだ多くのことが思い浮かんだ。

「で、殿下――――ウォーレンと私は……」

「私は、どうしたの？」

たった一言、怒りと表現するには違う感情。落ち着きを失ったのは確かだ。アインが冷たくも迫力のある瞳でベリアを見ると、ベリアは怖《お》じけることなくアインに答える。

「どうかお許しください。お教え出来なかった理由があるのです」

ふと、アインは急に飢えの延長線にあるような苛立《いらだ》ちを感じた。

するると、部屋が暖かいのも苛々する。身体《からだ》が若干疲れてるのも苛々する。ベリアが言い訳するのにも苛々する。

言ってしまえば、すべてに苛立ちを感じてしまった。

長は二人が敵ではなく、建国に際して重要な者たちであったと言っていた。こればかりは疑いようのない事実だ。マルコが敵としてみなしていなかったのがその証拠であるから。

しかし、教えてほしかった。

今日まで教えられなかった理由はそれほど大きなものなのかと、深い悲しみにすら苛《さいな》まれる。

だが不意に。シス・ミルで受け取ったときのように、ラビオラの魔石からアインの身体に魔力が流れてきた。温かくて、まるでベリアを許してあげてと言われているかのように。

——コン、コン。

突然、部屋の扉がノックされる。さっきまでの緊張感が霧のように消え去ると、アインは急に全身から力が抜けたのを感じた。

「はい」

アインがノックに答えると、すぐに扉が開く。

姿を見せたのはシルヴァードである。

「部屋の前を通りかかったら何やら騒々しかったのでな。気になって足を運んでみたのだが、ベリアが居るとは珍しい」

シルヴァードは人の機微に鋭い。とりわけ近しい者が相手ならば殊更に。

「余には聞く権利があろう。アイン、教えてくれるな？」

開いたドアの外側から、ロイドが心配そうな瞳で中を窺《うかが》っていた。中に入るべきかと考えていた様子だったが、最後は静かに扉を閉じる。

「……といっても、俺も説明を貰《もら》うところだったんですよ」

「む？　アインが説明を求めた？　ベリアにか？」

「はい。ですが俺は少し疲れたというか、気が抜けてしまいました。すみません、一度頭を冷やしてきます」

本心を言えば、すぐにでも全《すべ》てを問いただしたかったが、今の自分は冷静じゃないと理解していたアインは、一旦《いったん》、間を置く決意をする。

とりなそうとするシルヴァードの横を歩いて、扉へ向かう。

「ベリアさん」

「……はい、殿下」

扉の手前に立ったアインは、振り向くことなくベリアに声を掛けた。

「少し、お爺《じい》様に説明しておいてください。俺は後で聞きますから」

どう警戒するべきか、そして見張りはどうするべきか。

ウォーレンとベリアの二人に対して、なんて対応するのが正解なのかが分からない。

「アイン」

すると、ドアに手を掛けたアインをシルヴァードが呼ぶ。

「今宵《こよい》、謁見《えっけん》の間の小部屋にて待つ。よいな？　事情によってはベリアも連れて行く」

よいな、と聞いてきたが、実質は来いと言われてるに等しい。

ベリアの話を聞くためにも、アインは素直に頷《うなず》いた。

「分かりました。夕食の後、休憩してから参ります」

「頭を冷やすのならカティマの研究室にでも行くといい。なんでも、マーサによると、部屋が散らかってしまってカティマが大慌てだそうだ」

「まったく冷やせなそうですけど、行ってみます」

こうして、今度こそドアを開くアイン。

部屋の中の様子を見ることなく、静かな足取りで退室した。

外にいたロイドに軽く会釈だけをして廊下を進む。

ただ真っすぐにカティマの研究室を目指したその足取りは重く、自分の足ではないように感じていた。

◇◇◇

マーサが口にする程なのだ。それはきっと、相当な散らかり様だと予想していた。

だが、アインの予想なんてものはあっさりと裏切られる。

「ん？　誰だニャ！　この忙しい時に……って、なーんだ。アインかニャ」

まるで戦場だ。そう考えさせる研究室の様子は、散らかってるの一言では済まされない。壁に置かれた巨大な本棚も、例外なく前方に倒れて本をばらまく。いくつかの研究用の魔道具からは刺激的な色をした煙が漏れていた。

「なにこれ、誰《だれ》と戦ったの？」

思わず尋ねると、その散らかりの中から顔を見せたカティマが答える。一つ問題があるとすれば、彼女の自信に満ちた表情がイラッとさせてくることだけだ。

「ふ……世界に蔓延《はびこ》る謎と、かニャ」

「は？」

「冗談なのニャ。で、そっちはうまくいったらしいニャ？　クローネとクリスがさっきここに来て、成果報告をしてくれたのニャ」

彼女はふんぞり返りながら言った。

「で、何しに来たのニャ？」

「部屋が凄《すご》いことになってるって聞いたから、煽《あお》りに来た」

「……ほんっと、なんて甥《おい》っ子《こ》かニャ」

やれやれ、そう言わんばかりの態度で崩れた物の中から身体を見せると、腰回りの埃《ほこり》をハンカチで拭《ふ》く。

「ま、ちょうどよかったニャ。ほいニャ」

机にたどり着くと、一つの封筒を手に取るカティマ。

腕を振りかぶるとそれをアインに投げつけた。くしゃ、という情けない音を立ててアインの手に納まった。

「いきなりなに、コレ」

「イシュタリカ史上、並ぶ者が居ない天才ケットシー様が調べ上げた資料だニャ。というか、それが分かったから部屋が荒れたのニャ。ついさっきのことだニャ」

「え!?　そんな知り合いが居たなら教えてよ」

「私に決まってるのニャアアアアッ！」

素でそう尋ねたアインは、ああ、なるほどと納得した。

「それで、何の資料？」

「ふんっ！　いいから見るニャ！」

いつものカティマなら、これ以上ないうざい顔をして教えるはずだ。

しかし、今回はそんなことはなく、気怠《けだる》そうに中身を見ろと促す。

「――――結果、検体1は獣人の一種と断定。また、2については爬虫類《はちゅうるい》系の種族と予想される」

言ってしまえば、専門用語だらけでよく分からなかった。

検査結果なのだろうが、いくつかの数字が並べられても、アインが理解できるはずがない。そのためアインは内容を飛ばして結論に目を通していた。

「ウォーレンの部下が半魔を検体として運んでくれたからニャ。おかげさまで、私が気になってたことがあっという間に解決したのニャ」

「ごめん、この検体1と2の断定ってのは」

「私が気になってたのは半魔に埋め込まれた魔石だったのニャ。どう考えてもネズミやウサギのものじゃニャかったからニャ。最初はこういうもんなのかと思ってたんニャけど、今回、複数の検体が得られたから存分に調べられたってわけニャ」

「カティマさん、それって……」

アインが察しはじめると、カティマが大きくため息をついて近寄る。

「半魔の数は相当数いたのニャ。だから新たな疑問はどうやってそれだけの魔石を集めたのかに尽きたわけニャけど、クズ魔石を買ったという仮説は通らないニャろ？　だって、埋め込まれていたのは異人種の魔石だったんニャから。そこで、実は研究者の間で古くから疑問だった話があってだニャ」

それは大戦時のことである。

「当時、戦いに参加していた戦士たちの中でも、異人種の魔石の多くが見つかっていなかったのニャ。アインがシス・ミルにある祠《ほこら》の最深部で見たっていう魔石もあったわけニャし、誰かが運んだっていう説が現実味を帯びていたわけニャ。けど、アインが見た魔石だけでは数は足りニャい、となると、別の誰かが集めて持っていたわけニャ」

心底胸糞悪《むなくそわる》そうに、憎しみを込めた声色で語る。

「……結論を言うニャ。半魔に埋め込まれていた魔石は、魔王大戦で犠牲になった異人種たちのものだったのニャ」

今日はなんて日だ。

帰って早々、こうした話の連続でアインの頭の中は暴発寸前。珍しくカティマが見せる不機嫌そうな顔を眺め、アインは腕を上げて頭を強く掻きむしる。

「その苛立ちのせいで研究室が荒れてたのか」

アインは改めて研究室の惨状を見て口にした。

「んニャ、そういうわけじゃないけどニャ。とはいえ、随分と荒れちゃった事実は否定しないのニャ」

カティマは床にゆっくりとへたり込むと、壁際にある一つの戸棚に目を向けた。アインも同じく視線を向けると、他の資料棚と違って、棚すらも高価な品に見える。前方の床には、中身が散乱した透明のケースが散らばっており、その惨状がよく分かる。

地面にはいくつか魔石も散らばっていて、砕けている魔石もあった。

貴重な魔石も割れていそうだが、聞くのが怖い。

「こんな惨状になった原因は？　単に研究に没頭しすぎただけ？」

「そんな感じニャ。機材に無理させたら、ほんのちょっぴり暴走しちゃっただけなのニャ」

………なるほど。

この戦場跡のような光景を見せられても、ほんのちょっぴりなんて考えられない。

「もういいニャ。風呂《ふろ》に入って今日は寝るニャ」

「まだ明るいけど」

「うるさいニャァーッ！　もう寝るのニャ！　寝るって言ってるのニャッ！」

ここまできたらもうどうでもいいのか、床にダイブしてゴロゴロした。

何処《どこ》をどう見ても王女らしさのかけらもないが、アインは自然と笑みを零《こぼ》す。

気分転換になったし、意外と頭も冷やせたかもしれない。声に出さず、密《ひそ》かにカティマへと感謝した。

◇　◇　◇

夜になり、アインは約束通り謁見《えっけん》の間へ足を運んだ。

中央の絨毯《じゅうたん》が敷き詰められた領域を歩くと、布を踏む静かな音すらも、静寂の一言に尽きる謁見の間では響き渡ってしまう。高い天井で石造りの空間は、音を吸収することなく響き渡らせる。

（どうするのが正解なのかな）

一歩一歩を踏みしめながら、自分の中にいる二人、ミスティとラムザに声を掛けた。

もしかすると、マルコもアインの中で生きてるかもしれないが、それについては定かではない。

だが一向に返事はなくて、届く気配もない。

話しかけてるのだから、教えてくれてもいいじゃないか。

こうした文句も言いたくなる。

（あれ、というか、それなら二人はベリアさんとウォーレンさんのことを知ってるのか）

魔石の縁を辿《たど》れば、顔見知りが集まってるだろうと考えたアインは、ちょっとした同窓会だなと苦笑する。

こうしている間にも小部屋の入り口に到着した。

ノックして自分が来たと合図をすると、中からシルヴァードの返事が届く。

「アインだな、待っていたぞ」

返事を聞くと頬を一度叩《たた》いて中に入った。

中には思っていた通りにベリアも席についている。

「殿下、よければこちらを」

そう言ってベリアが手渡したのは、彼女が淹《い》れた茶だ。

緊張した様子を見せ、アインに遠慮しているような態度だ。でもアインはさっきと比べて落ち着きがある。どうやら時間を置いた甲斐《かい》があったらしい。

シルヴァードの手前に座ったときには素直に茶を受け取れた。

受け入れられたことにベリアは喜んで、唇の端を緩ませる。

「お爺様、ロイドさんがいるかと思ったのですが」

「言いたいことは分かる。エルフの長がベリアとウォーレンが敵ではないと保証していても、警戒すべきと言いたいのだろう？」

「その通りです」

「だが余は余の見たことと、今までの人生を信じることにした。今までのウォーレンとベリアの功績を信じたいのだ」

だとしてもアインは不満である。

せめて謁見の間に控えてもらうぐらいはしてほしかったのだ。

「聞けばアインは王族令を用いたとのことだが。間違いないな？」

「間違いありません。問題があれば罰せられることも覚悟の上です」

「此度《こたび》の一件を不適切と断じることは出来ん、故に罰はなしだ。……して、ベリアは王族令に応じたと余は聞いておる。となれば、ベリアはイシュタリカの民に間違いないな」

あくまでも立場を変えないシルヴァード。

「いざとなればアインがいる。これだけ言えば無責任な言葉になるが、余はアインがいるから強気な選択ができるのだ。いつも頼りにしておるぞ」

——本当に無責任じゃないか。

というか、こんな時に孫馬鹿を発動しないでほしい。

内心で文句を言うに抑え、話題を変える。

「それで、話はどこまで進んだのですか？」

「二人がどんな種族なのか、ここまでは余も耳に入れた。しかし、その後の話は長くなるとのことだったので今からとなる」

「わかりました。では、早速説明を」

アインが目線でベリアに合図をすると、彼女は一度咳払《せきばら》いをして調子を整える。

緊張した様子なのは変わらないが、アインとシルヴァードの二人は、ただ静かにベリアを見つめた。

「先にお伝えしたいのですが、私とウォーレンはマルコ様と同様に記憶に欠損がございます」

「ごめん。ベリアさんが言ってる言葉の意味分からない」

「マルコ様が、アイン様に過去のことをお伝えしなかった……それがどうしてか、疑問に思われたりはしませんでしたか？」

思い当たる節があった。

一度目の出会いの時、その時に教えてくれても良かったじゃないかと恨み言を漏らしたこともある。

アインはベリアの言葉に頷《うなず》いた。

「マルコ様のそれと、私の記憶の欠損。……この二つは赤狐の長の呪《のろ》いが影響しています」

「────ッ」

「アーシェ様がご乱心なさったときの、孤独の呪いと呼ばれるものです。彼女の言葉に従わなかった私たちが憎かったのでしょう。気が付けば、私とウォーレンも同じく呪いを受けていました。ただ私とウォーレンは幸いにも影響は弱く、マルコ様ほどではございません」

そのため死ぬことはなく、正気を失うこともなかった。

しかし記憶の欠損は避けられなかったのであると。

「恐れながら殿下、エルフの里で耳に入れたのはどのようなお話でしょうか」

「ヴェルンシュタインについてだ。あと、王家墓所で何があったのかを聞いたけど……」

なぜそこでヴェルンシュタインが出る？　シルヴァードが困惑した様子を見せた。

「陛下、殿下がエルフの長から聞いた話を先にお伝えいたします」

「ベリアさん！　それは……」

「分かっています。ラビオラ妃の願いも、エルフの長の想《おも》いも。しかし、これを陛下に黙っていることはもはや出来ません」

するとベリアが語り聞かせる。

内容はアインがシス・ミルで耳にしたのとほぼ同じことで、それの視点がベリアになっただけのこと。本当に忘れているのか、それとも曖昧《あいまい》にしてるのかは分からないが、エルフの長が口にしていたことと、内容は全く同じ話だった。

「私はヴィルフリート様のお姿を拝見する機会に恵まれませんでしたが、ご立派に生涯を終えられたと耳にしております」

クリスと現王家のあまりにも濃い血の繫《つな》がりを聞き、シルヴァードは腰を抜かしたかのように脱力した。助けを求めるようにアインを見ると、アインは肯定の意を込めて頷いた。

「なんということだ……」

旧魔王領の件をアインから聞いた時も驚いたが、今回はそれ以上に驚かされた。

枝分かれした王家の人間、それも自分より濃い血の持ち主が、まさか臣下だとは思いもしなかった。

シルヴァードとアインの二人が同じ情報を得たことで、ようやく本題に入ることができる。

まず初めに語られるのは、どうして秘密にしてきたのかということだ。

「私たちが何も語れなかった一つ目の理由は、ジェイル陛下のお言葉があったからです。ジェイル陛下はご自身が旧王都……いえ、旧魔王領の出身ということを秘密にしてきました。それは、当時のイシュタリカに混乱を招かないため、イシュタリカを存続させるためでした」

統一当時なんて、今と比べれば確実にもろい関係性の上に成り立っていたのだろう。

加えて、魔王騒動があった事実も踏まえれば、そのことを公表すれば、統一国家はあっさりと瓦《が》解《かい》してしまうかもしれない。

「つまりお主らは初代陛下の気持ちを考え、今まで隠し続けてきたというのだな」

イシュタリカの文化に照らし合わせれば、むしろ正しい行いだったと言えるのではないか。説明の最中だったが、アインは考えを軟化させた。

「そうした理由もございます。ですが、他にも語るに語れなくなった理由がございます」

胸の前で祈るように手を重ねたベリアが深呼吸を繰り返す。

「我々赤狐の一部の者たちはまるで生まれ変わるかのように、容姿を変えることができる特性がございます。私とウォーレンにとってこの力は何よりも大切でした。イシュタリカに仕えつづけるのに最高の力だったからです」

ベリアはそう口にすると、部屋に飾られていた国旗に視線を向ける。

「統一国家イシュタリカ初代国王ジェイル様にお仕えしてからというもの、私とウォーレンはシルヴァード陛下の治世まで、何百年にわたりこの身を捧《ささ》げて参りました。時には爵位を頂戴《ちょうだい》することもありました。ウォーレンとの間に子を儲《もう》けることはありませんでしたが、養子に女の子をもらって家族のように暮らしたこともございます」

「――どのような貴族だったのだ？」

懐かしむような顔をすると、母性に溢《あふ》れた声色でベリアが語る。

「こぢんまりとした普通の男爵家でございます。古く、そしてありふれた爵位ですので今日まで存続できておりません。しかし娘の血脈は今もつづいております」

アインとシルヴァードは興味を抱き、つづきを促した。

「娘はとても正義感溢れる一人の騎士と結ばれたのです。娘の夫は勇敢で、いつしか公爵家にまで上り詰めたのです。そして今も――――陛下のお傍に」

ベリアはそれ以上を明言することは無かったが、事情を察するには十分な情報だった。

シルヴァードはこれまで座っていたソファに深く身体《からだ》を預け、額に手を当て天井を仰ぎ見る。

まさか、そのようなことが。

知られざる事実に呆気《あっけ》にとられた。

「さて、話を戻しましょう。私とウォーレンはその能力を使い時には表で、時には陰から助言を投げかけて参りました。何十年も、やがて百年を超えて尚《なお》、仕えて参ったのです。しかし当時の私たちは姿を変えることへの代償を分かっていませんでした」

後悔した様子でつづける。

「まるで、自分たちが自分で無くなるような、強制的に新たな人格に沿うような感覚でした。姿を変える力は生まれ変わるという意味合いの方が近かったのでしょう。我らの長の呪いとは違い、記憶が殺されるというよりは、自然と零《こぼ》れ落ちるような感覚でございます。ただ、長に協力的だった者たちは無事でしょう。呪いを受けていないので、古い記憶も失っていないかもしれません」

「……ふむ」

「私たちが記憶の欠損に気が付いたときはすでに手遅れでした。多くのことを手記に残し、自分の記憶をとどめるべきだった。そう後悔したことも一度や二度ではございません。私たちはアーシェ様たちのお顔も思い出すことができなかったのです」

今日一番の悲しげな表情を浮かべると、口元をきゅっとつぐむ。

「こうした中、カティマ様がヴィルフリート様の著書を手にし、クリスティーナ様がそれを訳したのです。私とウォーレンは迷いに迷いました。今まで黙っていたことを、今からでも陛下にお伝えするべきだろうか、と」

だが、それはしなかった。

「無責任なのかもしれません。忠義に欠けていたのかもしれません。ですが、私たちは赤狐という種族について、ヴィルフリート様の著書以上の力にはなれませんでした。ですから、私たちはジェイル陛下との約束を守ることに致しました。ジェイル陛下が危惧《きぐ》されていたことを案じ、そのことを胸の中に押し込むことにしたのです」

言いたいことは分かる。必要な情報を与えられないから黙っていたというのも仕方ない。

しかしアインからすれば、やはり無責任に感じる部分は否定できなかった。いくら初代王との約束を守っていたからとはいえ、少しでも情報が欲しかったのも事実なのだ。ベリアに対して懐疑心はもうないが、胸にぽっかりと穴が空いたような感情は無視できない。

「――だったら、どうしてクリスを海龍の時に向かわせたんだ」

少なくとも、二人はヴェルンシュタインについては忘れていない。

アインはそれを問い詰めるように口を開く。

「それは――――」

「アイン、それを責めるのはお門違いだ」

すると、ベリアをかばうようにシルヴァードが口を挟む。

「内容はどうあれ最終的に許可を出したのは余だ。そしてそれまでの会議の中で、クリスを派遣することに賛成したすべての貴族たちに責任がある」

「ですがッ！」

「今日のアインはいつになく感情的だな。言いたいことは分かっているが、王家の血を引くという情報が無ければ、クリスは一人の騎士にすぎぬ。立場はあるが、ロイドより一つ下の指揮権を持つことに違いは無いのだ。それに」

一度、呼吸を挟む。

つづけて語るのはアインに話したことのないものだ。

「当時のウォーレンはクリスの派遣に賛成派ではなかったのだ」

はじめて聞く話にアインが勢いよく椅子から立ち上がった。

「そんなの聞いたことありません！」

「それはそうだろう。会議の内容なんて話す機会が無かった。それに当時のアインはそんな説明をする前に動き、最後はロイドを無力化してマグナに向かったのだからな」

「ッ……」

「ウォーレンが出した案は盾にするつもりで王族専用艦を派遣するべきというものだった。艦隊の損害をすべて無視し、クリスや騎士の命を守るという案だ。だがそれは今後数十年近くにわたる、イシュタリカの海上戦力を失うことに繋がる。多くの貴族はそれを危惧し、ウォーレンの意見に賛同することが無かったのだ」

そんなことをいまさら言われても、とアインは困惑する。話だけ聞けば、ウォーレンはクリスを守ろうとしてたのじゃないか、と。

「ウォーレンの割には現実味のない案だと思っていたが、なるほどな……そういうことだったのだろう。奴《やつ》は確かにクリスを守ろうとしていたのだ」

大っぴらには守れなかったが、彼女が死地に向かうことは防ごうとしていたのだ。

いくら宰相とはいえ、全《すべ》ての言葉が優先される訳ではない。特に、海龍のような国難に値する場合はどうしようもない話だった。

「陛下、本当はジェイル陛下との出会いの全てをお伝えしたくございました。ですが私では語るのに記憶が不十分なようでございます。幸いにもウォーレンは私よりも覚えがございます。どうか我らに沙汰《さた》を下す前に、ウォーレンが起きるのをお待ちいただけないでしょうか」

立ち上がったベリアが深く頭を下げる。

実際のところ、まだまだ説明がほしいところだらけなのだが、彼女の言葉を信じるならば、彼女では情報不足なのは否定できない。

アインはどうしたものかと考え込むが、シルヴァードが「分かった」と返事をした。

「お主へはウォーレンの部屋での蟄居《ちっきょ》を申しつける。見張りを付けることになるが、構わないな？」

内容を考えれば格別の対応だったかもしれない。だとしても、これまでずっとイシュタリカに尽くしてきた者たちを相手に、シルヴァードはこれ以上の判断を下すことができなかった。

「——寛大なお言葉に感謝致します」

すると、ベリアが大粒の涙を一滴流す。

「しかし曖昧なままでもよいのだが、もう少し聞くことは出来ぬか？」

「ご所望でしたら当然お話し致しますが、話に整合性がとれなくなり、支離滅裂になる可能性もあります。言い方を変えれば、単語の羅列になるかもしれません」

余計に混乱してしまいそうに感じたシルヴァードがため息を吐《つ》いて諦《あきら》めた。

「相分かった。あの悪戯爺《いたずらじじい》が起きたら本人に尋ねるとしよう」

「本当に申し訳ございません。出来ることなら大陸統一のために旅したお話など、多くをお伝えしたかったのですが」

（……すごい聞きたい）

強く興味を惹《ひ》く発言だったが、しょうがない。アインは冷え切った紅茶を飲むと、惚《ほう》けるように窓の外の夜景に目を向けるのだった。

――その後は、夜も遅いということで解散することとなった。

後の話はウォーレンが起きてからとなる。


それまでの間、ハイムが何も行動しないようにと祈ったアインとシルヴァードだったが、その祈り虚《むな》しく、この二日後、ハイム王国がロックダムに進軍したとの報《しら》せが届いたのだ。

開戦

まだ冬の寒さ厳しい王都の港。

上空を覆う寒空の下、停泊した戦艦群の傍《そば》に響き渡る騎士たちの声。

――おい！　資材が足りてないぞ！　なにやってんだ！

――急ぎ乗り込め！　出発は近いぞ！

ここには王都の騎士だけでなく、大陸の各地から多くの騎士たちが集められている。魔物が多く出没する地域の騎士も呼ばれ、戦い慣れした者が揃《そろ》っていた。

「はっはっは！　元気がよくて何よりだ！」

「……父上、もう少し緊張感をですね」

「そんなものはいらん！　緊張して縮まるぐらいならば、こうして騒ぐ方が皆も気が滅入《めい》らずよいというものだ！」

桟橋に立つ二人が辺りの喧騒《けんそう》を前に口にした。

「はぁ…………これから戦地に赴くというのに、どうしてそんなに元気なのですか？」

「士気ぐらい知っているだろう。これほど重要なものはないぞ」

「ですから、その元気の質と言いますか……はぁ……いえ、なんでもございません」

妙に張り切っているロイドを前に、ディルは諦めたように口を閉じる。

「ところで、マーサはどこにいった？」

「お母様なら、目を赤くしたまま雑務をしておりますよ」

「……そうか」

一方のディルも、同じく切なげな瞳《ひとみ》で海原を見つめた。

「ハイムがロックダムに攻め込んではや五日、ロックダムは都まで進軍され、陥落するのも時間の問題です。ここが勝負どころですね」

「その通りだ。ウォーレン殿が倒れたことで対応は遅れたが、まだ手遅れではない。ロックダムからハイム勢を追い払いバードランドまで進軍する。つづけて港町ラウンドハートへと攻め入って勝負をつければいいのだ」

これは一つの切っ掛けだ。

イシュタリカが軍を動かすことにした、一つの理由に過ぎない。

通常であれば、こうした武力行使は国民からの支持も受けられないが、今回はハイムが新たな口実をくれていた。

「まさかもぬけの殻のエウロまで占領しに行くとは思いませんでしたね」

「だが都合がいい。これ以上の口実はないからな」

アムール公や住民が避難したエウロはもぬけの殻だったが、そこを占領してはイシュタリカに喧《けん》嘩《か》を売ってるとしか言えない話である。

そのため、これ以上の大義名分はない。

「……ですけど、ここまでする意味ってありますか？　いくら過去に魔王を操ったといっても、イシュタリカの怒りを買って滅ぼされるような結果になれば、全く意味がないと思うのですが」

それは享楽主義とされている赤狐であっても、自殺行為に思えてならない。

「私もそう思うが、赤狐《あかぎつね》にとっての価値観が一緒とは限らぬからな。……例えば、奴らにはそうした統治者になりたいという欲はないのかもしれぬ。純粋に騒動が好きで、大きな話題を作りたいだけなのかもしれぬからな」

奇《く》しくもエルフの長《おさ》が言っていたことと同じことを口にしたことに気が付いたロイドは頬を緩めた。

「もしかすると、奴らの長に何か目的があるのかもしれん。我らが与《あずか》り知らぬ、奴らの長のみが考える特別な目的がな」

「支配したハイムが滅ぶとも構わない、それでも達成せねばならぬ目的ということですか」

「そういうことだ。まぁ、奴らの首を取るという我々の目的に変わりはないわけだが」

――――我らが敵を倒すために！

――――イシュタリカのために！

不意に二人の耳に届いた騎士たちの声。

二人は数日前のことを思い出す。

「陛下のお触れは確か、魔王大戦のときの敵がハイムに渡って暗躍している、だったか」

「そうです。アイン様のお考えだったそうですが、このように語れば魔王アーシェが操られていたという事実には触れずに済みますからね。なので赤狐という単語も出しておりません」

「うむ……すべてを一度に告げるには重すぎる話であるからな。ウォーレン殿とオズ教授の一件然《しか》り、伏せるべきは伏せねばならん」

ここにいる二人はアインやシルヴァードと違い、魔王アーシェが開国の祖であることを含む、いくつかの情報は知らない。しかし魔王アーシェが赤狐に操られていた事実は知っており、民を驚かせないためにもその事実は秘匿しておくべきだと考えていた。

また、ウォーレンが倒れた件は緘口令《かんこうれい》が敷かれており、城でも一部の者しか耳にしていない。

彼が居ないことによる戦力低下は言うまでもなく、それを他国に知らせず、また、民に不安を与えないための措置である。

また現在、オズは城下の病院におり、彼が治療中であることも伏せられていた。

「民は困惑していましたが、ハイムの行いが腹に据え兼ねていた者ばかりです。こうした事情も重なり、攻め入って当然という世論に固まりつつあったようですね。陛下は港町マグナでの騒動と冒険者の町バルトでのウパシカムイの暴走についても、大戦時の敵による犯行であると断言されてましたから」

「まぁ、当然だな」

「一度に複数の決着をつけることができる。それによって、多くの期待感やお祭り染みた感情が入り混じっているみたいですね」

祭りと聞いたロイドは片方の頬を引きつらせるように笑うと、マーサに切ってもらった髪を強くこすった。

「任せておけ。ディルに私の戦いを見せられぬのが残念だが、いざとなれば私がローガス殿の首を取る」

「信じております。さて——そろそろ私はアイン様のお傍に参ります。ですので父上、お母様のお傍に行っては？」

「昨晩のうちに別れは済ませた。もう一度を求めてしまっては欲張りだ」

「何を馬鹿なこと言ってるんですか。そんなこと言って、あちらの大陸で殉職してしまったらどうするのです。意地を張らず、もう一度、お傍に行くべきかと」

「なっ……お、おい！　戦地に向かう父に向かって死んだらどうするとは何事だ⁉」

ロイドは不満げな表情でディルの身体《からだ》を小突くと、腕を組んでそっぽを向いた。

互いに本気ではない。行き交う騎士の間には行きすぎた軽口と思う者は一人もおらず、二人の掛け合いには自然と笑みを零《こぼ》す者もいた。

「もういい！　ほら、さっさと行け。アイン様がお待ちだろう！」

「はいはい……では行って参ります」

見送りの最後まで軽口をたたき合うと、ディルは笑みを浮かべて振り返る。

お互いがするべきことがある。そのためにも、ディルはアインの許《もと》へ足を進める。

「ところで父上、お母様は積荷を確認していたと思いますよ」

「…………私が乗る戦艦だな？」

「その通りです。————では父上、どうかご武運を」

ロイドは背を向けたまま手を挙げて、息子の檄《げき》に応《こた》えたのだった。

◇　◇　◇

近くの大通りでは騎士の出発に際して、シルヴァードが民に向けての演説を行っていた。

アインはクローネと共に、その近くに停《と》まった馬車の中に控えていた。

『――であるからこそ！　我らイシュタリカはハイムと！　そして、過去の敵との決着をつける必要がある！　今日この日、マグナに集まった勇者たちがそれを成さんが為《ため》、この港を出航することとなろう！』

馬車の外から聞こえてくるシルヴァードの声と、合間合間に挟まれる民の大歓声。

「こんな時にウォーレン様が居たら……って思っちゃうのは、アインに悪いかしら」

彼女がアインの心情を鑑みたのは、ウォーレンとベリアの正体を聞いているからである。二人が赤狐ということを知ったのは、アインに近い者の全員だ。

王族、そしてグレイシャー家にクローネとクリス。

まずはこれらの者たちにだけ告げられており、皆が驚いたのは言うまでもない。

だがベリアが語った事情を聞き、皆が受け入れることに決めていた。

「俺も分かってるんだ。二人は悪い赤狐じゃなかったんだと思う。――――なんかさ、整理しきれないんだ。二人のことは今だって好きだし、倒れてるウォーレンさんは心配でさ。なんていうか、今は俺にも時間が必要なのかもって……」

「……しょうがないと思う。私だって自分自身、まだ落ち着けてるとは言えないもの」

慰めるような言葉に、アインが「ありがとう」と口にしてクローネに感謝した。

こうしていたところへ、不意に馬車の扉が開かれて足を運んだのはシルヴァードだ。

「アイン、余の演説はどうであった？」

「お爺《じい》様らしくて、王の威厳に溢《あふ》れてました」

「ふふふ……そうであろう、そうであろう？」

孫に褒められ上機嫌なシルヴァードの額には大粒の汗が浮かんでいた。まだ寒さの残る季節ではあるが、演説に熱が入っていたと推察できる。

馬車に置いていたタオルを手に取り、彼は額と首筋を拭《ぬぐ》った。

すると、港の方から汽笛の音が鳴り響いてきた。

「余の演説をもって艦隊が出航した。我らはこれより城に戻り、皆の無事を祈るとしよう」

アインはシルヴァードの声に頷《うなず》くと、艦隊が居た方角に目を向ける。

胸の内ではロイドたちの無事を祈りながらも、自分と赤狐の奇妙な縁が忘れられず、言い表せない重苦しい感情に苛《さいな》まれていた。

上陸した者たち

時刻は夕暮れ時。

小雨が降りしきり、身体《からだ》の熱を奪っていく。

ロックダムの騎士たちは朝からつづく戦いに体力を消耗し、もはや生きる気力すら失いかけていた。連日にわたってのハイム王国の侵略に精神面まで痛めつづけていた。

既に国境や多くの農地が侵略され、王都の壁も破壊される寸前。

明日の朝にはハイムの騎士たちが雪崩《なだ》れこむだろう、そう考えていた矢先のことだった。海沿いに建つ城に居た騎士が突如として発生した海域の異変に気が付く。

「……おい。起きてみろよ」

「よしてくれ。ようやくハイムの蛮族が帰ってったんだ。いい加減休ませてくれ。明日にはハイムが攻め込んで来るぞ。お前も、変なことを気にしてないで神に祈るぐらいしとけ」

「だ、だから見てみろって！　おい！」

困惑が疲れを上回ったのか、騎士は同僚の身体を強引に揺らすと、無理やり前を向かせる。

突如の行動に同僚は顔に苛立《いらだ》ちを浮かべたが、ふと、一瞬目を向けた海の様子がおかしいことに気が付いた。

そして、遂《つい》に――――驚愕《きようがく》して大声をあげるのだ。

「あ……あぁあ……きょ、巨人だ！　海に巨人がいるぞおおおおッ！」

横一線に並ぶ、巨大な十二の影が現れた。見たこともない大きさのナニカが、ロックダム王都目指して一直線に進んでくる。物言わぬそれは独特の迫力に満《み》ち溢れ、食らいつかんばかりの勢いをしていた。

すると、一呼吸程度の時間が経《た》ち次にやってきたのは、嵐《あらし》を一身に受けたような衝撃に加え、巨大な魔物の雄たけびに似た耳を塞《ふさ》ぎたくなるような爆音だ。

同時に目も眩《くら》む強烈な光が放たれていたのまでは覚えている。

どうした、攻撃されたのか。慌てた様子で城の方へ振り返るが、何一つ損害が見当たらない。どう見ても王都内に被害がない今の状況に、彼らは更に不思議そうな表情を浮かべるが……。

「おい！　あっちの方で煙上がってるぞ！」

一人の騎士が城門より奥の方で昇る煙に気が付く。

それは夕方になった今でもよく分かる、広範囲に立ち込める煙だった。

「――城門の外だぞ？　まさか、ハイムが攻撃されたのか⁉」

「誰か、誰か将軍を呼んできてくれ！」

慌ただしさを極めていたロックダムの者たちは、密《ひそ》かに希望を見出《みいだ》しつつあった。

◇　◇　◇

先ほどの攻撃は言うまでもなく、イシュタリカ艦隊によるものである。

イシュタリカ王都を発《た》ちこの戦地に現れた艦隊が、警告もなしに放った砲撃であった。

「元帥閣下、着弾を確認いたしました」

乗組員が攻撃の成功を告げると、ロイドが満足そうな笑みで答える。

「一段落した後の一撃だ、さぞかし驚きと恐怖に溢れるであろうよ。さぁ我らが勇敢なる同胞たちよッ！　これは最高の機会だ！　一気に上陸して攻め入るぞ！」

ロイドが声高々とそう告げると、操舵室《そうだ》にいた近衛《このえ》騎士を引き連れて扉に向かう。

「ついでにローガス殿が死んでてくれれば楽なのだが。まぁ、それは難しいか」

いわゆる棚ぼたを期待してみるが、指揮官が敵地のすぐ傍《そば》で休んでいるとは思えない。希望的観測を述べたロイドは自嘲《じちょう》的に笑った。

「ロイド様！　命中したようですね！」

「いい音でしたな！」

同じく支度を終えて出て来た騎士たちがロイドに声を掛けた。

「戦で疲れたところへ我らの攻撃は応《こた》えたろうさ！」

その声を聞き、大股《おおまた》で歩くロイドを騎士が追う。

ロイドが連絡用の魔道具を手に取ると、それに向かって大声で。

「全艦隊に通達せよ！　持ち込んだ陸戦魔導兵器を正面に構え、この戦場を我らイシュタリカが支配する！」

高らかに宣言すると。

「慈悲はいらん！　我らイシュタリカの勝利がため、ハイムの獣共を噛《か》み砕《くだ》け！」

響き渡るその声で、戦いの合図を口にした。

――――さて、ロックダムの港はイシュタリカ艦隊を受け入れられるほどのキャパシティを擁していなかったこともあり、イシュタリカ艦隊はいくつかの場所に分かれて陸に停泊すると、戦艦の前方を大きく開き魔導兵器を運び下ろした。

突如現れた集団を前に、ハイムとの戦いで疲れ切ったロックダムの騎士たちは慌てふためき、遠巻きに様子を窺《うかが》いながら剣を構えて警戒する。

「少しばかり、申し訳ないことをしたな」

疲れ切った中でのイシュタリカ艦隊は恐怖の対象でしかないだろう。

ロイドは若干の申し訳ない感情を滲《にじ》ませると、ロックダムの地に初めて足を踏み入れる。

「どうしますか、ロイド様」

近衛騎士が声を掛けた。

「ロックダムに伝えずに上陸したのは我らだ。これに関しては我らが礼を尽くさねばなるまい。

――――ちょうど指揮官が来たようだな」

遠巻きに眺めている中に、急ぎ足で馬を走らせてやってきた騎士が居た。

年のころはまだ四十歳には届いてなさそうな容姿で、鎧《よろい》や剣が周囲の者とは一線を画しており分かりやすい。片目に大きな古傷の跡が見受けられ、いくつかの修羅場を潜《くぐ》り抜けて来たであろう気配をロイドに感じさせた。

それを見て、ロイドは片腕を上げて騎士に合図を送る。

――ザッ、ザッ。

共に一号艦に乗っていた騎士は一斉に整列すると、何も語らずに正面を向いて止まる。

ロックダムの指揮官と思われる男はそれを見て、馬を降りた。

「――私はレンドル！　ロックダム共和国における軍の司令官にあたる！　生憎《あいにく》、我らは明日の客人を待つばかりで、新たなお客人の相手をする余裕がない。何用で来られたのか、そして、どちらからのお客人なのかを教えてもらおう！」

レンドルと名乗った男はこう述べると、背中に持つ長剣に手を当てた。

「ほう、いい司令官のようだな」

イシュタリカの威圧感を前にしても怯《ひる》むことなく応えたことが、ロイドの関心を惹《ひ》いた。

「失礼した。私は統一国家イシュタリカが元帥、ロイド・グレイシャーだ。此度《こたび》は奇妙な縁の許《もと》だが、貴公らロックダムと共に戦いに参った次第である」

すると、ロイドが元帥と名乗ったことを切っ掛けに、イシュタリカの騎士は一斉に剣を抜いてそれを両手で正面に構える。

整然とした動きが、疲れ切ったロックダムの人々の目を奪った。

またイシュタリカという言葉に自然と力が抜ける者が多く、膝《ひざ》から崩れ落ちる者すら存在した。

イシュタリカへの定期船があるロックダムからすれば、かの国への一般的な理解はハイムのそれよりも格段に高い。

やってきた軍勢がイシュタリカであると予想していた者は居た。

だが、何の縁もない自分たちを助けるはずがないと思っていたのも事実。

「無礼を容赦願いたい。我らはこれよりハイムの獣共を駆逐する」

当然、レンドルも予想自体は出来ていたし、ロイドがイシュタリカから来たと口にすることも予想していた。だが多くの騎士と同じで、彼が自分たちを助けてくれるという理由に思い当たる節はなく、警戒していた。

彼は何も言わず、ゆったりとした足取りでロイドに近寄る。

「ッ――――」

それを見た近衛騎士がロイドの前に立とうとするが。

「よい。何もするな」

手で制されたことで引き下がった。

突如として現れたイシュタリカに、レンドルは気持ちの整理が出来ていない。

救いを求めるようにロイドに手を伸ばすと、呼吸を荒くして瞳《ひとみ》を揺らす。

「我らロックダムの地が蛮族の手に落ちぬのなら、それ以上、求めるものは何もない」

レンドルはロイドの目の前にたどり着き、革の手袋を投げ捨てた。いくつものまめが潰《つぶ》れた手を伸ばして、ロイドの手を強く握りしめるために。

◇　◇　◇

ロックダムという国は、都を囲む堅く強固な岩石の壁を持つ。古くから国を守ってきたそれは、面前に広がるハイムの大軍に囲まれようとも、しばらくの間は耐えきることができる代物だ。

であれば、海上経由で攻め入るのも一つの手となろう。

だが、ロックダムの場合はイシュタリカへの定期船を出す影響もあってか、船の装備は決して悪くない。ハイムはそれを嫌ってか、自由が利かない海上戦を避けたのかもしれない。

「全艦、魔導兵器……並びに、騎馬隊用の馬を降ろし終えました」

と、近衛騎士が報告する。

壁の上を歩いていたロイドはそれを聞き、つづけて尋ねる。

「馬の調子はどうだ？」

「緊張状態にある馬もおりましたが、特筆すべき問題はございません」

「それは何よりだ。ではこれより進軍するぞ」

ロイドの予定では一歩一歩、着実にだ。

しかし、その一歩の速度はとても速くなることだろう。

「ロイド殿、一ついいだろうか」

「どうされた？」

ロックダムの指揮官レンドルの声にロイドはすぐに答えた。

「少し前の光の攻撃もイシュタリカのものということだ。ならばそれを使ってハイムの軍勢を一気に排除すればいいのではないか？　ハイムの連中は城壁外に陣取っていた。大軍だからこそ、その陣の範囲はとても広いが、貴殿らの兵器なら容易に滅ぼせる破壊力があるようだ」

「残念だが、あれは無理やりの射程なのだ。既に距離を取った軍勢を相手にするならば、あまり効果的ではないだろう。だからこそ、我々が前に進む必要がある」

ロイドの乗る一号艦が、他の戦艦よりも距離が近かったからできたことだった。

慌てた様子で距離を空けたハイムに対しては、もう高い効果は望めない。

「ところで、レンドル殿。突然の訪問で申し訳ないのだが、国家元首殿にも挨拶《あいさつ》をしたいのだが」

「申し訳ないのだが、それは出来ない」

さて、どう交渉したものか……と、ロイドが考え込むが、レンドルは慌てて繕うように言葉をつづけた。

「あまり他国の者に語るべき話ではないが、精神的に参っていらっしゃるのだ。ベッドの上で朝からずっと怯《おび》えていて、悪いが外に出られる余裕がない」

「お、おお……そういう事情であったか」

困ったような表情を浮かべたロイドの後ろで、近衛《このえ》騎士が呆《あき》れたように手を額に当てた。国家元首がそれでは戦場の騎士たちも浮かばれないだろう。

若干の哀れみすら覚える始末だ。

「見ての通りだ。まだまだハイム兵たちは残っている」

たどり着いた場所は、城門の外を一望できる高台だ。

広範囲に効果のある砲撃を仕掛けたというのに、城門の外では、まだまだ多くのハイム兵が存在していた。

野営地が広いとあって、生き延びた者もまた多かったようである。

「見た通りの戦力であるならば、四日でバードランドまで追いやれそうだ。面倒くさそうな半魔の姿も、魔物の姿もないからな」

ロイドの言葉を聞いてレンドルが尋ねる。

「本当に今から戦いに行くのか？　もうすぐ辺りは暗くなる、戦うには不便ではないか？」

「それは相手も同じこと。それに、完全に辺りが暗くなる前に我らも野営の支度をするのでな」

――――無茶苦茶だ。

ハイムの大軍を追い払ってから、そこで野営の支度をするなど正気の沙汰《さた》とは思えない。

レンドルが魚のように口を開け閉めするのを横目に、ロイドは近衛騎士に声を掛ける。

「城門近くまで、いい加減魔導兵器も運搬し終えているだろう。騎馬の支度も終えるころだ。……ならば、そろそろ戦に参るとしようじゃないか」

……ロックダムの騎士たちは恐る恐る城門を開いた。

背後に並び立つイシュタリカの騎士たちは整然と、そして少しも怖れを抱いていない顔でいたものの、城門を開くことは即《すなわ》ち無防備になると同じことだ。

だが、他に頼れる存在はいない。

彼らの出陣に願いを込めて、そして勝利を祈って止《や》まなかった。


一方でハイム兵たちがそれに気が付き、違和感を覚えた。

「――おい！　門が開いてないか？」

「あ？　な、なんであいつら門を開けてるんだ？」

何やら不穏な気配がする。

軍勢を率いていたハイムの将軍が慌てて馬に乗り、辺りを駆け巡りながら大声で言う。

「陣形をッ！　陣形を組め！　死者や怪我人《けがにん》は後回しだ！　盾持ちは前へ！　弓兵は背後につけ！」

相手が突撃してくるのなら、防御を固めて弓を射ればいい。

定石の構えを指示すると、ハイムの軍勢は一斉に陣形を整えた。一糸乱れぬ、とまでは言わずとも、ロックダムからすれば十分な脅威である。

——そして、とうとう城門が開き終えた。

一体何がはじまるのか。遠くにある門に目を凝らすと、見慣れないナニカが姿を現す。

「なんだあれは……弩砲《どほう》なのか？」

純白に染まる横長の大型弩。

そこにはいくつもの管と大砲のような筒が繋《つな》がり、ハイムの将軍からすれば見慣れないものだ。

するとほぼ同時に威圧感に溢《あふ》れた音が響き渡る。

地面を伝って徐々に大きくなってくるそれがハイム兵たちの不安を誘う。

つい数十分前まで勝利を目前としていたはずなのに。

今、自分たちが感じているのは明確な恐怖であると悟りだす。

——はっ！　はっ！

地響きのように伝わる音は白銀の軍勢が槍《やり》の石突を地面に叩《たた》きつける音で、空間を揺らす筆舌にし難い圧に溢れ、胸を不快に揺らしてくる。

「白い騎士……ッ」

動きは乱れが無く、一つの生き物の如《ごと》く圧力を与える。

秩序、この一言がよく似合う軍勢を前に、将軍はそれがイシュタリカの者たちであると心付く。

見慣れない弩砲だったのも、そのせいだと。

彼我の距離は目視でおよそ500メートルから600メートル程度……。

通常の弩砲程度なら恐れるに足りないが、相手がイシュタリカとなれば話は別だ。

「おい。誰か近くに」

「――はっ！」

「ハイムの旗を持ち奴らの近くへ行け。何が目的なのか聞いてこい」

「承知致しました！」

手近な兵士に声を掛けると兵士は馬を走らせた。

少しの時間が経《た》つと、馬を走らせた兵士は声が届く距離に到達する。

旗を振りながら声を掛けると、白い騎士たちの中から、巨大な馬に身体《からだ》を預けながらも、その馬に負けない程の体躯《たいく》の大男が姿を現した。

「どうやら奴らの司令官のようだが」

と、そのときだった。

将軍の目に映ったのは死に物狂いで走ってくるハイム兵の姿だ。これはただ事ではない。そう感じて報告を待とうとした刹那《せつな》。

「なんだ雪でも降って……――」

将軍はそれを見て手を伸ばしながら呟《つぶや》いた。

例えるならば、ダイヤモンドダストのように。辺りに煌《きら》めくように淡く光が舞い降りた。

次の瞬間、彼は意識を何も考える暇もなく手放すことになる。光がいつの間に弩砲から放たれたのかも、そして自分がどうして吹き飛んでいるのかも理解することもなく。

——一方で、後方に控えていた軍勢は呆気《あっけ》にとられた。

突如の輝きが、ハイムの多くの命を奪い去る。

煌く何かが収まると同時に、盾隊やその背後に構えていた槍隊は、そのほとんどが物言わぬ塊と化した。

ゆっくりと地面に倒れると、一斉に赤い液体が身体から流れ出していた。

…………攻撃されたのか？

…………アレが？　確かに前衛が倒れたが……ッ。

先ほど何があったのかと言えば、何かが輝いたのに気が付かされたとともに、次の瞬間には前衛の兵士たちが倒れたのだ。

これで何があったのかを理解しろという方が難しい。

指揮官を失い困惑が広がるばかり。ハイムが混乱の渦に巻き込まれても、一方では白い騎士たちは勢いを止めず。

——はっ！　はっ！

嘲笑《あざわら》うかのように白い騎士たちが前に進む。

巨大な弩砲がゆっくりとゆっくりと前に進みはじめると、槍の石突を叩きつける音が再度鳴りはじめた。

代表して兵士を律する者が不在の今。

いくらか存在した副将の立場にある者も、迅速な声掛けを口にはできない。

「ひ――――ッ」

「来るぞ……来るぞォォオオオッ！」

後ろに立つ兵士を押しのけるように、前から前から後ずさりをする。

一つの生き物と化した白い騎士たちの姿と迫力が、見える姿以上に強大に感じられた。

自分たちが狩る側の人間だ。絶対的な存在なんだ。この立場でいられたのも先刻までで、今は逆転して狩られる側の小動物の感情に浸っている。

「退《ひ》けっ……退けえええッ！　将軍の安否が不明の今！　ここに残るのはまずいッ！」

ようやく副将の一人が大声をあげた。泣きわめくように叫ぶと、指示を出すために笛を吹いて皆に合図を送ったのだ。


さて、その様子を見ていた近衛《このえ》騎士にロイドが言う。

「よく見ておけ。アレが指揮官を失った雑兵たちの姿だ。万が一私が命を落としたとしても、お前たちは所定の策を遂行することを忘れてはならんぞ」

「……はっ」

ようやく撤退がはじまったハイムを前に、イシュタリカの勢力は弩砲を運びながら前に進む。

――はっ！　はっ！

――はっ！　はっ！

掛け声とともに、槍を叩きつける地響きに似た音が響き渡る。

自分たちが強者《つわもの》だと言わんばかりのそれは、イシュタリカの騎士たちが自らを鼓舞する意味もあった。

徐々に進むイシュタリカの軍勢は、やがて先ほどの一撃を食らったハイムの一行の場所までたどり着く。不運にも生き残ってしまったハイム兵は苦しむように身体を押さえている。命を失うのは変わらないが、無駄に苦しむ時間が増えてしまっているのだ。

「――切れ」

彼らの命が救われることは無い。ロイドが切れと合図をすると、その声を聞いた騎士はすぐさま倒れていた兵士に介錯《かいしゃく》をした。

「炸裂弩《いしゆみ》を食らって死ねないのは、若干気の毒にも思えますね」

近衛騎士はそう漏らすと、運ばれる巨大な弩砲に目を向ける。

「……魔石内のエネルギーを凝縮させ、それを鉛玉のように加工させて放ち、最後は細かく炸裂《さくれつ》させる砲撃です。そんなのを自分の身体に食らうなんて、考えたくもないですけどね」

「そう怖がることはないぞ。急いで戦艦に戻れば、一命をとりとめることもできるかもしれぬ」

軽口をたたくロイドと近衛騎士。彼らの前にもいくらかの死体が横たわる。

二人はそれを意に介することなく馬を進めるが、ふと、ロイドが一人の生存者に気が付く。

「――ふむ。どうやらまだ生きてるようだな」

ロイドは馬に合図をすると、少しばかり速度を上げて生存者に近づく。

身なりのいい騎士が、不規則且つ浅い呼吸を繰り返している。

地には彼の血液が広く流れており、もはや風前の灯火《ともしび》というのを表していた。

蹄《ひづめ》の音を響かせてロイドが進むと、彼は見上げるように顔を向けた。

「はっ……はっ……あぁっ……っ……きぁ……きさ……ま……ッ！」

「ロ、ー、ガ、スがここの指揮官だと思っていたが、なんとも拍子抜けよ。死んだのがあの男であったならば、我らの士気も最高潮にうなぎ上りだったというに」

もはや敬称もつけることなく、ロイドが残念そうに呟く。

朦朧《もうろう》としてきた意識の中、倒れた男、いや、ハイムの将軍はその声に苛立《いらだ》ちを覚えた。

「指揮官の首を取れた。それが一撃目でのことならば、まぁ悪くない結果であろう。……恨むなよ」

こう言葉を口にしたロイドは、馬から降りると腰から短剣を抜き去る。

既に勝負はついた。だからこそ、最後の一撃を見舞ってやることが騎士の精神。

そうして短剣で首を切り裂こうとした瞬間、指揮官がロイドの耳元に口を寄せて呟く。

「ふっ……はっ……ぁ……こ……この、出《で》……涸《が》らし……王太子の、犬がっ……ぁ」

その瞬間、ピクッ、とロイドの腕が動きを止めた。

「介錯は要らぬということだな、私には貴様の言葉がそう聞こえたぞ」

「ッ……ま、待っ……」

氷のように冷たい瞳《ひとみ》をすると、なんとか怒気を抑えて馬に向かう。

どうして剣を止めたのか。ロイドの様子を見ていた近衛騎士が、不思議そうな瞳でロイドを見るが、ロイドは馬に跨《また が》り何も語らない。

代わりに、初戦の圧勝を高らかに宣言した。

その後、ロックダムへと何人かの騎士を戻らせ、戦艦から本国への報告をさせた。専用のメッセージバードを用いての勝利の報告は、すぐにイシュタリカへと届いたことだろう。

――――これから先はバードランドへの道がつづく。

一行はしばらく進んだ場所に野営地を用意し、まずは圧勝ということに歓喜の声をあげたのだった。

◇　◇　◇

一夜明け、朝から進軍をつづけてすでに昼を過ぎた。

小休憩を取り腹ごしらえはしたが、言ってしまえば、昨晩の戦いなんて疲労が溜《た》まってるはずもなく、疲労の大部分が地面を踏みしめる足に集中していた。

「怖いぐらいだな」

半魔が現れなかったこともそうだが、まるで捨て駒のように将軍を使ったのが不思議に感じてしょうがない。イシュタリカの登場を予想してなかったといえばそれまでだが、エウロの占領までしておいてこれか、と。

「この大陸に棲《す》む魔物は、魔王に進化するほどの素質は持っていないと聞く。では赤狐《あかぎつね》は何を使って我らに対抗する。半魔か？　数で攻めるとでもいうのだろうか」

考えても考えても答えは出ず、疑心だけが心に募る。

蒼天《そうてん》を見上げ、白く染まる吐息が風に乗るさまをじっと眺めた。


つづく二日目は進軍するだけに留《とど》まり、接敵することも罠《わな》の気配もなかった。

イシュタリカの一行がバードランド近郊へと到着したのは、三日目のことである。


「全軍停止――ッ！」

ロイドの指示を聞き、一斉に全体が進軍を停止。

天気は晴れ、時刻は昼過ぎということもあって視界はとても良好だ。

この辺りは雪が降らず、進軍により砂塵《さじん》が舞っていた。

ロックダムのように強固な石の壁を持たないバードランドは、ロイドたちからも町中の様子が確認できる。大陸の富が集まるとあってか、ロイドから見ても立ち並ぶ建物の姿は悪くない。

そこで待ち構えていたのが、ハイムの軍勢だ。

「弩砲の威力を味わったというのに真正面から相手をする気に……？」

ロイドが片腕をかざすように持ち上げると、イシュタリカの騎士たちはその動きに注目する。

弩砲の担当をしていた騎士は皆が一斉にそれを押し出すように前に進めた。

一気に放って勝負を決めよう、そのつもりで合図しようとしたロイドが、ハイムの軍勢から出てくる一人の男に気が付く。

「なんだ、ここにいたのかあの男は」

その男はローガス。

イシュタリカとしても因縁深い相手の登場に、ロイドは滾《たぎ》る筋肉を落ち着かせ、馬を進める。

声が聞こえる距離に到達すると、怒気を露《あらわ》にしたローガス。

「我らがティグル王子だけでなく！　エレナ殿までも攫《さら》っていった蛮族よッ！　我らが大陸に何の用があって参ったッ！」

「……おお、そういう設定であったか」

何を口にするのか興味があったが、なんとも言えない言葉にロイドが戸惑う。ロックダムでの報告を聞き、イシュタリカが来たのだと考えるのは至極当然のことだ。それに関しては驚く要素が何もなかったが、半ば予想できていたとはいえ、二人を誘拐したと言われると苦笑いが浮かぶ。

「貴様らが何を勘違いしてるのかは分からん！　しかし、それでどうしてロックダムまで攻め入ったのだ！　尋ねるにも手段というものがあっただろう！」

「そんなの決まっている！　我らハイムが真なる大陸の王となるためだッ！」

「なに？　貴様らは貴族暗殺の犯人を捜していたのでは――――ああ、そういうことか」

物悲しそうに呟くと、頭をがしがしと掻《か》いた。

話の前後が繋《つな》がってるかどうか以前に、辻褄《つじつま》すら合ってないことを意気揚々と語るローガスは一言で言えば不憫《ふびん》極まりない。

もうすでに、大将軍ローガスも赤狐の影響下にあるのだろう、と。

「我らとの戦力差は先日の会談で思い知ったはずなんだがな。少なくとも、貴様は戦に関しては頭が悪い男ではなかったぞ」

「訳の分からぬことを言うのはそこまでだ」

得意げに語ったローガスは大きく手を振り上げた。

ハイムの勢力の前衛に立つ兵士たちが色とりどりの外套《がいとう》を身に着けると、武器を構えて突撃態勢をとる。

彼らが手にした外套は、魔物の素材を用いて作られたものだろう。

目を凝らしてそれを確かめるが、ロイドは複雑な感情を抱く。

「エドワード殿が我らに助言をくださったのだ」

イシュタリカの弩砲《どほう》を軽減するための手段だろうが、ぬるい。

質の良い装備があれば殺傷力を抑えることもできたが、見る限りでは質が足りていない。

「我らがハイムの英雄たちよッ！　忌まわしき蛮族共に正義の剣を突き立てよッ！」

檄《げき》を飛ばされたハイムの軍勢が一斉に沸いた。

軍勢の数はイシュタリカの数倍は居たが、ロイドからすればまだ数倍にすぎない。もしも弩砲が封じられていれば、ロイドたちも立ち回りに変化を加える必要があったかもしれないが……。

「やはり悪くない司令官ではないか、お主」

ハイムの軍勢が翼を広げるように散開する。

弩砲の攻撃を全体が食らわないようにするためにはそれが最善であるからだ。それに弩砲の次弾装填《そうてん》までの隙を縫って攻撃するには、これしか作戦が無いだろう。

ローガスは言い終えるとさっさと後ろに下がってしまい、ロイドは思わずため息。

「どうせ戦うならば、以前のお主と剣を交えたかったものだが。——戦場でそんなものを望むのはいかんな」

視線の先では決死の突進が繰り広げられる。

まるで、玉砕前提と言わんばかりに。

「恐れるなッ！」

「進めえええッ！」

至るところから聞こえてくるのは、ハイム兵たちの必死の声だ。先日の逃げっぷりと打って変わっての自信に、イシュタリカの騎士たちは不思議そうにしながらも、するべきことは変わらない。

「第一射。——用意」

彼らも立派なイシュタリカの騎士だ。ロイドの声を聞くと、すぐさま気持ちを切り替えて構える。弩砲を担当する騎士が照準を合わせると、散開しつづけるハイム兵を射程に入れる。

「——……放てぇッ！」

ロイドが手を下ろしたのとほぼ同時に、弩砲が一斉に砲撃を開始。煌めきがハイム兵たちの上に広がると、その煌めきが一斉にハイム兵に襲い掛かる。

「……がァッ」

「痛《い》てぇ……痛てぇぞ！　ははァッ！」

まるで死兵ではないか。

身体《からだ》が欠損しながらも駆け巡り、一人でも多くのイシュタリカ人の命を奪わんと血走った瞳で足を動かす。

「聞けぃッ！　勇敢なるイシュタリカの者たちよ！　相手がいくら死兵となろうとも、その実が弱ければ勝負にはならん！　何も恐れることはない！　我らが力を示すときだッ！」

グレイシャー家自慢の大剣を天にかざすと、剣身が光を強く反射する。調整にも抜かりはない。

遠征に来る前にムートンに研いでもらったばかりの特級品だ。

「随分と多くの兵力を用意したものだ。これでは、ハイム本国がどうなっているのかわからんな」

いくらハイム本国までの距離が近くなってきたとはいえ、この戦場に賭《か》けすぎではないだろうか。

「弓兵、放て！」

一瞬考え込んでしまったことに気が付き、ロイドが慌てて指示を出す。

ハイムとイシュタリカによる戦いは、こうして火蓋《ひぶた》が切られたが。

前線がぶつかり合ったことで、両者の兵力が鎬《しのぎ》を削《けず》る。

ハイムの前線は死にかけた兵士で溢《あふ》れかえっていたが、彼らはそれでも尚《なお》しぶとかった。ある者は腕が崩れ落ち、またある者は瞳を失ってなお前進する。イシュタリカの騎士たちが腕を切り落とそうとも、痛みを感じていないかのように、今度は噛《か》みついてくるほどだったのだ。

「何を恐れているのだ馬鹿者がァッ！　こうして首を落とせば命を失う！」

「は……はっ！」

騎士の周りに群がっていたハイム兵をロイドが切り捨てた。

ヤツメウサギを真っ二つにしたときのように、あっさりと真っ二つに。

「忘れてはならんぞッ！　奴らの後ろには魔王大戦当時の敵がいるのだッ！」

向かってくるハイムの者たちが完全に精神が破綻《はたん》しているかというと、見ている限りはそうではない。病的なまでに高揚しているが、自我を失い切っているようには見えなかったのだ。

たとえばハイム王都に居て、日常を営むことはできる。

しかし、戦いの場では赤狐の影響を受ける何かがあるのかもしれない。

――常軌を逸した興奮状態にあるハイム兵からはこう感じられた。

「騎馬隊、一旦《いったん》下がれ！」

この指示を切っ掛けに、弩砲部隊がもう一度構える。

再装填が終わった弩砲がハイム兵に向けられ、二度目の砲撃がはじまる。

「放てぇええッ！」

最前線のハイム兵たちはイシュタリカの騎士を追い回しているため狙《ねら》われていないが、その後部に居た者らへと砲撃が直撃する。ハイムの軍勢に施されたカラクリは不明だが、血を流しすぎたのが関係してか、最前線に居た者たちの足取りが徐々に重くなっていく。

それでも、身体に欠損を被りながらも、呆《あき》れるほどの生命力で動きつづけるハイムの軍勢。

――さて、どうするべきか。

イシュタリカとしてはここで勝負を決める必要はない。

状況を鑑みれば、無理に攻める必要は無く、相手が追ってくるなら交代しながら弩砲を放つだけでいい。

――我らがこれから撤退したとして、何が問題となる？

いや、無い。

イシュタリカの騎士にも損害が加えられそうな今では、無理やり正面からの戦いをする必要はない。先ほども思ったが、後退しながら弩砲を放つだけで済む話だから。

「全軍、退けッ！　ハイム兵の様子が窺《うかが》える範囲まででいい！　一度撤退する！」

――焦《じ》らしてやればいい。

万が一ハイムが下がることがあれば、それを追って攻撃を仕掛ける。

もしもバードランドから出てくることが無ければ、最悪の場合はバードランドに向けて弩砲の攻撃をつづければいい。これ以上に、イシュタリカ騎士の命を無駄にしない作戦はない。

だが、この作戦は頓挫《とんざ》することとなる。

「お待ちくださいロイド様！　背後より何かの集団が……ッ」

「背後からだと――ッ⁉」

こんな開けた場所で、どのようにして背後を取った？

突然の事態に困惑するが、敵が増えてしまったのであればしょうがない。

「元帥閣下！　しょ、瘴気《しょうき》が……瘴気によって後衛の騎士がッ！」

「瘴気……？　馬鹿を言うな！　仮に瘴気が発生したとしても、我らの装備であれば問題はないはずであろうッ⁉」

ロイドが後衛の騎士たちに目を向けると、確かに倒れだした騎士たちに気が付く。

「そうか、ついに来たのだなッ！」

イシュタリカの騎士たちが倒れる光景のさらに奥では、異様な鳴き声を発しつづける生物の群れが姿を見せた。金切り声に似て、女性の悲鳴にも似た音が響く。

半魔の死体はロイドも王都で見たことがある。

だが、瘴気を発するという報告は受けていない。では何故《なぜ》――――。

「馬車です！　あの馬車から瘴気が漏れ出しているようですッ！」

近衛《このえ》騎士が指さすのは、半魔の大群の中央部。

大きめの馬車をローブを着た者が数人がかりで引いていた。また、御者の席には槍《やり》を片手に腰かける者が一人見えた。馬車の造りは極めて豪華で貴族が乗ってると言われても違和感がない。

馬車の底から漏れ出す紫色のような霧煙、あれこそまさに瘴気だろう。ゆったりと風に乗り辺りに広がり、半魔はそれを吸い込む。

「我らの装備をもってしても対抗できないほどの濃い瘴気だと……？　どうやってハイムがそれを管理して……いや、決まっている」

赤狐の仕業であることは明白だ。

だが、馬車が発生源ならば馬車を攻撃すればいい。問題は射程に入るには近づく必要があり、瘴気の影響も無視できないことだ。

「撤退止《や》め！　右翼に展開して突撃態勢をとる！」

迂闊《うかつ》に下がれなくなってしまった今、前に進まざるを得なくなった。

「弩砲を六台、後ろに回して馬車を狙え！　周りを囲む半魔も蹴散《けち》らすのだッ！」

エウロでは戦艦の主砲を必要とするほどの数が出現したと聞く。今回幸いなのはそれほどの群れでないことだ。

「弓兵よーい！　……放てッ！」

急ごしらえだが、ロイドの指揮で弓兵がハイム兵に攻撃を放つ。

「騎馬隊、突き進め！　右翼よりハイム兵を粉砕する！」

何よりも大切なのは、自分たちの周りを包囲されないこと。

そうなる前にロイドは道筋を指示する。

「しかし解せぬ。あのような瘴気を用いては味方にも損害が出るだろうに――それとも、影響を受けない装備でもあるのか？」

それが現実ならば、先ほどの瘴気の影響を受けるのは、イシュタリカの騎士たちだけということになる。ロイドは多くの手汗で手綱《たづな》を滑らせると、ふぅ、と一息吐《つ》いて手綱を握り直した。

現状、最も恐ろしいのは背後から押し寄せる瘴気だ。

多少の損害と時間はかかるが、死兵となったハイム兵はなんとかなる。

ただし、その多少の時間がかかるというのが問題になってしまう。

「ならば、ローガスをさっさと打ち取ってしまえば……む？」

ふと、気が付いた。

ローガスが唐突に前衛近くへと、自らの馬に乗ってやってきたのだ。

「勇敢なる我が戦友たちよ！　よくぞ蛮族からの攻撃を耐え凌《しの》いだ！　第一王子殿下……いや、王太子殿下の援軍がついに到着したぞッ！」

兵を鼓舞するように、ローガスが声高らかにそれを口にする。

すると、ハイム兵たちは一斉に息を吹き返したかのように士気を高めた。腕を失ってしまった兵も、顔に欠損ができてしまった兵も。

皆が武器を手に取り、精気溢れる声とともに振り上げる。

「王太子殿下の持つ聖なる力が我らがハイムを救ってくださる！　進め、ハイムの勇者たちよッ！」

一方で離れた箇所ではロイドが。

「どういうことだローガスよ、あの瘴気が漏れている馬車に貴様らの第一王子がいるのか？」

仮にローガスの言葉を信ずるならばだが。

薄汚いドブネズミでも見るように、ロイドは冷たい瞳《ひとみ》を遠く離れたローガスに向ける。

しかし今後を見据えたロイドが、近くの近衛騎士を呼びつける。

「お主に任務を言い渡す。戦場を離脱してメッセージバードにて本国へ連絡せよ。そして急ぎロックダムへと戻り、残してきた装備を残してきた騎士と共に運ぶのだッ！」

わざわざ戦場を離脱させてまで伝令としたのは、伝えるべき情報量が多く、メッセージバードだけでは持て余すと判断したからだ。

また、バードランドに戻り、残る戦力と装備を運ぶためでもあった。

ロイドの意図を聞かずとも理解した騎士は敬礼して言葉を返す。

「はっ！　行って参ります！　どうか、ロイド様もご武運を！」

「ああ、任せておけ！」

力強くそう告げると、彼は馬を走らせて一団から離れていく。

一晩もあればロックダムへの帰還を果たせることだろう。ロイドは近衛騎士の無事を祈った。

「私の仕事は獣狩りとでも言えばいいか――――なぁ、ローガスッ！」

ロイドの突進を切っ掛けに、イシュタリカの軍勢も勢いを増す。

指揮官が敵将を討つ。その行動が、ハイム兵に辟易《へきえき》していたイシュタリカの騎士たちの士気を高めるのだった。

――――やがて。

「――ぐっ……ぁ……」

「お、俺の腕が……腕があああッ！」

突然、ローガスの周りで悲鳴が響きはじめた。

「待たせたな、ローガスッ！　盛大な歓迎を受けて少し遅れてしまったぞッ！」

突進の跡はことごとくが横たわるハイム兵の亡骸《なきがら》に。

舞う砂塵《さじん》はたった一人の突進とは思えぬほど濃く、彼の勢いそのものであった。

迫り来る彼は自慢の大剣を馬上で構え――――。

「我が大剣、その身に受ける覚悟はあるかッ！」

馬上で横に構えられた大剣は微塵《みじん》も揺れていない。

どれほどの膂力《りょりょく》に満ちているのだろう。ローガスはただそれだけの動きに、ロイドの強さを理解させられた。

――――やはり、あの男相手は分が悪すぎる。大将軍の自分が倒れることはハイムへの影響が大きすぎる。万が一を思えば、ローガスはこの場を避けるべきと判断した。

「悪いが、戦いははじまったばかりだ。我らが戦うには早すぎるな――だから」

適当に言い繕うことにしたローガス。

……だが、この戦いを避けることは許されない。

目元を手で覆って、ロイドが笑い声をあげる。

「はっはっは！　何を言うかと思えば、くだらないにもほどがあろう！」

すると、ロイドが剣を横に薙《な》ぎ払《はら》う。

剣が直撃していないというのに、ハイム兵が数人、その薙ぎ払いで首を地面に落とした。

「逃げるなら逃げても構わん。獣らしく尻尾《しっぽ》を巻いて撤退でもするといい。だが、私は獣狩りが得意だということを教えておく。さぁ——ッ！　逃げるかローガスッ！　最後には大将軍としての誇りすら失ってッ！」

ロイドが馬を蹴《け》る。合図を受けた馬は一気に前方に駆けると、彼我の距離が一気に狭まる。

「っ……言うに事欠いて、大将軍の誇りを……だと⁉」

ローガスもとうとう剣を抜いた。

「誇りを嘲《あざけ》るとは、イシュタリカもその程度であるということかッ！」

「抜かせ獣風情がッ！　一度は尻尾を巻いて逃げようとした男が何を言おうと、この私の心を揺さぶれると思うなッ！」

イシュタリカの騎士は勿論《もちろん》のこと、ハイムの兵士たちもその迫力に押され、邪魔をすることができなかった。

戦場の空気が固まったかのように、二人の戦いに視線が集まる。

「——おあああッ！」

先にローガスが剣を振るう。

つづけて、ロイドが遅れた様子で剣を振る。

勝負が決まった。ハイムの兵士たちはそう考えて喜びの声をあげるが、イシュタリカの騎士たちは対照的に静かだった。

彼らの表情が晴れやかなのが、ハイムの兵士たちの瞳には印象的に映った。

「……ぬぅっ⁉」

馬同士の突進がすれ違った形で終わると、ローガスだけが落馬する。

落馬したローガスは、自らの馬の様子を見る。

すると、あるはずのものが付いていなかったのだ。それは、馬の首から上の部分全《すべ》てである。

「実は馬上での剣術はあまり得意ではない。馬には悪いことをしたが、仕方のないことだ」

ロイドが馬から降りると、ローガス目掛けて走り出す。

「っ――倒れた相手に切りかかるのが、イシュタリカの元帥なのか！」

「好きにほざけ。馬上で負けた貴様の責任だ」

ローガスは完全に立ち上がることが適《かな》わず、中腰でロイドの一撃を受け止める。

「チィ……ッ！」

むしろ中腰で受けて正解だったのかもしれない。

大地の力を借りて受け止めても、足腰が震える程の強い力で押しのけられる。

ロイドが与えた圧力に、ローガスは、感じたことのない感触を全身に迸《ほとばし》らせた。

「貴様の面前に立つはイシュタリカ最強の騎士であるぞッ！　その程度の構えで我が剣を防げると思うたかッ！」

そのまま強引に押し切ると、完全に体勢を崩したローガスに向けて、ロイドの横一閃《いっせん》が振るわれる。

得意の一文字とは違った向きだが、空間すら断絶しそうな勢いに違いはない。

「このまま、どこまでも吹き飛べ……ッ！」

何かが破裂するかのような――それでいて、岩をぶつけ合ったかのような音が響き渡る。すんでのところで持ち上げた大剣によって、直撃は免れることができた。だが、勢いはそれだけでは止まらない。

「くぅ――ッ!?」

直撃は避けられた。ローガスがそう安堵《あんど》したのも束《つか》の間《ま》。

ローガスの大剣が金属音を響かせると、瞬く間に姿を変えた。

「剣が、割れ……?」

ヒビが入ると、ロイドの剣を受け止めた箇所から大剣が割れてしまう。

「うおらあああッ!」

無理やりに力を加えられたロイドの両腕の筋肉が膨張し、一切の容赦なく一閃を放つ。

「かはっ……。げほぁッ――!」

分厚い鎧《よろい》のお陰か、ローガスの胴体が真っ二つになることは避けられた。

だが、ムートンが研いだばかりのロイドの大剣はローガスの鎧を切り裂き、ローガスの身体《からだ》に深い傷を刻む。鮮やかな血潮が砂塵を濡《ぬ》らす。

「戦う気があるならば立ち上がれ。立ち上がったのであればこの剣で始末をつける」

「――では、立ち上がらなければどうなるのだ?」

「始末をつけるのに違いはない。ただ、貴様が最後に意地を見せたかどうかの違いだけだ」

「……本当に口の悪い男だ」

「ああ、そういえば尋ねたかったことがあった」

止《とど》めを刺す前に聞くべきことがあった。

「シャノンという令嬢のことを教えろ」

――その瞬間だ。

ローガスの表情が変わり、急に声色に変化が生じる。

「貴様がその名を口にするなッ！　我が息子グリントの許婚《いいなずけ》にして、エレナ殿に代わって、我らがハイムに知恵をもたらす大切なお方だッ！」

「お方か。それを聞けただけでも十分に思えてしまうな」

元凶の赤狐がシャノンであると納得して頷《うなず》いたロイドが剣を振り上げる。

「もういい。願わくば、以前の貴様と戦ってみたかったものだ」

そう口にして、ロイドが剣を振り下ろす。

ローガスが防御をしようとするが、ダメージが蓄積した身体が動かず、もう終わりか……と覚悟を決めた瞬間。

イシュタリカが探していたもう一人の人物が姿を見せた。

「――――申し訳ありませんが」

彼は姿を見せると同時に、ロイドの大剣を自慢の槍《やり》で受け止める。

「まだそれは許されていないのですよ。あのお方の脚本は守らねばいけませんから」

彼はロイドの大剣を受け止めた後、それを押し返してから着ていたローブを脱ぎ捨てた。

中から現れたのは初老の男性――髪の毛がところどころ赤毛に染まった老戦士だ。

柔らかな白い布でできたシャツのボタンを一番上まで留め、下には黒いスーツ地のパンツを着こなす。初老の彼にはよく似合う落ち着いた出で立《いた》ちだが、戦場においてはひどく浮いていた。

「はじめまして、ロイド殿。私はエドワードと申します」

ロイドの大剣を軽々といなした後、エドワードは得意げな笑みを浮かべて槍を構えた。

「ふむ……随分と小綺麗《こぎれい》な格好だ。執事のようにも見えれば、まるで文官のようにも見える。——戦場には似合わない姿だ」

「そういう貴方《あなた》も役者のように見えますよ。役柄は……やはり悪役でしょうか」

人の好《よ》さそうな笑みを浮かべるエドワード。

しかしロイドは、その目がどうにも好きになれなかった。

「善悪なんぞ立場によって変わる曖昧《あいまい》なものだ」

「おや、意外と知性がありそうな言葉ですね」

「——それは何よりだ。ところで、そこを退《ど》いてはくれないか？　止めを刺せないではないか」

面倒なことになった。ロイドが内心で少しの焦りを見せる。

「脚本は守らねばならない。私はそう申し上げました。ローガス殿、今のうちに退《ひ》いてください。ここは私が」

「……すまない！　恩に着る、エドワード殿！」

悔しそうな表情を浮かべるものの、ローガスは素直に兵士と共に馬に乗って退いていく。

周囲の戦況も、イシュタリカの圧倒的優勢の様子で、ロイドはほっと一息ついた。となれば問題は、今も広がりつつある例の瘴気《しょうき》だ。

イシュタリカの軍勢が移動していることもあり、まだ直接的な影響は無い。

瘴気が届くより先に、急いで目の前のエドワードを相手にしなければならない。

「三文芝居に付き合うつもりはない。悪いが、その舞台に立ったつもりは無いのでな」

「何か勘違いをしてらっしゃいますね。貴方はイシュタリカの民だ。ならば、この世に生を享《う》けた瞬間から舞台に立ったも同じことです」

「獣に何かを演じる知恵があるとは思え——ッ!?」

煽《あお》った刹那《せつな》、ロイドの頬の横を何かが通り過ぎた。

戦場で昂《たかぶ》っていたこともあり、ロイドはその一瞬で横に避けることができたが、皮一枚が切り裂かれてしまう。

「獣に隙を突かれた気分は如何《いかが》ですか?」

「……意外と悪くない。抑えが利かないあたり、やはり獣なのだろう……なぁッ!」

エドワードという赤狐は掴《つか》めない性格をしている。例えるならば、ウォーレンのような掴みどころのなさを感じる。槍相手に対しての間合いを考慮しつつ、相手の好き勝手にされないように一歩を踏み出した。

「私は昔から何度もローガス殿と武を競ってきたのです。その経験から言えば、貴方はローガス殿とは比べ物にならない騎士だ。いい踏み込みです」

「ふっ……奴《やつ》に勝てても、そう嬉《うれ》しくないものだがなッ!」

「まぁ、そう仰《おつしや》らないでください。褒めてるんですから……ねぇ?」

ロイドにとって、こんな経験は久しくない。

一つ一つの攻撃がいとも容易《たやす》くいなされその隙に攻撃をすることなく、ただじっと様子を窺《うかが》いつづけられる。屈辱以外のなにものでもなかった。

「貴様は面倒な男だ。貴様のような男が何人もいるとは考えたくない……それだけだ」

「ああ！　それならばご心配なく！　同族はまだ数人いますが、あまり使い道のない塵《ごみ》ばかりですので。言ってしまえば、あなた方のほうが優秀な人材を連れてるかと」

「……ほう！」

「そんな疑心暗鬼にならずとも、信じていただけないのでしたら言い方を変えましょう。赤狐の中で、最も戦闘力に秀でた戦士はこの私なのですよ」

ロイドは拍子抜けだった。エドワードが強いのは事実だが、まさか、こうして正直に情報をくれるとは思わなかったからだ。

「なにせ、私は黒騎士において総隊長の地位にいた男です。私よりも強かった赤狐など……存在しませんから」

「黒騎士……？　ああ、例の旧魔王領における騎士団か」

思い出すのはマルコのこと。

アインから聞いた、彼の立場を口にする。

「赤狐にはいなかった、では他の種族にはいたのだろう？」

これを呟《つぶや》いた瞬間、エドワードがピタッと身体の動きを止める。

槍の先が動揺した様子で上下すると、顔に被《かぶ》せた作り笑いに磨きがかかった。

「――貴方は、一体誰のことを言ってるのですか？」

笑みを浮かべながらも、ギョロッとした……爬虫類《はちゆうるい》のような目つきでロイドを見る。

「たとえばそうだな、私は会ったことが無いが、我らが王太子殿下が会った男はどうだ。彼の名はマルコ、黒騎士の副団長だったと聞いたが」

すると、その言葉を聞いたエドワードが憎しみを込めた瞳《ひとみ》でロイドを見つめた。

「あの――あの鎧野郎が……こ、この私よりも上……と？」

散々な言いようだが、ロイドはそれをマルコのことを指すと理解する。

「ああ、なにせ彼は副団長……つまり、団長でない貴様にとって、団長と副団長の二人は貴様よりも更に強いということだろう」

面前のロイドが口にした言葉を聞いて、唐突に様子が変わってしまうエドワード。

「落ち着け。落ち着け。落ち着け。落ち着け。落ち着け。落ち着け。落ち着け。落ち着け」

つづけて、突如、左手の親指を齧《かじ》りだす。決して爪の先を口に含んだのではなく、親指を直接口に含んで歯を立てた。

そして瞳が忙《せわ》しなく揺れだして、定まらない視線が地面を右往左往した。

「私はエドワード……。あのお方の寵愛《ちようあい》を受けた最高の戦士……」

何度も何度も指先を噛《か》むと、自然と血が滲《にじ》み出《だ》す。

相応の痛みが走るだろうと思われるが、エドワードは気にすることなく指を齧った。

「――ああ、簡単なことですね」

今度は不意に落ち着きを取り戻す。

何かに納得した様子のエドワードは一瞬で姿をくらますと、次の瞬間にはロイドの斜め後ろに姿を現す。エドワードの出現に気が付いたロイドは、槍の挙動に目を向けて警戒するが、エドワードが放つ攻撃は槍を用いたものではなく。

「かっ——はぁ……ッ⁉」

ただの蹴《け》り、だが、勢いよくロイドの横っ腹に食い込んだエドワードの蹴りは、ロイドの内臓を強く揺らす。

強烈な嘔吐《おうと》感に促され、口から吐しゃ物を漏らすほどの衝撃だった。

「こうしてしまえばいいんですよね。こうすれば、嫌な気分も一緒に洗い流せますから」

横っ腹を押さえるロイドへと、エドワードがつづけて蹴りを加える。

何度も、何度も、何度もつづけた。

彼は純粋な暴力を披露することに一切のためらいがなかった。這《は》い蹲《つくば》ったロイドを路肩に転がる石ころのように、わき目もふらずに足蹴にした。

「今の私が演じているのは、あのお方に忠実な強い戦士です。そんな私に対して、先ほどのようなことを言うなんて侮辱でしかありません。——聞いてますか？」

「ぐっ……き、貴様……えらく饒舌《じょうぜつ》になったでは……ないか……ッ！」

ロイドが大剣を振り上げるが。

息を吐くように躱《かわ》されて、エドワードは両手を翼のように広げて口を開く。

「貴方は良い悪役だった。素晴らしい演者でしたよ」

呆《あき》れたようにため息を吐《つ》くと、ロイドに向けて槍を構える。

——すると、そのときであった。

「舞台の、最中に、失礼、致します—

やけにかすれた声で、一人のローブを着た男がエドワードの傍にやってくる。

腰を深い角度で曲げながらも、杖《つえ》を手に持たない独特の立ち姿に、ロイドが気味の悪い何かを感じる。

「レイフォ、ン、様が、お疲れ、の様子で、です」

「豚……いえ、レイフォン様がお疲れですと？」

「は、い」

不要な発言をしたことを咳払《せきばら》いで誤魔化《ごまか》すと、心配した様子でローブの男に答える。

「あのお方の約束です。それに、そうなってしまえば脚本にも問題が――はぁ、分かりました。潮時ですね」

エドワードは一人で納得すると、諦《あきら》めた様子で槍を納める。

槍を納めたエドワードは、ローブの男が連れて来た馬に乗ると、ロイドから距離を取って進む。

「残念ですが、貴方よりも優先すべきことができました。ですので、今日の所は幕を下ろすことに致します。貴方はまだ殺しきれなそうですので」

「ま、待てッ！　貴様ら、一体何が目的で――ッ！」

ロイドが赤狐の目的を尋ねるが、欲していた答えは返ってこない。

「最後に一つだけ助言です。いくら舞台の上とはいえ、あの鉄屑《マルコ》についての話は今後無しにしましょう。どうせ、もう関わることのない存在ですから――では、また」

無理に上体を起こすロイドの身体《からだ》はいたるところが強く痛みを発する。

「ロイド様ッ！　ご無事ですかッ⁉」

「何とかな……。それで、戦況はどうなった？」

「分かりませんが、あの半魔たちが急に動きを止めたんです。我らはそれ以降損害らしい損害はなく……ハイムの軍勢もまた撤退を開始したもので……」

「半魔が動きを止めた……？　いったいどういうことだ？」

納得できないロイドが尋ねると、別の近衛《このえ》騎士が答える。

「馬車から漏れる瘴気《しょうき》が止まったのです。時を同じくして半魔たちも急激に動きが鈍くなって……最終的には動かなくなったので、弩砲《どほう》にて攻撃を放ちました」

が、レイフォンが乗った馬車は頑丈で破壊するに至らなかったそうだ。

「私は命拾いをしたのだな」

砂塵《さじん》の彼方《かなた》に撤退していくハイムの軍勢を見ながら、その事実に息を吐く。

もぬけの殻となったバードランドの方を向いて、これからまた忙しくなると思い頬を叩《たた》き、気持ちを入れ替えたのだった。

◇　◇　◇

身体を近衛騎士に支えられながらバードランドの町の中へ足を踏み入れたロイドの許《もと》を、一足先にやってきて、町の中を調べていた騎士が訪ねた。

「町長殿をお呼びしております」

騎士の声につづいて姿を見せたのは、髭《ひげ》をはやした一人の老人だった。身なりは明らかに上等でありながらも、決して下品ではない赤いマントに身を包む。彼はゆったりとした足取りで近づいてきた。

「ガーヴィと申しまして、古くからの商会を切り盛りしております。老いてからはここバードランドの町長の一人を任されている、しがない商人でございます」

「む？　町長の一人？」

自己紹介の返事をする前に、ロイドが疑問を口にする。

「ここバードランドでは、力ある商人が都市の運営にあたります。区画ごとに町長という形で治めておりまして、八名の町長がおりました」

「そうした仕組みだったのだな。――私の名はロイド。イシュタリカの元帥だ。しかし八名おりました、というのはどういう意味だ？」

ロイドはガーヴィが口にしたのが過去形だったことの意味を尋ねた。

「二名はハイム兵により首を落とされ、他の者はすでに逃げており、行方《ゆくえ》が分からないのです」

「逃げ出したのは我らが雇い入れた冒険者たちの心が折れた頃《ころ》でした。ともに逃げるようにバードランドから姿を消してしまい……残る冒険者たちにつきましては、ハイム兵に連れていかれて消息が分からないのです」

「……なるほどな」

そのため、人気《ひとけ》が少なかったのだろう。

バードランドという国は、大陸の富が集まる都市と聞いていた。

だというのに今は人通りが少ないどころか、自慢の建物すらいくつも破壊されている始末だ。

「今この地に残っているのは気の弱い者や、恭順を選んだ者だけでございます」

「事情は分かった。しかし我らイシュタリカは、バードランドを手中に収める気も無ければ、何かを要求するつもりもない。代わりに数日間、拠点として駐留させてもらいたい」

「ハイムの軍勢を追い払ってくださった方々へ立ち去れなんて言えるはずがございません。もはや廃れた町ですが、まずはお身体を休めてくださいませ。勿論《もちろん》、お代は一切頂きませんので」

「それは出来ない。支払わねばバードランドの中立という立場を破ることとなろう。我らとしても支払いを渋るつもりもないのでな」

さて、とロイドは懐に手を差し込む。

取り出したるは小さな宝石、遠方へも素早く連絡できる高価なメッセージバードだ。

「司令官ロイドより連絡する――――」

此度の戦場での一件を、時間が許す限り言葉にした。

込められた魔力にも制限があり、まだ伝えたい情報はあったが、こればかりはどうしようもない。

メッセージバードを湯水のように使うことは出来ず、無駄遣いなんて言語道断。

必要な情報をかいつまんで伝え終えたところで、メッセージバードは輝き天高く光芒《こうぼう》を放った。

「遮ってすまんかったな、さて」

「お気になさらず。では残った我らに出来る最大限の歓待をさせてくださいませ、ささ、どうぞこちらへ」

案内されるままについていった宿は思いのほか上等で、用意された食事を堪能した一同はひと時の休憩に身体を委ねた。

――交代を挟みつつ、ハイムが再び現れることを警戒しながら。

◇　◇　◇

バードランドに入って二日が過ぎる。そろそろハイム本国の様子を探らねばならない。

ロイドがそう決心し、ロックダムに送った伝令が戻るのを今か今かと待ち望んでいたとき、ハイムの軍勢はついにこの地へ戻ってきた。

「弩砲の準備が完了！　弓兵のための高台も仕上がっております！」

「真正面から受け止めよッ！　奴らの侵入を許してはならんぞッ！」

壁を守り、そして籠城《ろうじょう》に備える中で疑問を呈する。

「しかし、丸二日でできる行軍ではないだろうに」

ロイドは額に大粒の汗を浮かべつつ、ハイムの兵士たちの様子を気にかけた。

気にかけたといっても、どんな改造か仕掛けが施されたのだろうか、というものに過ぎないのだが。奴らがこの丸二日でハイムに戻ってバードランドにとんぼ返りしたのであれば、休憩する時間なんて無いに等しい。

歩くことだけでも辛《つら》いはずなのだが……。

「それにあの男が来ると厄介だ。どうしたものか」

エドワードは強かった。

正直、ローガスは大した障害ではないが、あの男だけは相手をするのが難しい。

騎士たちが慌ただしく動き回る中、ロイドはこうした事柄を考えながら、急ごしらえに作られた高台に向かっていた。

高台は足元に石材を、上部には崩れた宿屋から買い取った木材を使って造られたものだ。

「敵の兵力はどんなものだ？」

急な階段を上り、高台にたどり着いたところで騎士たちに尋ねた。

すると、いつもはすぐに届くはずの返事が誰《だれ》の口からも聞こえない。高台には五名程度の騎士が居たというのにだ。

「ハイムの兵力はどんなものかと聞いたのだが」

若干、言葉を強く口にすると、手近な騎士の肩に手を置いた。

「────ロ、ロイド様！」

「まったく、どうしてお前たちは返事をしないのだ」

呆れた様子で騎士の顔を見ると、騎士は真っ青な顔色をしている。

何があった。ロイドが慌てた様子で口を開こうとすると……。

「……ハイムの軍勢をご覧ください」

別の騎士がロイドに語り掛けた。

言われた通りに目を向けたロイドは理解した。

強制的に理解させられてしまった。

「一瞬、黒い雲でもやってきたのかと思ったぞ。あれがすべて敵勢力とは恐れ入った」

地平線に広がる黒いナニカ。

よく目を凝らしてみれば、それはすべてが蠢《うごめ》く半魔の群れだ。距離を空けてハイム兵の集団も見えるが、半魔の数は比較することが出来ないほど。数万、数十万、とにかくその数は把握できないが、町一つを飲み込むのには、十分すぎる数の生物たちが居る。

加えて、中央にはレイフォンが乗っているであろう馬車の姿があり、瘴気《しょうき》が放たれている。

「ロックダムまで退くべきではないでしょうか」

「我らの想定以上の数がおります。……奴らの行動があまりにも早すぎました。一度ロックダムまで退き、立て直してから進軍するのはいかがでしょうか」

バードランドの壁が今となっては頼りない。

壁は修理したが、所々が崩壊していることもあるし、半魔の身体付きならば壁をよじ登り、町中に入り込んでくることだってできるだろう。だからここで籠城することを避けて撤退すべきであると。

しかしだ。

「駄目だ。外に出てこそ奴らの思うつぼであるぞ」

ロイドに退く気はない。

他の選択肢はあったろうかと考えてみるが、このバードランドに残ることこそが最善であったとロイドは信じていた。その理由とやらは単純だ。

「ハイム兵の状況を見るに、半魔はより速く荒野を駆けるであろう。恐らく、我らの撤退より更に速くな」

「退きながら弩砲を放つのはいかがでしょうか？」

「悪くないが、いずれ追い付かれる」

だったら最初から壁を利用して戦った方がいい。

「そしてここは我らイシュタリカの防衛線といってもよい。意味は分かるか?」

「ッ……そうか、あの軍勢がイシュタリカを目指したら……」

「そうだ。半魔が海を渡れるかは分からんが、私は渡れても不思議ではないと思っている。あれほどの体力があれば荒波であろうと怖くはないだろう」

それに、と。

「戦艦の主砲にて一度に屠《ほふ》ることは適《かな》わん。そのような地形を探すことは難しいし、たとえロックダムまで退いたところで同じことよ」

それでも希望を見出《みいだ》せることはある。

「案ずるな。私はバードランドにつく前に伝令を送っているし、メッセージバードにて、本国へと情報を共有済みだ。装備も援軍も期待してよいぞ」

高台に居た騎士たちが驚き、そして喜んだ。

ロイドも強い緊張状態にあったが、それを信じて待つほかない。

「……気になるのは、その返事が届いておらんことだがな」

とは言え、メッセージバードは高価だ。相手との距離が遠くなるほど必要な素材が高くなり、一度の連絡に要する経費も段違い。

故に、普段から無駄な使用を避けるのが常道なのだが……。

このような戦争においてなら、一言くらい返事があってもと思わないでもなかった。

「我らが援軍は、今日には到着してもいい頃《ころ》だ！　奴らの攻撃を真正面から受け止めるぞッ！　なんとしても耐えきるのだッ！」

彼の檄《げき》を聞き、周囲の者たちが一斉に腕を天高く掲げた。


――――戦況は苛烈《かれつ》を極めた。

数分、十数分と経《た》つだけでもはや別の空間である。

中でもロイドは、敵の動きに苛立《いらだ》っていた。

「嫌な奴《やつ》らだ。兵士を使わず、この獣共をけしかけて様子見をつづけるとはな」

ハイムは兵士を進めることなく半魔だけをけしかけていたのだ。

時折炸裂弩《さくれつど》の銀の煌《きら》めきが戦場を照らすが、半魔の軍勢は無尽蔵に押し寄せる。

馬車から漏れだす瘴気は依然として変わらず、半魔たちへ力を与えつづける。あの馬車がある限り、半魔が強化されたままであることは避けられない。

そこへ、角笛の音が戦場に鳴り響いた。

「来おったな、赤狐め」

遂《つい》にハイムの兵士たちが前に進みだし、最前線には馬に乗ったエドワードの姿がある。瘴気を漏らしつづける豪華な馬車もそれに応じ、遥《はる》か後方からゆっくりとゆっくりと前に進みだした。

「ロイド様ッ！」

「奴だけは難しいか……致し方あるまい。奴の相手はこの私がする！　ほかの兵や獣共はこれまで通りに対処せよ！」

そしてロイドは馬に乗った。

半壊した壁を越え、同じく駆けて来るエドワードとの距離を詰めるために。

「ははっ！　数日ぶりですねぇ……ッ！」

「先日のようにはいかんぞッ！　今日は貴様の首を――――」

大剣を取り出し、エドワードに向けて構える。

だが一方のエドワードは笑みを浮かべたままで。

「今日はそういうのは結構です。さっさと終わらせろとあのお方が仰《おっしゃ》っておりますので」

突然、ロイドの馬の足がナニカに噛《か》みつかれる。

嘶《いなな》きの声とともに馬が身体を弓なりに反らし、馬上のロイドの体勢も崩された。

……噛みついて来たのは地面から湧き出た半魔のネズミだ。

「おや……まさか……」

絶対的な隙が生じたところで、エドワードが不意に動きを止めた。

振り向いて、彼方まで広がる黒い大軍を見て眉根を寄せる。

やがて「チッ」と舌を打ち、逆に自分から目をそらしたエドワードに向け、ロイドが体勢を整え直して剣を振る。

「言ったでしょう、今日は早く終わらせると」

が、エドワードは背を向けたまま、目にもとまらぬ神速で槍《やり》を突き立てたのだ。それはロイドの眉間《みけん》目掛けて一直線。

ロイドの咄嗟《とっさ》の動きで致命の一撃は避けられるも。

「ぁ……ぐあああああああぁッ!?」

左目が槍の先端に抉《えぐ》られて、されど、その奥へ突き動かされることだけは避けられた。

「こ、この獣が……ッ！」

「よく逃げられましたね。今のは本気で頭を突き刺すつもりで槍を下ろしたのですが……まぁいいでしょう。もう一度です」

——駄目だ。左目の影響で、右目も視界がおぼつかない。

痛みをこらえて立ち上がったロイドだったがエドワードの相手は出来そうにない。

何合か剣を交わすが、悉《ことごと》くいなされ、決定的な死へと近づいていく。

もう駄目か。そう覚悟を決め、大剣をただ力に任せて振り回すことを決めた——その刹那《せつな》の出来事だった。

「な、なんだ……なんですかこの木の根はッ！」

エドワードの身体が、突如現れた木の根に縛り付けられた。

そして、ロイドを守るように辺りを囲んでいく。だがこれだけでは終わらずに、慌てた様子のエドワードに追い打ちをかけるように、辺りに黒い霧が漂いはじめた。

「ブラックフオルンの霧だと……？」

ロイドはこの霧に覚えがあった。

人《バードランド》をだまして捕食する魔物、ブラックフオルンの持つスキルである。不思議なのはそれがどうしてこんな場所で発生したのかだ。

戦場は一瞬の出来事に動きを止めて、ひと時の静寂に包まれる。

だがその中でも、エドワードだけは背後に迫る強者の気配に気が付いていた。古い記憶をたどりながら近づいて来る、圧倒的強者の気配に。

「何が起こっているのですッ⁉　この展開は物語としては美しい――ですが！　あのお方はこんな展開を望んでいないッ！」

ロイドとエドワードの二人は心の中で考えた。

偶然にも、二人は同じ時間に同じことを考えたのだ。

――そう。

この状況は、まるで魔王でもやってきたかのような光景ではないか……と。

王太子の軍勢

時は遡《さかのぼ》り数日前。

ロイドが放った伝令は急ぎ本国へと連絡を送った。

内容は敵の数が想像の範疇《はんちゅう》になかったということや、瘴気《しょうき》を発生させる何かの存在、その瘴気によって騎士が命を落としたという話だ。

騎士の装備を貫通するほどの濃い瘴気と聞き、王城も騒ぎに陥っていた。

——そんな中、アインが大会議室でシルヴァードと対峙《たいじ》していた。

「ならん！　二度とそのような馬鹿げたことを口にするなッ！」

「ですが陛下、此度《こたび》の瘴気を完全に耐えきるのは不可能とのことです。そうですよね、カティマさん」

「ニャ、ニャァ……戦地に向かった騎士の装備でも耐えられニャいニャら、それを超えるほどの装備をすぐに用意することはできないニャ……」

シルヴァードの迫力に怯《おび》えながら、白衣に身を包んだカティマが答えた。

「希少な素材を使えば長時間耐えられる装備も作れるんニャけど……」

「陛下、だから俺が行くべきなんです」

「……それとこれとは、話が別だ」

「いやいやいや――別も何も、俺の毒素分解があれば何とかできるんです。先日の除染のようにすればいいんですから」

「ブルーファイアローズの毒を吸い取ってもケロッとしてるアインなら、問題は…………ニャァァァアアッ⁉」

「へ、陛下……そんなに睨《にら》まないであげてください」

見かねたアインが指摘をすると、シルヴァードがばつの悪そうな態度で机を叩《たた》く。

「だからといって王太子を派遣できるはずが無かろうッ⁉　そうだな、クローネッ！」

アインの隣に座っていたクローネが慌ててシルヴァードを見る。

「お主もアインが行くべきではない。そう思うであろう⁉」

「――は、はい。確かにその通りです」

……どうしたもんかなぁ。

アインが困ったように腕を組むが、打開策が中々考えつかない。

「クリス、どうにかならない？」

「名案がございます」

「ッ――教えてくれる？」

クローネとは反対側……その席に座るクリスに小声で話しかけたアイン。

すると、いつもはポンコツな彼女が、名案があると自信満々に答えた。

「自室に戻ってベッドに入るのです」

「え？」

「今のアイン様は混乱なさってるんです。ですから、まずはご休憩をなさるべきかと」

「……あ、そういうね」

満面の笑みで答えたクリス。彼女がアインを派遣することに賛成するはずがない。

「ロイド様たちを信じて待ちましょう。そうするのが最善かと」

「うーん。なんかそうじゃないんだよね……」

「……どうなさったのですか？」

「赤狐が相手なんだから。今回の瘴気の件然《しか》り簡単にはいかないよ」

「仰《おっしゃ》る通りです。だからといって、アイン様が海を渡るということは賛同できませんよ」

相変わらず頑《かたく》なな態度のクリスを見て、アインは頬杖《ほおづえ》をついて考え込む。

だが、ふと考えついた。言及を避けていた問題を脳裏に浮かべると、荒れた口調のシルヴァードを差し置いてカティマに尋ねる。

「カティマさん」

アインがカティマを呼ぶ声が、会議室に響き渡る。

「なんだニャ」

疲れた様子で答えるカティマに心の中で謝ると。

「正体は分からない。だけど、バードランドに出現した、瘴気を発するナニカがイシュタリカに上陸した時……どれぐらいの被害が想定される？」

この言葉には足を運んでいた貴族全員がどよめいた。

「……それを聞いちゃうのかニャ」

「ア、アイン、お主……ッ！」

「カティマさんならある程度の被害を想定できるはずだよ」

問い詰めるようにアインが尋ねた。すると、カティマの驚いた表情とは対照的に、アインは力のこもった瞳《ひとみ》で会議室を見渡す。

「――――私たちは無意識のうちに避けていたのかもしれない。考えられる被害を、そして、その結末を。向き合うことを避ける、その意味は我らがイシュタリカを捨てると同意義だ」

立ち上がったアインが語る声に一同が耳を傾け、ある者は俯《うつむ》き、またある者は頭を抱えた。

「……はぁ。ほんっと肝の据わった甥っ子《おいっこ》だニャ」

アインに倣ってカティマが立ち上がる。

カティマ専用の背の低い椅子から身体《からだ》を起こすと、会議室の中央に向かって足を進めた。

「陛下……いや、お父様。いいかニャ？」

「――あぁ」

「なら、私が考えた想定できる被害について説明しようかニャ。といっても、あくまでも想定にすぎなければ、情報が足りなすぎて判断しにくい部分もあるけどニャ」

いつものカティマとは違いどこまでも真面目《まじめ》な態度で、ひとかけらも冗談めいた部分は見えない。

「少なくとも、馬車に収まる大きさなら、王都機能を壊滅させるのに十分すぎる効果があるニャ。言い方を変えれば、イシュタリカを統一以前の状況に戻すことも可能ニャ。持ち運びに苦労しなくて小さい。けれど効果は絶大ニャんて、兵器としてこれ以上ない利点だニャ」

遠回しに、表現をぼかすように語ったが、イシュタリカの滅亡に繋《つな》がると示唆した。

「さっきも言ったんニャけど、対抗策としては、あくまでも長時間瘴気に耐えられる装備を作れる……ってだけなのニャ。仮に王家の存続に重点を置いたとしても、瘴気が常に充満する状況になれば、数日保《も》たせることさえ不可能だニャ。つまり、万が一その瘴気に上陸でもされてしまえば、イシュタリカは一巻の終わりになるニャ」

部屋中に漂う重苦しい空気。カティマの説明に、さすがのシルヴァードも黙りこくり、焦点が定まらない瞳でカティマを見る。

そんな中、アインがただ一人強い口調で言う。

「皆が聞いた通りだ。不確定要素が多すぎる今……この問題を海を渡った者だけに任せるには戦力が足りない。万が一の事態となれば、我々は気が付かない間に命を落とすことになる」

シルヴァードに負けない迫力でアインが語りだすと、皆が一斉にアインの一挙一動に注目した。

「皆も宰相ウォーレンが倒れる以前に口にしてた、不穏分子という言葉を覚えているだろう。それこそが、元帥ロイドが苦戦を強いられている存在に外ならず、瘴気を巻き散らすという、邪悪な存在だ」

重苦しい空気の中、貴族たちが頷《うなず》いた。

「放っておけば愛する家族が、気の置けない友人が、美しい王都の街並みが、これらすべてが無に帰すことだろう。我々が行動を起こさなければ、海を渡った者たちの命はおろか、祖国ごと失うことにすらなりかねないのだ」

「だからアインが行くと。そう言いたいのだな？」

「――――はい、その通りです」

「ではどうするッ！　万が一アインに何かがあり、王太子が不在となればッ！」

「そうなったら、俺がイシュタリカに来なかった時と同じ状況になるだけです。大丈夫ですよ、お爺《じい》様たちが健在ですし、カティマさんもいますから」

「そ、そこで私に話が来るのかニャ……⁉」

さらっと言うにはあまりにも重い言葉をアインは軽々と口にしてしまう。

だが対照的に彼の表情は真摯《しんし》で、冗談なんて微塵《みじん》も感じられない。彼は本気の覚悟をしていたからだ。

「他にも、急がないといけない理由があります」

アインはそう言って、懐から小さな宝石を取り出した。

ロイドが持つ物と対になったメッセージバードである。

「変だと思いませんか？　伝令の騎士から連絡は届いたのに、ロ、イ、ド、さ、ん、か、ら、の、連、絡、が、届、い、て、い、な、い、ん、で、す、よ」

不審に思ったこともあり、こちらからメッセージバードを使ったりもした。

だが一向に返事が届く気配がなかったのだ。

「カティマさん、シス・ミルみたいに、メッセージバードが使えない状況は考えられる？」

「あくまでも仮説でいいのニャら、一つだけあるニャ。ロイドたちの周辺に漂っていた瘴気《しょうき》の濃さを思うと、メッセージバードから放たれる魔力が阻害される、っていう可能性は捨てきれないのニャ」

「それって、ロイドさん側からしたら連絡をしたつもりでも、こっちには届かない。でも、その事実をロイドさんは知ることができない状況ってこと？」

「……そうなるニャ」

つまり、ロイドたちは孤立してしまう。

「これが意図的な妨害なのか、瘴気による副次的な要因なのか議論する気はありません。ですがお爺様、俺は今すぐにでも海を渡らないといけないんです」

「…………だが」

「お爺様！　ロイドさんからの連絡は、ロックダムでの初戦以後、一度も来ていないんですよ⁉ 迷っている暇なんてありませんッ！」

「しかし……くっ！　一度解散とする！　皆も少しの休憩をとるがいい！」

まだだめか。アインはそう呟《つぶや》くと、自分の席の両隣……クリスとクローネの許《もと》へと向かった。

「…………どうしても、行くの？」

クローネは近くに来たアインの手を掴《つか》むと、両手で撫《な》でさするように触れる。アインは多少のこそばゆさを感じていたが、同時にクローネが向ける愛情も心に感じた。

「……うん、俺が行くべきだと思う」

「どうせ、私は連れて行ってくれないんでしょ？」

「…………ごめん」

「――――ひどい人。ほんとうにひどい人なんだから」

涙が零《こぼ》れ落ちそうになった瞬間、クローネがアインの手を手放した。

すると、何も言わず、早歩きでアインの傍《そば》を離れていく。

「ッ――クローネッ！」

「大丈夫、自暴自棄になったわけじゃないわ。船の用意をしてくるだけだから、心配しないで。プリンセスオリビアとかの状況も確認してくるから、あれに乗ることもあると思っていて」

頬に涙を一筋だけ伝わせて、クローネは答えてすぐに立ち去った。

すると隣に来たクリスが入れ替わりに口を開く。

「本音を言えば私も泣きたいぐらいです。頑固で、意固地で、意地っ張りの……そんなアイン様を前にして、涙を堪《こら》えるので必死なんです」

よく見れば、クリスの目も薄《う》っすらと涙を浮かべていた。

目元を若干赤くすると、唇を強く閉じ、静かに震える肩を両手で押さえる。

「……ごめん」

謝罪を耳にしたクリスは力ない微笑《ほほえ》みを浮かべる。

「謝ってくださらなくて結構です。やっぱりやめたってそう言ってくれれば十分ですから」

一縷《いちる》の望みに懸けた願いを伝えたクリスだが、その願いは叶《かな》わない。

「――それはできない。俺は瘴気の影響を受けずに行動できる。だから俺にしかできない仕事なんだ」

「……やっぱり、そう言うと思ってました」

サファイアのような色の瞳から、とうとう大粒の涙が一筋流れ出した。

クリスのような女性の場合、それすらも宝石のように見せてしまいそうな……そんな魅惑的な光景に映る。

「約束、一つ約束がありましたよね。私の言うことを聞いてくれるっていう」

「聖域でした話のことだよね」

「それを使います。だから、どうか行くのをやめてください」

「ごめん、今は受け入れられない」

アインが再度の拒否をしたことで、クリスがアインを壁に押し付ける。

すると、アインのシャツの胸ぐらを掴み、身体を任せるように体重をかけた。縋《すが》るような瞳で見上げて願いを込めて。

「足りないのであれば私を差し上げます。奴隷《どれい》のように使っていただいても構いません」

「…………駄目だよ、そういうことを簡単に言ったら」

「簡単になんかじゃありません！　だって、本当に行ってほしくなくて……ッ」

肩を震わせて、彼が首を縦に振ることだけを待つ。

だがやはりその未来が訪れることはなく。

アインはクリスの肩に手を置いて、彼女の心を慰めるにとどめてしまう。

「分かりました、そこまでのお心なら私に考えがあります」

「考え？」

「はい、私は今この瞬間に再確認したんです。私はやっぱりクローネさんと同じで、じっとなんてしていられないって思いました」

吹っ切れたとはまた違うが、何かを完全に自覚したように言い放つ。

「えっと、同じって言うのは……」

「頑固なアイン様には教えてあげません。いつか私に勇気が生まれたら、教えてあげるかもしれないですけどね」

するとアインから離れ、涙を拭《ぬぐ》った。

「クローネさんと同じってことは、私はただ引き留めるだけの女になっちゃいけないんです」

「――だ、だからさ、何が同じって！」

困惑するアインを、クリスが優しげな表情で見つめる。

「秘密です。でもアイン様、私も連れて行ってくださいますよね？」

「それは駄目だ！　ただでさえロイドさんが居ないのに、王都の守りが薄くなるッ！」

「知りません。って言ったら怒られますけど、私の仕事はアイン様の身の回りを守ることです。ですので問題ありませんし、それを言ったら、会談のときだって皆で王都を空けてました！」

そしてクローネのように歩き出して、大会議室の外へ向かっていく。

クリスの場合は、クローネと違って小走りで立ち去って行ったが、決意を秘めていた様子なのは同じこと。アインは思わずクリスを追って大会議室を出たが、彼女は小走りで去っていき、すぐに見えなくなってしまう。

唖然《あぜん》としていたところへ、声を掛けてくる者が居た。

「こんにちは、アイン君」

「お婆《ばあ》様……どうしてここに」

「大事なお話をしていたようなので、私は外で待っていました。さっきはクローネさんともすれ違って、少しだけ話を聞かせてもらいましたよ。さぁ、アイン君は私と一緒にいらっしゃい」

彼女は返事を待たず、急に歩き出した。

「お婆様！　どちらへ⁉」

「造船所に向かいましょう。もしかすると、あの戦艦を動かせるかもしれません」

それはアインも以前見に行ったことのある巨大戦艦……。

海龍の素材を用いて作られた、イシュタリカの歴史上、最強の名を冠するに相応《ふさわ》しい戦艦のことである。

◇◇◇

海龍艦リヴァイアサンの計画が立ち上がった当初、造船所の至る所に海龍の素材が散らばり、組み立てや加工の作業が行われていた。

だが、今ではそうした光景は見られず、すでにいくつもの支えを受けた巨大な戦艦が鎮座する。

既に完成しているようにも見えるが、実はまだ未完成である。

というのはロランの談だが、まだ整備や確認作業がいくつもあるそうだ。

――海龍艦リヴァイアサン。

次世代型の国王専用艦として作られたコレは、アインが討伐した海龍の素材を丸ごと使用して建造されている。

どこまでも透き通りそうな水晶、その全《すべ》てが海龍の鱗《うろこ》だ。

この海龍の鱗を船底を含めた全体に張り巡らせ、一本の長い筒のような形状を形作っている。

頭の方に近づくと、両翼に広がる巨大な動力部分が逞《たくま》しい。

本体部分の上部には、海龍の鱗を加工して作られた巨大な盾が装備され、縦長の胴体を上から覆っていた。

今までのイシュタリカにはない、独特のデザインと威圧感がある。

「単純な硬さとか攻撃性能で言えば、ホワイトキングと真正面からぶつかり合っても問題ないぐらいの化け物だよ」

様子を窺《うかが》うアインへと説明したのはロランだ。

少し離れてラルアが教授のルークより説明を受けている。二手に分かれているのはロランが緊張しないためであった。

「海龍の素材を使えたおかげで、既存の戦艦では無理って判断されてた出力の動力を積んでるんだ。速度に関しても下手《へた》をすると百年は先を行ってるかもしれない。あるいは、海龍の素材が無いところ以上の戦艦は二度と作れないかもね。見ての通り、全長はホワイトキング以上だよ」

えらく饒舌《じょうぜつ》なロランの説明を受けて、この船が馬鹿みたいに強いということを理解したアイン。

一方のラルアも同じような説明を聞いているようで、目を見開いて驚いた表情を見せる。

「まだ完成してないんだよね」

「うーん、ほぼ完成してるんだけど、細かい所の修正とかかな。大きな問題にはならなくても、やっぱり王が、アイン君が乗る船だからね」

――なら、動かせそうだな。

ロランの職人魂にけちをつけるようで申し訳ないが、動かせそうな状況なことにアインが喜ぶ。

「そういえば、どうしてルーク教授とロランが案内に来てくれたの？　偶然？」

「それはルーク教授がリヴァイアサン建造における総括責任者の一人で、ボクがその補佐に抜擢《ばってき》されたからって感じかな」

級友が想像以上の昇進を遂げており驚かされる。

国家規模の話に抜擢されるだけでも優秀だというのに、総括責任者の補佐にまで抜擢されたと聞けば、ロランの有能さは言うまでもない。

「アイン君がここに来たときはほんと驚いたよ。急にどうしたの？」

「色々あってね」

するとそこへ、ラフルアたちが合流する。

「アイン君、よかったわね」

「はい。なんとかなりそうで安心しました」

二人の会話を聞き、ロラン……だけでなく、ルークも不思議そうな表情を浮かべたところへ。

「王妃ララルアの名において命じます。海龍艦リヴァイアサンを必要な整備を終え次第、すぐに進水を。ある程度未完成のままでも構わないから、今日中に行うのです」

「妃殿下!?　急にそんなことを申されましてもこのルークには事情がさっぱり……ッ」

突然の命令は二人を慌てさせた。

当たり前だろう。いきなりこの巨大な戦艦を移動しろと言われても、何が何だかさっぱりのはずだ。

だが、ララルアがその理由を口にすると二人は表情を一変させる。

「王太子アインがこの戦艦を使い、先に海を渡った我らが勇士の援軍に向かいます。ことは迅速に多くの戦力を必要とするのです」

これを耳にしたロランとルークが同時にアインを見た。

同級生が、そして教え子が戦争に向かうと聞き、自身の耳を疑ったのだ。

「なんでアイン君が――ッ」

「ロラン、大丈夫。これは俺が行きたいって志願したことだから」

きっと彼は級友としてアインの身を案じようとしたのだろう。

けれど俺が決めたとはっきりと告げられて、もはや自分が何か口を出す段階ではないと悟る。

「教授、ボクが全体の監督をします」

「ロラン、君の仕事は他にも……」

「ボクがやりたいんです。アイン君のためにボクがリヴァイアサンの整備をします！」

だからこれが自分に出来る最大限の手向けであると。

彼は強い目でルークへ訴えかけたのだった。


――外に出て、アインはララルアと二人きりになった。

「アイン君、一つ言いたいことがあるの」

突然、真剣な表情でアインを見つめた。

「王族の務めには多くのことがあります。国を繁栄させること、未来のために尽くすこと、それに国を守るということ。他にも為《な》すべきことはありますが、言いたいことは分かりますね？」

「はい。俺なりに分かってるつもりです」

「なら結構ですよ。でもアイン君が為そうとしていることは、失敗すればイシュタリカの未来に大きな翳《かげ》りが生じます。たとえ相打ちとなろうともそれは変わりません」

王太子アインが死ねば、少なからずイシュタリカに影響があるだろう。

ラルアの言葉に、アインが静かに頷《うなず》く。

「でもアイン君にしかできない。というのなら、それはきっとアイン君がするべきことなのでしょう」

呼吸を挟んだところで、アインの手を取って。

「だから私は認めます。王妃ラルアは、王太子アインの出発を認めます。言い方を変えればイシュタリカのために命を賭《か》けなさいと言ってるのです。……こんな言い方をする私を、アイン君は恨みますか？」

「恨むだなんて、そんな気持ちは一切ありませんよ」

「あらあら……本当に優しい子ね、アイン君ったら」

すると、ララルアが久しぶりにアインの頭を撫《な》でる。

愛《いと》しい孫を強く抱きしめた。

「さすがに照れくさいですね」

「祖母の特権ですもの。避《よ》けてはダメよ」

一頻《ひとしき》り撫で終えると満足した様子でアインを手放した。

「でも王妃としてではなくララルア個人として言うのならば、私はアイン君が統治するイシュタリ力を見てから死にたいわ。アイン君の子供をこの手に抱きたいし、中庭でみんな揃ってお茶会をしたいの。あとは家族旅行もしてみたいわね。王族だからって避けてきたけど夢だったのよ」

　願い事を考えると止まらないラルアは嬉々《きき》として語っていたが、不意に息を吐《つ》く。

「これ以上の願いは口にはできないわね。口にしたら、小さな器からぽろっと零《こぼ》れていってしまいそうだわ」

「零さないように、俺が決着をつけてきます」

　彼の心の強さを目の当たりにしたラルアは勝利を信じ、願った。

　すぐにこの戦争が終結し、平穏な日常が戻ってくることを。

◇　◇　◇

　この日の晩、イシュタリカ王都は深夜だというのに大きな賑《にぎ》わいを見せていた。

　港が騎士によって封鎖されると、多くの近衛《このえ》騎士だけでなく、他の騎士や文官などが物々しい様子で足を運ぶ。その様子を見て、王都民は何が起きるのかと不安そうに見つめたのだが、事情を知る者は騎士の家族ぐらいなもので、その理由が説明されることは無かった。

「お父様も頑固なんだから……お見送りぐらいすればいいのに」

　アインと共に栈橋に立ったオリビアが呟《つぶや》く。

　シルヴァードはアインが城に戻ってからも口を開くことがなく、会うこともなかった。

　それはここまで話が進んでからも同じことで、アインもせめて一言会話をしたいと願っていたのだが、その願いは叶《かな》っていない。

「勝手なことを言ってる自覚はありますし、しょうがないですよ。――っとと、お母様、俺はそろそろ行って参ります」

「あ、あら……。もう、時間なんですね」

泣きはらした目でアインを見つめ、オリビアが懇願するような声色で口を開く。

「もう少し近くに来てくれますか？」

すると、オリビアが両腕を広げてアインを手招きする。

二人の距離が狭まると、オリビアはアインを強く抱き寄せた。

温かく、柔らかいオリビアの胸元。

いつものように華やかな香りで満たされると、アインは深呼吸をして気持ちを落ち着かせる。

アインの頭や背中にぎゅっと手を回し、別れを惜しむ姿をオリビアが見せる。

数分の間それがつづくと、二人が自然と一歩離れた。

「絶対に、無事に帰ってきてくださいね」

オリビアの顔がそっと近づくと、アインの額に口づけをする。

「ありがとうございます。おかげで無事に帰ってこられそうです」

こうした状況ながらも、アインの言葉はオリビアの心に安心感を与えた。

アインの頼もしさに惚《ほ》れ惚《ぼ》れすると、オリビアは決意したように表情を変える。

「アイン、気を付けていってらっしゃい。帰ってきたら、また髪の毛を梳《と》いてあげますからね」

「はいっ！　行って参ります！」

オリビアとの別れを終えると、アインは振り返って桟橋の奥へ足を進める。少し歩くとアインを待っていたクローネと合流し、二人並んで足を進めた。

「ねぇ」

「ん？　なに？」

会議の時とは打って変わって、クローネが上機嫌な声色でアインに語り掛けた。

「私からもその、海龍のときにしたみたいな祝福が欲しい？」

「え、うん。そりゃ欲しいけど……」

素直に欲しいとは言いづらい状況だ。

クローネを泣かせてからまだ半日も経《た》っていないというのに、そんなことを都合よく望むのはどうかと思ってしまう。

「……なんで少し迷ったのよ？」

不満そうにクローネが目つきを変えて唇を尖《とが》らせた。

「ま、迷ってないって！　少し緊張しただけだって！」

――嘘《うそ》です。迷いました。

なんて言えるはずもなく、緊張したということで誤魔化《ごまか》した。

「ふぅん……でもしてあげない」

「……結局してくれないのか」

「あら、残念そう。そんなにしてほしかった？」

「当たり前じゃん」

彼の即答を聞いてクローネからポカンと力が抜けた。

「……即答ね」

「開き直っちゃった」

「ど、どうして開き直ったのかは分からないけど……じゃあ、どうしてもっていうのなら、一つだけ選ばせてあげましょうか？」

くすくすと笑いながら、いたずらっ子のようにアインを見上げる。

ねぇ、聞いて？　聞いて？

こうと言わんばかりに、期待感を滲《にじ》ませた瞳《ひとみ》で。

「ちなみに選択肢は？」

「今ここで祝福をもらうのか。それか……こっちよ。でも、帰ってきてからね？」

二つ目の選択肢を語るクローネ。

こっちとは一体なんだ。理解するに至らなかったアインだったが、クローネの仕草でそれを察する。クローネは自らの人差し指を立てると、それをアインの唇に押し当ててから、すぐにその人差し指を自らの唇に押し当てたのだ。

「帰ってからってことはご褒美ってこと？」

「もう、さすがに自分自身のことをご褒美なんて言えるはずないじゃない」

「俺にとってはご褒美だよ」

「…………じゃあ、こっちでいいの？」

「うん。ご褒美が待ってるってのも悪くないよね」

軽快なやり取りはこれから戦場に向かうとは思えないほど、緊張感に欠けていた。

それでも二人にとってはこれで良かった。

笑いあって、帰ってからのことも話すことが出来る。こんなところで湿っぽいやり取りを交わすなんてことは考えられない。

「さぁ――私はここまでよ」

不意にクローネが足を止めて言った。

「あの戦艦は大きすぎるから王都の港で受け入れることは難しいの。すでに港を改築する計画はあるけど、すぐにはどうにもならないから……。今回に限っては、リヴァイアサンまで小船で向かってもらうことになるの」

海の方角に目を向ければ、数百メートル離れた箇所に浮かぶリヴァイアサンの姿がある。

周囲にはいくつかの小船も浮かび、アイン同様に乗り込む人員たちが向かっていた。

「乗組員はホワイトキングを操縦できる人が向かったわ。最高峰の人材だらけよ」

「ありがと。急なことだっていうのにここまでしてくれて」

「……今日に限ったことじゃないもの。アインの傍はいつだって賑やかなんだから」

「これからも迷惑をかけると思う」

「………いくらでもどうぞ。そのためにも早く帰ってきてね」

むしろこれからもそうであってほしいと願い、最後に涙をこらえながら口にした。

アインは別れ際に彼女を強く抱きしめて、彼女の傍で言う。

「行ってくる」

と。

それから名残惜しさを必死に振り払い小船に乗り込んだ。

目指すは海に浮かぶリヴァイアサン。小型船の上に立ったアインは、巨大なリヴァイアサンの姿に目を向けてその大きさに今一度驚く。

でかい。その一言に尽きる。

海に出たリヴァイアサンの姿はホワイトキングに乗ったことのあるアインから見ても遥《はる》かに巨大で、存在感に溢《あふ》れている。

「あんなのが動くんだから、すごいもんだ」

腕を組んで一人呟くアイン。

幸いにも、乗組員は遠慮してアインの近くから離れているとあってか、アインの独り言は海原に消えていく。

……だがそこへ、一人の女性が遠慮がちにアインの隣に足を運ぶ。

「あ、あのー……。なんていうんでしょうか、オリビア様からはじまって次はクローネさんとなってるので、私も何かを話すべきなのかなーとか思ったんですけど……」

「あれ？　クリス？　どうしてこの船に？」

彼女は騎士服ながらも、鎧《よろい》は装備していないため軽装だ。

腰にはレイピアを携えているが、戦場に向かうような格好ではない。アインが小船に到着するまでの様子を見ていたらしく、自分はどうするべきかと迷ったような佇《たたず》まいだった。

「お見送りに来たんです。私は残念ながら、不本意ながら、苦渋の決断ですが別行動となりますから」

「はは……えっと、ごめん？」

クリスは軽く頬を膨らませ、私は不満ですよ、と隠すことなくアインに伝える。

「アイン様がロイド様たちと合流次第、私たちは港町ラウンドハートから攻め入ります。私はプリンセス・オリビアに乗って向かいますので、その後は挟み撃ちという形となりますね」

淡々と語る彼女の姿は、依然として不満そうなのに変わりがない。

「その、この作戦が効果的なのは分かってるんですけど、護衛の私が別行動っていうのは……どうなんでしょう？」

「実は申し訳ないって思ってる」

ちなみに、作戦立案はアインだった。

作戦立案よりも、クリスを納得させる方が難しかったのは公然の秘密である。

「お詫《わ》びの言葉は結構ですので、ちゃーんとロイド様たちと合流して、私とも合流してくださいね！　あ、それと！　隠れてリヴァイアサンに乗り込むっていう計画はまだ頓挫《とんざ》してませんからね！」

「俺に教えたら隠れてって無理じゃない？」

「アイン様にバレなければ、なんとかなるんじゃないかと」

「権力の不正利用はダメだよ？」

アインの言葉に、クリスがはじめて悲愴《ひそう》感を浮かべた。

「と、頓挫してしまいました……。こうなってしまっては仕方ありません！　なんとしても無事に合流してくださいね！」

「うん。分かってる。そのつもりだから、安心していいよ」

「絶対に絶対にですからね！」

彼女が強く言ったところで。

「…………もうここまでですね。ではアイン様、どうかご武運を」

リヴァイアサンのすぐ傍に停泊した小船がタラップを繋《つな》げたところで、クリスはアインの傍から去っていく。彼女も仕事が残っているのだろう。アインは去っていくクリスの背中に「行ってくる」と短く返してタラップを見た。中ではディルが到着を待ってるはず。加えて、治療役としてのバーラもすでに自室の設備を確認していると聞いている。

――――揺れるタラップを一歩一歩進み、とうとうアインがリヴァイアサンに乗船した。

甲板の大きさに驚いていると。

「出発の挨拶《あいさつ》は済んだか？」

「っ……お、お爺様《じい》!?」

ディルや数人の近衛騎士《このえ》を侍《はべ》らせてシルヴァードが待っていた。

一言でも会話をしたい……と思っていた相手の登場で、アインは後ろに倒れてしまいそうなほど驚いた。

「なんだ、そう驚くことでもあるまい」

「驚きますってば！　ずっと話せなかったですし……ッ！」

「許せ、余にも葛藤《かっとう》はあるのだ」

すると、片手を自らの耳に持っていき、着けていたピアスを手に取った。

「ララルアにも叱《しか》られた。ふふ……王妃に叱られる国王なんぞとんだ笑いものだろう？」

アインが知らないところで、ララルアに何かを言われたのだろう。

自責の念に駆られた様子のシルヴァードは取り外したピアスをアインに差し出し、耳に着けるよう促す。

「持っていけ。これがアインの命を守ることを余は祈っておる」

これは大地の紅玉だ。

以前は海龍騒動の際にアインの命を守ったことのある秘宝とされている魔道具で、造るのが難しくて量産できず、王家にも用意がない逸品である。

「これは余の分だが、今それを持つべきはアインである」

「駄目です。ただでさえ本国の守りが薄くなるのに持っていけません」

「こちらの守りは心配するな。各都市の防衛体制は過去に例を見ないほどなのだぞ？　明日の朝には王都の至る所にも魔導兵器が配置される。言うなればその状況で王都が陥落することがあらば、たとえ海を渡った戦力が居ても結果は変わらないということだ」

アインに何か言わせる前に歩き出して、近衛騎士をつれたまま小舟へ向かっていく。

大股《おおまた》で、そして威勢のいい足取りで。

後姿をじっと眺めていると、ディルが近づいてきて口を開く。

「陛下はしばらく前にこのリヴァイアサンへとやってきて、技術者や乗組員へと厳しい顔つきでいくつも尋ねていらっしゃいました。最後まで心配そうにしていらっしゃいましたよ」

「……隠さないでもよかったのに」

「陛下なりの矜持《きょうじ》もございましょう。我々騎士から見ても、陛下はアイン様の身の安全を強く案じていらっしゃいました」

憂愁に染まるため息を漏らしたアインは振り返ると小船に向かって深く頭を下げる。すでにシルヴァードの姿は見えないが、アインなりの礼を尽くした。

「ちゃちゃっと終わらせて帰ってこよう。ロイドさんと合流して、すぐにケリを付けて凱旋《がいせん》するんだ」

希望に満ちた言葉を口にしたところにマジョリカの声が届く。

「そうよー殿下、その意気で頑張りましょうね」

「マジョリカさん!?」

「こんばんは。瘴気《しょうき》に関しては私も詳しいから任せてね」

濃厚な花の香りがする香水を身に着けたマジョリカ。身体《からだ》をクネらせながら近づくと、背負っていた巨大なバッグを床に置く。

「はぁ、重かった」

「どうしてマジョリカさんが？　この船、ロックダムに行くのに？」

「そんなのは重々承知の上よ。私が居るのはね、陛下に頼まれたからよ。瘴気と魔物に詳しい私の助けがほしい、ってね」

「……あっちは危険だよ」

「あらあら。危険なのは殿下も同じよ」

男気溢れるマジョリカの言葉に、アインとディルの二人は圧倒的な頼もしさを感じた。

「それじゃ、私は用意してもらった部屋に行ってくるわねぇ。何かあったら呼んでちょうだい」

振り返ったマジョリカは背を向けながらも手を振って立ち去って行く。

「なんというか、頼もしい人だよ」

「ははは……」

ディルの乾いた笑い声を耳に入れ、アインは気持ちを切り替えた。

「資材の積み込みは終わってる？」

「ええ、アイン様が乗船した時点でほぼ終了しておりました。兵器に関しても父上たちが持っていったものよりも強い弩砲《どほう》を十門ほど用意しましたので万全です」

「ちなみにどう強力なの？」

「単純に効果範囲や威力に大きな違いがございます。ただ、父上が持っていった弩砲と比べ重量や大きさに違いがありまして、長距離の運搬には向かないのですが、今回は近衛騎士に無理やり運搬させますのでご安心を」

ディルの答えに、アインが頬を引きつらせる。

「それって、大丈夫なの？」

「問題ありません。父上たちがバードランドまで進軍している今ならば、多少の無理が利くということですので」

「あぁ……それならいいけど。ほら、無理に身体を動かせてもさ」

「お気になさらずに。近衛騎士が鍛えているのはこうした事態のためでございますし、牽引《けんいん》用に飼いならされたバイソンを多数用意しております。いざとなれば食料にもなりますよ」

働かされた挙句、食料にされるというのは切なさが募る。

バイソンの味を知るアインとしては、それを否定できないのも悲しいところだった。

「そろそろ出航するかと」

ディルの言葉から間もなく、海龍艦リヴァイアサンがゆっくりと海原を進み、王都から少しずつ離れていく。

「────って!?」

そう思っていたのもつかの間、あっという間に加速した。

その速さは格別で、今までに無かった速度だ。

加速をつづけるリヴァイアサンの姿は、プリンセス・オリビアでもなければ、ホワイトキングとも似つかない。水をかき分けて進むというよりも、まるで水が意思を持って道を差し出すような、そんな錯覚に陥るほど自然で、海の王というに相応《ふさわ》しい。

リヴァイアサンが進んだ後には一直線の波紋が海面に姿を見せる。聖域のような存在感を見せつけると、我が物顔で海原を駆けていく。

「夜明けには、ロックダムに到着します」

「到着まで少し休もうかな」

「はっ。ではお部屋までご案内致しましょう」

まだ冬のこの日、ついにアインが海に出た。

夜明けまではそう長くない。少しの間でも休むことに決めたアインは、ディルの案内でリヴァイアサン内の自室に向かうと、城の自室と変わらない造りの良さに驚かされる。

窓の外に広がる真っ暗な海原を見ながら。

遠く離れたバードランドにて、ロイドたちが無事であることを切に祈った。

◇　◇　◇

「——イン様！　アイン様ッ！」

ディルがアインの身体を揺さぶったのは空が白みだしてきた頃《ころ》である。

こうしてディルに起こされるのは初めての経験で、アインは新鮮味を感じながら身体を起こす。

ベッド横のテーブルに軽食が置かれているのを見て、それを口に運んだ。うんと身体を伸ばしながら窓の外を見て、すでに停泊していたことを知って尋ねる。

「ここまで何も問題はなかった？」

「……アイン様を起こすような問題はございませんでした」

含みのある言い方だった。

「ってことは、ちょっとした問題はあったんだ」

「二度ほどですが、海の魔物の集団とすれ違ったのです」

「ちょっとしたどころじゃないじゃん。なんで呼ばなかったのさ」

「それが、蹴散《けち》らしながら突っ切ってしまい、特に問題にならなかったもので……」

シルヴァードの船ホワイトキングだろうとも、魔物の集団とすれ違えば、蹴散らすように進むなんていう真似《まね》は不可能だ。

それを二度も成し遂げたと聞き、アインは口に含んだサンドイッチを真顔で咀嚼《そしゃく》する。

「頼もしい限りだよ、ほんと」

さて、当たり前だが、イシュタリカ王都の港に納まらないリヴァイアサンがロックダムの港に納まるはずもない。少し離れたところで停泊したリヴァイアサンの下に、一隻の戦艦が近づいてくるのが見える。

「近づいてくる戦艦がご覧になれるかと思いますが、そちらに兵器や資材を移し、我々もロックダムへと上陸いたします」

「ん、りょーかい。色々と驚かされたけど、とりあえず無事に着いたのは何よりだよ」

「――では」

「ああ、行こう」

「かしこまりました。アイン様のお荷物はすでに手配済みですので、そのままご移動をお願い致します」

いつもながら仕事のできる男だ。

だが、ふとディルを見ると珍しいものに気が付いた。

「そんなネックレスしてたっけ？」

猫を模《かたど》った小さなネックレスがディルの胸元で存在を主張している。

「カティマ様がくださったんです。なんでも、助手の証《あかし》と仰《おつしや》ってましたが」

「あー、助手《お世話係》ってことね。なるほど、うん、良かった良かった」

考えることを放棄したアインは足早に扉の方へ歩いて行ってしまう。

「アイン様、何か言い方に含みがあるような気がしますが」

「いや何もないから気にしないで。大丈夫、何も問題ない。さ、早くロイドさんのところに行かなきゃね」

こうして、アインを含むイシュタリカの援軍がロックダムに到着した。

リヴァイアサンの姿には先にロックダムに来ていた騎士らも驚くこととなったが、アインがやってきたことでそれ以上の驚きを見せ、沸いた。

士気はまさにうなぎのぼりで、彼と共にバードランドへ向かう者たちの活気は驚異的だ。

率いる軍勢は騎兵が多く、ロイドが既に踏破した道のりは大きな弩砲があっても障害はなく順調な滑り出し。


そして、更に一晩経《た》ち、次の日の昼のことだ。

アインはとうとうバードランド周辺にたどり着き、戦場をくまなく見渡した。

一行は小高い丘陵からバードランドを見下ろしており、まだハイムの軍勢に気が付かれた様子はない。

「あらまぁ……急いで来て正解だったみたいね、殿下」

さすがのマジョリカも驚きのあまり眉《まゆ》をひそめてしまう。

「マジョリカ殿の言う通りです。アイン様、急いで正解でしたね」

「うん。本当に急いで来てよかったよ」

「……アレが瘴気《しょうき》を漏らすっていう馬車かしらねぇ？　肥えた第一王子が乗ってるっていう」

「間違いない。アレが、ウォーレンさんが言っていた不穏分子の正体だ」

マジョリカが指を伸ばした方角の平地には一台の豪華な馬車が停車している。金銀宝石を使った外装と違い、漏れ出す空気の色は毒々しい色合いをしていた。

周囲を半魔が護衛するように取り囲み、ローブを着た男が立ってはいるが。

(あれぐらいなら何とかなる)

大した戦力はおらず、多くがバードランドに居るロイドの軍勢を攻略せんとしているのが分かった。

「個性的なペットを連れてるみたいねぇ」

「躾《しつけ》のなってないペットはただの猛獣だよ。────ディル」

「はっ。いつでもアイン様のご指示で砲撃を開始します」

「それで殿下、どうするのかしら？」

「……見ての通りロイドさんが押されてる。ハイム兵の様子もおかしいけど、半魔の数が多すぎて対処できていないんだ」

冷静に戦況を見つめたアインは、自らの考えを確認するように一つ一つを口にする。

「ここの防衛線を越えられたら、ロックダムだってひとたまりもないはず。ロイドさんがここで踏ん張ってくれたおかげで、何とか持ちこたえられてるのが現状だ」

「殿下の言う通りね。この劣勢の責任を元帥閣下に求めるのは酷だと思うわ」

「ああ、だから俺たちが助けに行かなきゃいけない」

アインは馬を数歩進めると、ディルとマジョリカに振り返る。

二人が頷《うなず》く姿を見て、アインは満足そうに微笑《ほほえ》んだ。

それから今度は騎士の方を向いた。

騎士たちの顔は険しい。バードランドを襲う半魔の数は想像以上で、ハイム兵の様子も相まり、この異様な光景に絶句しているという印象である。

(このままじゃ、駄目だ)

命令すれば、騎士たちは雄々しく戦うだろう。

だが、本来の力を発揮できるかと思うと、今の士気では難しい。

「皆、隣にいる仲間を見ろ」

どこまでも届きそうな澄んだ声で、アインが連れてきた軍勢に語り掛ける。騎士たちが僅かでもいつもの様子を取り戻せるようにと願いながら。

「戦友の顔を見ろ、その身に纏《まと》う鎧《よろい》を見ろ。皆の目に映る総《すべ》てが我らの誇りだ」

――……ザッ。

静かに、そして少しずつ……騎士が槍《やり》を突き立てる音が響く。

――ザッ……ザッ……!

音が徐々に増えて、少しずつ声が重なっていった。

心なしか、騎士たちの顔に覇気が戻りつつあった。

「槍を突き立てろ。剣を振れ。敵の身体を砕け――――ッ!」

そして、ついにアインが黒剣を抜き去る。

と同時に、黒剣が眩《まばゆ》い光を放ち、半魔の動きを鈍化させたのだ。ただ、これは彼の意思によるものではない。

黒剣は自らの意思において光を放ち、この戦場を照らしていた。

――――アインは不意に。

これって……と自然に言葉を発していた。

「――――光だ」

あ、あ、あの時のジェイルと同じ言葉を口にして、空を見上げる。

遥《はる》か上空から降り注ぐのはただの雪ではなく、光の雪だ。やがて地上に舞い降りて、蔓延《はびこ》る半魔の群れの中で爆《は》ぜると。

白銀の風が平地を駆け巡り、この周囲の瘴気を一瞬で浄化した。

……戦場に訪れた静寂の中で、アインは今一度、黒剣を高々と掲げる。

「駆けろッ！　我らが家族の許へッ！」

丘陵を望む平地にて、黒い波を成すハイムの軍勢を見ながら。

誰《だれ》よりも先陣に立ち、丘陵の下に広がるこの戦場へ号令と共に馬を走らせた。

彼につづいて一斉にアインの軍勢が走り出す。用意された四門の弩砲が攻撃を放つと、周囲の半魔たちがあっという間に吹き飛んだ。

アインが瘴気を払ったのは束《つか》の間《ま》、すぐに馬車から生じた瘴気が戦場に漂いはじめてしまう。浄化される前に比べて薄いが、すぐに対処すべきことに変わりはない。

「……あらあら、いつの間にか王様らしくなっちゃって」

「我ら自慢の王太子殿下ですよ、マジョリカ殿」

「そうね。でも……さっきの凄《すご》い力はなんだったのかしら……」

マジョリカは困惑しながらも心を震わせていた。

最前線を駆ける王太子を見ていると、彼についていけば大丈夫という気持ちにさせられる。これは付き従う軍勢も同じで、皆一様に、先ほどの光を見た後から士気が留《とど》まることを知らず、高まるばかりであった。

「ディル！　左翼を任せる！　バーラが居る後方の支援部隊に敵を近づけるな！　マジョリカさんは右翼の敵を追い込んでほしいッ！」

「ちょ、ちょっと殿下ッ！　殿下はどうするのよ！」

「弩砲《どほう》の勢いのおかげで馬車の周りが開いた！　俺があの馬車を破壊する！」

瘴気に対する完全耐性はアインしか持っていない。

馬車の周りが手薄になったのを見て、アインは一人中央を駆けて馬車に向かった。

やがて砂塵《さじん》に混じって、徐々に瘴気が流れ出る。

「アイン様ッ！」

ディルが駆け寄ろうとするが、アインがそれを制した。

「俺じゃなきゃ駄目なんだ！　だからディルは俺の方に敵が来ないように援護してほしい！」

「ッ―――――はっ！」

「しっかたないわねぇ！　大地の紅玉があるからって、あまり無理はしないようにね！」

「分かってる！」

ハイムの軍勢が慌てたのを見てアインはほくそ笑む。

「ギギィッ！」

「邪魔だ、退《ど》け！」

死角から襲い掛かるネズミを一刀で切り伏せると、一直線に馬車を目指した。

不思議といつも以上に力が満ちているように感じたアインは、マルコの剣と一体になったかのような充足感に浸る。

万能感にも匹敵し得る精神的な強さと共に、明瞭《めいりょう》な視界で辺りを見渡す。

………指揮官はどこだ？

探していると、角笛の音が戦場に響き渡った。

「敵の援軍か……？」

急がないとロイドが危ない、慌てそうになる頭を落ち着かせた。

それから、頭を左右に振って馬車に対してだけ意識を向ける。先にあの馬車を破壊しなければ意味がない。

瘴気《しょうき》を消さなければ、戦えるものも戦えない。

「ッ……嫌な臭いだな」

例えるならば、腐臭に近い香りがアインの鼻に届く。

砂塵と瘴気の香りに気が滅入《めい》ってしまうが、眉間《みけん》にしわを寄せながら馬を急がせるも、そこを狙《ねら》う者たちが居た。

「で、んか、の、御前、だ」

「下が、れ。蛮、族め」

掠《かす》れた声で、独特の語り口調で口を開く二人の御者。深く被《かぶ》ったフードのせいで表情が窺《うかが》えないが、普通の人とは思えない。

アインが馬車に接敵したところで現れると、御者は槍を構えて襲い掛かる。

「っあ、あ……、ッ！」

「ハイ、ムのた、め！　ハイ、ムのた、め！」

とは言え、アインの敵ではない。

黒剣を受け止めた御者はその切れ味に負けて槍ごと切り伏せられ、残ったもう一人の御者は走り出して戦線を離脱した。

向かって行ったのはバードランドの町付近の戦場で、アインからすれば拍子抜けである。

「……なんだったんだよ、あいつ」

この御者は一体何なのかを探るため、切り伏せた御者に近づきフードを取る。

……その中にあったのは、アインが想像していなかった姿だった。

「ッ――――」

元々は普通の人間だったのかもしれない。

だが、フードの中にあったのは、身体《からだ》が半分腐った男の顔だ。どのようにして変貌《へんぼう》させたのかは分からないが、人道的なものではないことは一目瞭然《いちもくりょうぜん》。

アインは気分を悪くしたが、急ぐままに馬車へと近づく。

すると瘴気が浄化されて色を失い、馬車の扉が勝手に開かれていく。馬車の中を窺いながら進むと、中にいる人物の姿に気が付いた。

中にいた人物もまたアインに気が付いた様子で、上機嫌な声色で語り掛けてきた。

「……お、おォ！　可愛《かわい》らしイ女だ！　ほれ、近くによ、寄れ！」

「お前がレイフォンか」

「わ、わた……私は王太子レイフォン。ほ、れ、早くここ……こっちにきて、服を、脱げ！」

「――何を勘違いしてるのか知らないけど、俺は男だよ」

確かハイムの第一王子のはずだが、吐き出す息がドス黒い。あげく、服の中からも瘴気が漏れ出していることに気が付かされる。

瘴気を振りまいていたのは馬車ではなくレイフォンなのだと。

「は……ははぁ？　なにを言ってる、いいいいい……いいから、近くに、こここ……来い！」

自らを王太子と呼称したレイフォンが服を脱ぐ。

アインは一瞬目を背けるが、目を背ける寸前にとあるモノを見つけてしまった。

それはレイフォンの胸の間に埋め込まれた、黒く濁った丸い石だ。太い血管がその石に繋《つな》がっており、時折、気味悪く脈動する姿を見せつける。

「その石はどうしたんだ」

「ここここ、これはもらったんだ！　あ、の高貴な、方に……！　あ？　高貴な方って、誰だ？　私……私？　――おおおお、おい！　はやく、はやくこっちにきて、服を……脱げ！」

「ああ、赤狐か」

レイフォンに対しての情はないが、こうして好き勝手されたことには少し不憫《ふびん》さを感じてしまう。

深くため息を吐《つ》いたアインは、ゆっくりと馬車の中に入って、レイフォンのすぐ傍に足を運んだ。

「は……あ……？　あ、あれ？」

アインの剣がレイフォンに埋め込まれた石を貫くと、レイフォンは口をパクパクさせながら石を撫《な》でさする。すでに砕けてしまった石から少しずつ黒い粘着質の液体が漏れ出すと、萎《しお》れるようにレイフォンの身体が細くなっていく。

「あ——あ、はぁっ！　……はぁっ……ぁ……」

苦しそうに喉《のど》を掻《か》きむしるレイフォンを見て、アインも咄嗟《とっさ》に顔を背けてしまいそうになった。

しかし、険しい瞳《ひとみ》でレイフォンの変わりゆく様に視線を向ける。刃《やいば》を向けたことへの責任とまでは言わないが、見届ける義務があると感じたのだ。

「か……はぁっ……かっ……はぁあああああああ」

骨と皮のような、まるでミイラのような姿になり、それがレイフォンの最期となった。レイフォンから瘴気が漏れ出さなくなったのを確認すると、アインは重い足取りで馬車を出る。

「——くそッ！」

馬車を出たアインが剣を振ると、今度は馬車があっけなく真っ二つに切り裂かれる。

鈍い音を立てて馬車が崩れ、俯《うつむ》いたアインが地面を強く蹴《け》りつけた。

そこへ、馬を連れてディルが駆け寄ってくる。

「ご無事ですか!?　急に敵軍の動きが弱まったので不審に思い参ったのですが……ッ」

「動きが弱まった……半魔が瘴気で強化されていたから、とかなのかな」

仮説を考えたアインが一人納得する。

すると。

離れた場所、バードランドの町の方で強い気配を感じて目を向けた。

あれは――――。

「エドワード……ッ！」

とうとう見つけた敵の姿に瞳を憎悪に染めあげて。

でも、エドワードの目の前で膝《ひざ》をついた者の姿に気が付き、慌てて馬へ戻った。

「アイン様ッ⁉」

「急がないと、ロイドさんが危ないんだッ！」

「父上が……？　まさか奴《やつ》は……ッ⁉」

このままでは間に合わない。

すぐにでもロイドの身体が貫かれ、物言わぬ身体となり横たわってしまう。

「何か！　何かあるはずだ……ッ！　何かが……ッ！」

苦し紛れの判断だが、敵の目を欺くためにも黒い霧をアインが放つ。ブラックフオルンが持つ人の目を欺くための霧だったのだが、少しは時間を稼げることに期待して。

そこで不意に脳裏を掠める言葉があった。

『俺の名はアイン、アイン・フォン・イシュタリカだ。正統なるイシュタリカの血を継ぐ次代の王であり、イシュタリカ王家二人目の――――』

――――そうだ。俺はイシュタリカ王家の二代目の魔王だ。

マルコとの戦いで口にしたことを思い返し、それもドライアドの血を引く魔王であることを強く心に思い浮かべた。

「こんなところで、諦《あきら》めるはずがない……だろッ！」

苦し紛れではないと言ったら嘘《うそ》になるが、確かに全身に力を込めた。

「届けぇぇぇぇえええええッ！」

シス・ミルで、祠《ほこら》の最深部でジェイルと戦った際にクリスを守ったときと同じように。

ドライアドの力が届くようにと、心のうちに強く思い描いて――――。

◇　◇　◇

強烈な痛みを発する左目を押さえながら、ロイドが気合で顔をあげる。

すると、突然、ロイドの身体が息子の腕に支えられた。

「父上！　ご無事ですか！」

「ディ、ディル!?　お前、どうしてここにいるッ!?」

「説明は後です！　バーラ殿も同行してますので、まずはこの場を離れましょう！」

愛する祖国イシュタリカで待っていたはずの息子の声に、ロイドの内心は号泣したくなるような感情に襲われた。

ロイドはされるがまま、ディルに肩を抱かれて身体を起こす。

「マジョリカさんもディルと一緒に行ってほしい。こっちは俺に任せて」

「アイン様までッ！　ど……どうしていらしたのですッ！」

王太子がやってきていい場所じゃない。騎士の士気はうなぎ上りだろうが、万が一を思えばロイドは少しも賛成できない事態だ。

「悪いけど説明は後でするよ。半魔たちもある程度は無力化してある。もう騎士だけで十分立て直せるから、それも心配はいらない。だから――――」

アインはロイドに向けていた視線をずらすと、苛立《いらだ》った様子のエドワードに目を向けた。

「あいつの相手は、俺がする」

皆がアインを残すことに不満そうなのに変わりないが、アインが折れないことを知っているから誰《だれ》も言葉は発さず、彼の指示に従った。

「久しぶりですね、エドワードさん」

エウロでの会談以来の再会であった。

「ええ、お久しぶりです。前回お会いしたときと比べ、随分と大きくなりましたね」

「おかげさまでね」

「………益々《ますます》あの憎らしい男の顔にそっくりになったようで」

――なにを言ってるんだ？

エドワードの呟《つぶや》きに疑問を抱くが、尋ねるより先に奴が言う。

「さっきのアレは、貴方《あなた》が？」

不愉快そうに、エドワードがアインの出した根に目を向けた。

「ああ、俺が出した」

邪魔をした忌々しい木の根へ流し目を。

頷《うなず》き返されたところで苛立ちの声を。

「そうですかそうですか――――ッ！」

彼は突然槍《やり》を手に取ると、アインの首目掛けて突きを繰り出した。

しかし。

「急な攻撃だな。話がしたいのかと思っていた」

「……避けましたか」

「駄目だったかな」

「いえいえ、決して駄目ということはございません。驚いただけですよ。正直、これで死んでくれるかな、と期待していたので」

アインは困ったように笑った。例えるならば、何処《どこ》にでもいる好青年のように。

……だが、次の瞬間には明確な殺意を込めた一撃をエドワードに放つ。まばたきの刹那《せつな》に彼の視界から姿を消し、気が付くと面前にて剣を振る。

「な……ッ!?」

黒剣が薄皮一枚を切り裂くと、鮮血が微《かす》かに宙を舞った。

彼は圧倒的な速さに驚くよりも、アインが持つ黒剣を見て驚いた。

「その剣はあの鎧《よろい》野郎の……いや！　違う！　だがどうしてその剣を持っているッ!?　あの男の！　忌まわしき王の剣を何故《なぜ》！　どうして貴様が手にしているッ！」

頬から流れる血を手で触りながら。

エドワードの顔には、何かを懇願するかのような、そんな切なさが感じられた。言い方を変えれば、出会いたくなかった存在を前に畏怖《いふ》しているようでもある。

「な、なんで！　どうして……どうしてッ！」

呼吸を荒くすると、槍を片手に駄々っ子のように地団駄を繰り返す。

「その顔でッ！　この私を下に見るだとッ⁉　あぁ気持ち悪い気持ち悪い気持ち悪いッ！」

騒ぎ立て、振り回される槍はそれでも熟達した見事なものだ。

そして、エドワードの一撃は重くて速い。しかしアインは身体中に漲《みなぎ》る力を駆使して何度も何度も受け止めて、更にエドワードの神経を逆なでした。

「気に入らないですね」

すると、突然エドワードの動きがピタッと止まる。

「貴方が見せる剣技、私はこちらも気に入らないのです。貴方自身の指で、目でも抉《えぐ》り取って野垂れ死んでくれないでしょうか」

「馬鹿なことを言ってる自覚はあるか？」

「当然、言ってみただけです」

情緒不安定、そんな一言じゃ片付けられない。

エドワードが幾度となく見せた変貌に、アインはこの男の人物像が分からなくなる。

物騒なことを口にするエドワードの表情は出店で子供に氷菓子を手渡す老人のような、そんな人の好《よ》さそうな笑みを浮かべている。

しかし言葉の棘《とげ》と、内包された殺意は鳴りを潜めていない。

「なんとしても殺したくなりました。よろしいですね？」

頷いたアインがデュラハンの手甲を纏《まと》った。

「ははは……どうしてです。どうして、貴方がその忌まわしい鎧を身に纏《まと》えるのですか。不思議ですねぇ」

エドワードは首を深い角度で傾《かし》げると、鬱憤《うっぷん》を晴らすかのように、自分の髪の毛を数本ずつ抜きはじめた。

「あのお方からも止《や》めろと言われていたのですが、どうにも抜毛癖が収まらなくてですね。心因的な負担を感じてしまうと、つい、こうして自分の髪の毛を抜いてしまうのですよ」

「……」

「こう、指先で髪の毛をすーっと梳《す》くとですね、時折枝分かれしたような毛を感じるのです。それを感じると、私は愛《いと》しい女性とまぐわう時のような高揚感を味わえるのです」

唐突にはじまった自分語りに、アインは黙ってエドワードの様子を窺《うかが》った。

気色の悪い言葉には鳥肌が立つのが止まらない。

「達したときの快楽とは比べられませんが、刹那的な悦楽としては違いがありませんから」

「……へぇ」

「はぁ……今のような態度も気に入らないのですよ。人を見下したような、上から目線の声色が苛立ちを募らせるのが何故分からないのですか？」

彼の言葉は狭量でありながら、独特の価値観が垣間《かいま》見《み》えた。

最後は大きくため息をつくと、身体《からだ》をくの字に反らして、しなやかな動きでアイン目掛けて槍を押し出す。

「今まで以上に殺すつもりでいきますね」

アインは剣でそれを防ぐと、エドワードの顔を見て次のように答える。

「俺もそうするよ」

と。

その後で背中から現れる四本の黒い触手、幻想の手。

「あはぁ……おかしいなぁ。懐かしいものが出てきましたねぇ」

「威力も懐かしいかもしれないぞ——赤狐ッ！」

四本の幻想の手が意思を持ったかのように動き回る。

エドワードの足、胴、頭、そして槍目掛けて、すべてが例外なくエドワードを倒すために蠢《うごめ》いた。

「チッ……忌々しいッ！」

「……やっぱり速いか」

コンマ数秒も遅れれば首を落とせていた。鋭いアインの一撃が、エドワードの首筋……から逸《そ》れて、鎖骨の辺りに切り傷を作るも。

エドワードの動きは速くて、辟易《へきえき》としてしまう。

あっという間の反撃がアインの肩に向けて襲い掛かる。デュラハンの手甲で防ぐことができたが、普通の鎧では貫通していただろう。

「これが戦闘巧者のやり方というモノなんですよ」

言い終えると同時にエドワードが槍をアインに投げつけ、生じた隙に乗じて更に深く懐に入り込む。スラックスからナイフを取り出してアインの胸元に突き立て――――たのだが、エドワードはそのまま動きを止めてしまった。

「教えてくれて助かるよ。お陰で良い技が学べた」

アインの語りはまるで大根役者のそれである。

エドワードからすればどうしてか、これではわざと懐に入らされた感覚すらあった。不思議に思っていると、アインの耳元で煌《きら》めいたものを見つけてしまう。

「大地の、紅玉……？」

アインが不敵に笑う。

すると、エドワードは背後に迫る気配に気が付いた。

隙が生じたことは事実だが、アインは隙が生じることを前提に動いていた。

肉を切らせて骨を断つ――――エドワードが完全に踏み込んだとき、エドワードは幻想の手から逃れられなくなると踏んで。

「この――――……ッ！」

器用に身体を動かすと、エドワードは必死になってアインの近くから離れようとした。大地の紅玉を破壊することも考えたが、そんな暇はない。

攻撃したと同時に自分の胸が貫かれ、ただ犬死する羽目になる。

「いや、避けさせるつもりはない」

一本の幻想の手がエドワードの太ももに深く突き刺さった。

咄嗟《とっさ》に身体を翻し、黒剣が胴体を切り裂くより先に、ナイフを抜いて、幻想の手を切り裂いて危機を脱する。深く突き刺さった幻想の手の名残《なごり》で、血液が滴るのが止まらなかった。

距離を取ったところで呼吸を整え、相対するアインを睨《にら》みつけた。

「さっきまでの威勢の良さは何処にいった、赤狐」

「はぁ……はぁっ……お前みたいな生き物は……はじめて見ますよ……ッ！」

じりじりと距離を稼ぐエドワードを見て、アインはゆっくりと慎重に一歩一歩前に進む。

「元帥よりも強い王太子なんて、それこそ聞いたことがありませんがねッ！」

土を踏みしめる音だけが響く。

周囲では未《いま》だに二つの勢力がぶつかり合っていたが、アインとエドワードの立つ場所は、それらとは別世界のように隔絶されている。

「……貴方は、まるであの男のような人だ」

軽薄そうにへらへらと笑いながらエドワードが口を開く。

「貴方はジェイルによく似ているのですよ。指導者のくせに先陣に立つ、それでいて強い存在感に満ちている。貴方は容姿も相まって瓜二《うりふた》つのように思えますねぇ……ッ！」

「……だったら、なんだっていうんだ」

「いいえ、別に何もありませんよ。ただ、それが気に入らないっていうだけですから」

息を整え終えたようで、エドワードが胸を押さえながら背筋を伸ばす。太ももからは真《ま》っ赤《か》な血液が流れ出るが、気にしない様子で笑っていた。

「ああ、今頃《いまごろ》になって思い出しました。そういえば私の元娘が世話になってる様子で。……お手数を掛けましたね」

「元娘？　お前の？」

「バーラです。もしかすると、次女のメイも共に世話になってるのでしょうか？　いやはや、名を聞いたのが久しぶりなせいで思い出せませんでしたよ」

「二人がお前の娘？　嘘《うそ》じゃないのか？」

「こんなことを嘘ついてどうしますか。とはいえ、私にとって二人は大した意味を持ちません。そちらで使い捨てても構いませんよ。あの二人は人間の性質が強く、核も魔石もありませんから、ただの人間として好きになさいませ」

「……下種《げす》だな」

今の話は何があってもバーラには伝えないし、父と会いたいかとも尋ねないことにした。

ベリアの話を聞いてからというもの、ウォーレンやベリアに対しての疑念は徐々に霧散しているし、たとえバーラの身体に赤狐の血が流れていようとも、イストでの偶然の出会い、それから城で仕えてくれた彼女を信じようと思えたのだ。

「役柄なんてそれこそ人の数だけございます。それを否定されても……おや、しかし随分と落ち着いていますね。なぜです？　宿敵と思っていた種族が身内に居ただなんて、普通に考えれば動転して当たり前でしょうに」

――なぜですか？

相変わらずやつれた様相を見せるが、エドワードがアインの心境に興味を抱いた。

アインは慌てるどころか、最初にエドワードを罵倒《ばとう》してみせたからだ。

「ウォーレン、それとベリアの名前に聞き覚えはあるか？」

「全く知りませんねぇ、その男女二人がどうし――……ああ、なるほど、バーラの件を知っても落ち着いていたのは、そうした事情でしたか」

合点がいった。そう言わんばかりに、下卑《げび》た笑みを浮かべたエドワード。

「あの二人だったのですね。今になってもイシュタリカの宰相を務めるなんて、よっぽどあのピクシーに気持ちを奪われていたようだ。ふふっ、姿かたちが変わりすぎて、全然気が付きませんでしたよ」

すると、エドワードは力ない手つきで拍手を送った。

舐《な》めた態度が気に入らなくて、そろそろ勝負を終わらせたかったアインが半分無意識に足を前に進めた。

一方でエドワードは下卑た笑みを浮かべて、アインの苛立ちを掻《か》き立てる。

「さて、色々と楽しい話が出来ましたが、貴方はここで死ぬべき存在です」

そう言って、ズボンの裾《すそ》から瘴気《しょうき》を漏らす。

「お前……何を……」

「遥《はる》か昔も、誰《だれ》よりも邪魔だったのはあの男――ジェイルだった。そして貴方は、あの男と同じぐらい邪魔な存在なのですよ」

周囲の風が不意に、エドワードを中心に集まりだす。

アインはいつの間にか、多くの視線が向けられていることに気が付いた。そっと横目を辺りに向けると、その視線の主は半魔である。

エドワードが生み出した瘴気を吸い、以前に増して獰猛《どうもう》な呼吸を繰り返していた。

やがて地面が所々、不規則に隆起を繰り返す。

と同時に、エドワードはアインから大きく距離を取った。

「もう一度言いましょう、貴方はここで死ぬべき存在です」

言い終えてから指を鳴らした。

すると、多くの半魔が一斉にアイン目掛けて飛びかかる……が、それだけではない。半魔は隆起した地面からも現れて、数えきれない大軍を成した。

周囲を満たす半魔たちの瞳が怪しく光り、異様な光景を作り出す。

「貴方とて、この数を相手にするのは骨が折れるはずだ……ッ！」

「…………」

立ち止まって、何も言わなかったアインは悲痛な感情に苛《さいな》まれていた。

出現した半魔に埋め込まれた魔石を見て、悼んでいた。すべてが大戦で犠牲となった異人種の魔石と思うと、憤怒に劣らぬ悲哀が心を満たしてしまう。

「――――エドワード」

アインは双眸《そうぼう》をエドワードに向け、黒剣を逆手に構えた。

こうしているうちにも半魔の大軍が押し寄せる。

しかしアインは惑わず、動じない。いつしか周囲の地面が崩れ去り、完全なる孤立を迎えてもなお、微塵《みじん》も怯《ひる》まなかった。

それを見たエドワードは……。

「ッ…………!?」

逆に怖気《おじけ》づいて、無意識のうちに更に一歩後退した。

無尽蔵に現れると言ってもいい半魔が居て、囲まれたアインに勝ち目はない。そう思っていたはずなのに、どうしてか、自分が追い詰められているようだった。

「すぐ、そこに行く」

「はっ……はははっ！　何を馬鹿な――――」

ほぼ無尽蔵に湧《わ》く半魔を前にして、出来るはずがない。

エドワードが余裕を偽り笑っていると。


「――――驕《おご》るなよ、赤狐」


アインの声が、戦場中に響き渡った。

彼は黒剣を逆手に構えたまま地面に突き立てる。すると強烈な風圧が一瞬だけ、この周辺に波及した。

と同時に、周囲の地面が凍り付く。

表面は磨かれたクリスタルのように美しく、だが触れれば一瞬で凍傷に至る魔法の氷。

足を取られた半魔は数知れず、やがて全身が凍り付く。

加えて、飛びかかる最中だった半魔たちは――――。

「それは……その力は……ッ!?」

不意に地中から生じた太く鋭い氷柱に貫かれ、その多くが一瞬で葬られた。

「何故《なぜ》だッ！　どうして貴方がその力を……氷原の王の力を使えるのですッ⁉」

氷原の王という名は初耳だが、ウパシカムイであろう。

恐らく、エドワードはこの力の凄《すご》みを理解している。触れれば一瞬で凍り付くほどの氷は、魔力で作られたもので通常の氷とは別物であると。

「あり得ないあり得ないあり得ない……何故、どうしてあの力が」

「……エドワード、もう一度言うぞ」

先ほど、エドワードが言ったように。

「すぐ、そこに行く」

アインは言うや否や、あっという間に距離を詰めた。

氷龍の力は消耗が激しくて多用は出来ず、今のアインも疲れを催していた。それでも一息の間合いまで、ほんの一瞬で詰める。

「くははは っ！　あーっはっはっはっはっはっ！　どうしてです？　何故その力を貴方が？　全くもって理解が追い付きませんね！」

「別に理解してもらう気はないし、その必要もないッ！」

「ええ、貴方からすればそうでしょうね！　だが私は気になって仕方がありませ————ぐぁ……ッ⁉」

黒剣に肩口を貫かれ、つづけて身体《からだ》を足蹴《あしげ》にされたエドワード。

エドワードは頬《ほお》を歪《ゆが》めながらも、必死になって攻撃を躱《かわ》し、やがて。

「ギギィッ！」

どこからともなく現れたコウモリのような半魔が、アインの視界を一瞬だけ遮った。

「私はこのまま退かせてもらいます。認めるのは癪《しやく》ですが、貴方の相手をするには分が悪い」

エドワードはアインから視線をそらすと、何かを探し出すように辺りを見渡す。

「この分だと馬車にいた豚も潰《つぶ》されましたかね。まぁいいでしょう」

するとエドワードは忽然《こつぜん》と。

服の内側から漏れだした黒い煙に紛れて、霧のように消えてしまった。

「……くそ」

あと少しで命を奪えたのにと思うと、自分が腹立たしくて仕方ない。

アインは確かな勝利を収められたにもかかわらず、心の中を覆った曇りに顔を歪め、仕留めきれなかったことへの後悔を募らせる。

それから、次は逃がさない――――と、決意の声を空に向けて呟《つぶや》いたのだった。

英雄王のように

海を渡った先の大国、イシュタリカ王都にそびえ立つホワイトナイト城の中。

バードランドでの戦いに決着がついてから、数時間後のことである。

王族の部屋が並ぶ最上階へと、自慢の金髪を揺らし、大慌てで駆けて来たクリス。

「はぁ……はぁ……っ」

彼女は扉をノックするも返事を待たず、勢いと感情に従うままに部屋の中へ飛び込んだ。中に居たクローネとオリビアは疲れ、そして心労に苛まれていた様子である。

二人はソファに並んで座っていて、テーブルに積まれた紙の山を見るに仕事の最中だったようだ。

クリスはそこへ――――。

「オリビア様っ！　クローネさんっ！」

勢いよく飛び込むと、二人の身体《からだ》に抱き着いたのだ。

「ク、クリス⁉　急にどうしたの……？」

「きゃっ――――どうしたんですか⁉」

急に抱き着かれたことに驚いた二人だが、自分たちの顔のすぐ傍《そば》にある、クリスの頬を一筋の涙が伝ったことに気が付いて、最悪の事態が脳裏を掠《かす》めた。

でも、すぐに歓喜に満ちた声を聞き、二人の表情は喜色に染まっていく。

「勝ったんですっ！」

「クリスさん、それって――――ッ」

「はいっ！　ロイド様たちと合流したアイン様のご活躍があり、半魔の大群を相手にした戦いに勝てたんですっ！」

一番聞きたかった話を聞いて、抱き着かれた二人もクリスを強く抱擁する。

オリビアは涙をこぼしながらも笑みを浮かべ、何度も「良かった」と小さな声で呟いた。クローネも同じく喜びに身体を震わせて、右腕で揺れたスタークリスタルの輝きに戦地に赴いた想《おも》い人の強さを重ねた。

「……私も頑張らないと」

クローネの呟きを聞いたクリスがはっとして、抱きしめ合っていた身体を離した。

「こうしちゃいられませんっ！　私は今から港に戻って、支度のつづきをしてきますっ！」

「私とクローネさんのために急いで来てくれたのね」

「じ、実はそうなんです……騎士をほっぽり出してきちゃったので、戻ったら謝らないといけませんね……あはは……」

「ふふっ、クリスのおかげで元気が出たわ」

「私もですよ、クリスさん」

急ぎたくなる気持ちは誰《だれ》にだって分かるだろうし、咎《とが》める者は一人も居ない。

三人は最後に心からの笑みを交わし合い、クリスはオリビアの部屋を出てから、窓の外を見ながら胸元に手を当てた。

「アイン様、もうすぐお傍に行きますから」

彼に捧《ささ》げると言った魔石に手を当てながら空を見る。

遠く離れた異国の地に居るアインが怪我《けが》をしないように……と、イシュタリカを覆う広大な空から降り注ぐ雪を見上げ、静かに心の中へ想いを込めて。

◇◇◇

――今頃《いまごろ》、イシュタリカには雪が降っているんだろうな。

故郷を想うアインは片手に魔石を握り締め、密《ひそ》かに魔力を吸収していた。

（やっぱり、こうした方が満足できる）

近頃はこの傾向が強かった。

多くの魔力を使う機会が多かったからかは分からないが、こうしていると、普通に食事をしているよりも満足できたのだ。

（さて）

アインは魔力を吸い終えたところで、周囲を見渡す。

今は勝利を収めた翌々日の早朝で、バードランドの外にイシュタリカの軍勢が並び立っていた。

丸一日を英気を養うために使ってから、更に一日が過ぎ、進軍の日を迎えていたのだ。

士気は決して低くはないが、困惑や不安を抱いた騎士が散見される。当然だ。あれほどの大軍を前にしたばかりで、また奴らとの戦いがあるかと思うとこうなっていても仕方がない。

「…………」

並び立つ軍勢の前に立ち、アインは彼らの様子に考え込んでいた。

「アイン様」

片目を失ったロイドが語り掛けてきた。

連れてきたバーラ曰《いわ》く、戦いの直後でも回復の余地はすでになかった。しかしアインはロイドが片目で命を拾ったと思えば安いものだ、と剛毅《ごうき》に語っていた姿を今でも思い出せる。

「このロイド、本国に帰り次第、いかようにも罰を受ける覚悟でございます」

「え、なんでさ」

「士気の低下は私の責任です。私がより良い策を講じることが出来ず、そして瞳《ひとみ》を抉《えぐ》られてしまったことも原因であります。アイン様がいらしたことで士気は高まりましたが、これらは私が責任を負うべき問題に他なりません」

「いや、責任はないよ。この戦争は誰が指揮をしても辛《つら》かった。ロイドさんだからこうして戦える状態に留《とど》められてるんだ」

ロイドはもの言いたげであったが、言い切られたことで思わず口を閉じる。

するとそこへディルが駆け寄ってきた。

「そろそろ参りましょう。支度は終わりました」

「ありがと。……でも、このまま進むのはちょっと気になるな」

「士気、ですか」

アインは頷《うなず》いた。

実はアインが来てすぐ、バードランドの戦いが終わって間もない頃《ころ》の士気については、今と比較にならないほど高かったのだ。

本国に居たはずの王太子が応援に来ての勝利とあって、特筆すべきほどの士気があった。

しかしそれも、ハイムの大軍を思い返してか徐々に降下してしまっていた。

「ちょっと、皆に声を掛けて来るよ」

「……はっ！」

背を向けたアインの姿には覇気が漂い、縋《すが》りたくなるような器の大きさと、父、ロイドが自分に向けるような優しさを孕《はら》んでいた。


そして、ディルが感じたものに間違いはなかった。

「大丈夫」

と、穏やかな声で語りだす。

彼の声は穏やかでも不思議と騎士全員の耳に届き、皆の注目を一身に集めた。

騎士たちが何が大丈夫なのかというつづきを待っていると。

アインは静謐《せいひつ》さを漂わせながら、優しい表情で。

「全部全部、上手《うま》くいく」

母が泣きわめく赤子をあやすように、軍勢皆を包み込む慈悲深さを見せた。

何をもって上手くいくと彼が言ったのか理由は定かではなかったが、それでも皆は心のうちに確かな熱を感じていた。

大丈夫、あのお方の傍にいればきっと上手くいく。

心が、身体が、そう思わずには居られなかった。

アインはここで馬をさらに走らせて、僅《わず》かに進んだ先の小高い丘で立ち止まる。

皆の顔を見渡してから、英気が戻りつつあることに頷く。

朝日を背に――――。

「――――我らは英雄になる」

つづく戦争を見据えて言う。

「――――我らは勇者になる」

やがて騎士たちは歓声をあげ、つい数十秒前までの重苦しさは消えていた。今はただ、王太子の言葉に昂《たかぶ》るのみ。

「剣を掲げるんだ」

騎士たちが一斉に剣を抜く音が響き渡り、バードランドの空に木霊《こだま》する。

ロイドにディル、そしてマジョリカもまた身を震わせていた。心の高ぶりを生み出したアインの声に湛《たた》えんばかりの勇気を抱いて、彼の名を高らかに叫ぶ。

「さぁ――――ッ！」

騎士たちはアインに初代国王の伝説を重ねていた。

この戦争の相手が魔王大戦で生き残った敵であると思うと、殊更である。

だが、アインの心にあるのは勝利に向けての考えのみ。先ほどの言葉がシス・ミルの祠《ほこら》で見たジエイルの言葉であることは、すっかり頭の中から抜け落ちていた。

やがて、アインはハイムの方角を望み。

「────行こうッ！」

彼はその雄々しさのままに、進軍の合図を口にした。

あとがき

著者の結城涼《ゆうきりよう》です。この度は七巻をお手に取っていただきありがとうございました。

いつも読んでくださる皆様のおかげで、今回もこうしてご挨拶《あいさつ》できる機会を頂戴《ちようだい》することができました。また、六月に原作と同月発売だったコミックス二巻は、一巻に引きつづき重版させていただけました。こちらも併せてお礼申し上げます。


さて、改稿作業はＷｅｂ版で基本の範囲を決めてから、プロットを作成して加筆部分などを決めるのですが、七巻はその加筆量が、既刊より少なくなりそうな気配がありました。しかし書いてみたら不思議なことに、既刊に劣らぬ加筆量となっています。私自身の計画性に問題が残るところではありますが、その分、書きたかった話をたくさん書かせていただいた七巻になっています。ウォーレンが倒れるくだりやアインが魔法都市に向かう部分などなど、今回もページいっぱいにぎゅっと詰め込むことができました。

そんな七巻でしたが、楽しんでいただけておりましたら幸いです。


では、つづけて次巻のご紹介を――――と、その前に、今回は先にご報告がございます。

ここまでのアインの物語は「少年期」という位置付けで、その締めくくりが八巻になる予定でしたが……。

その八巻の発売が、七巻が発売した時点で決まっております！

八巻は今までつづいてきた赤狐との因縁に決着をつけるべく、アイン率いる軍勢が、ハイム本国に攻め入るところからはじまります。

待ち受けるハイムとの戦い、そして、暗躍をつづけるオズの動きなど――。

アインの「少年期」最後の試練を、どうぞよろしくお願い致します。


――といったところで、最後に皆様へお礼を。

七巻も多くの方のご助力あって、こうして一冊の本にできました。

成瀬《なるせ》先生には今回も素敵なイラストを描いていただき、感謝に堪えません。装丁デザイナーさんにも引きつづき、素敵な表紙をいただきました。

またお二人の担当編集さん、製本に携わってくださったすべての方々。

『魔石グルメ』を並べてくださった書店さんや流通など、この一冊に関わってくださった方々。

皆様のおかげで、こうして読者の方々へと本を届けることができました。

いつも本当にありがとうございます。

そして何よりも読者の方々へと、重ねてお礼申し上げます。

アインの「少年期」を締めくくる八巻でまたお会いできることを願いまして、七巻のご挨拶とさせていただきます。

これからも『魔石グルメ』を、結城涼をどうぞよろしくお願い致します。

お便りはこちらまで

〒102－8078
カドカワBOOKS編集部　気付
結城涼（様）宛
成瀬ちさと（様）宛

カドカワBOOKS

魔石《ませき》グルメ　7
魔物《まもの》の力《ちから》を食《た》べたオレは最強《さいきょう》！

2020年10月10日　初版発行

著者／結城涼《ゆうきりょう》

発行者／青柳昌行

発行／株式会社KADOKAWA

〒102-8177
東京都千代田区富士見2-13-3
電話／0570-002-301（ナビダイヤル）

編集／カドカワBOOKS編集部

印刷所／大日本印刷

製本所／大日本印刷

●お問い合わせ
https://www.kadokawa.co.jp/（「お問い合わせ」へお進みください）
※内容によっては、お答えできない場合があります。
※サポートは日本国内のみとさせていただきます。
※Japanese text only

Printed in Japan
ISBN 978-4-04-073822-2 C0093

次巻、

そして始まるハイム王都攻略戦。
赤狐の最後にして最大の罠が
全てを滅ぼす――。

最高潮！

勇者の孫の旅先チート
～最強の船に乗って商売したら
千の伝説ができました～
長野文三郎
ill かわく
旅のついでの
交易や魔物退治で、
大商会や騎士団の
度肝を抜いちゃった!?
カドカワBOOKS

STORY

異世界人を祖父に持つレニーには船の召喚という不思議な力があった。移動距離に応じて進化するその船は、少し旅するだけで規格外の魔導エンジンを積んだ大型船に成長！　貿易船や豪華客船として旅先で大活躍し――？